KB012855

밥만 먹고 레벨업

박민규 게임 판타지 장편소설

WISHBOOKS GAME FANTASY STORY

10

박민규 게임 판타지 장편소설

초판 1쇄 찍은 날 | 2020년 8월 10일
초판 1쇄 펴낸 날 | 2020년 8월 17일

지은이 | 박민규
펴낸이 | 권태완 우천제

기획 | 위시북스
편집책임 | 한준만
편집 | 위시북스

펴낸곳 | ㈜케이더블유북스
등록번호 | 제25100-2015-43호
등록일자 | 2015. 5. 4
KFN | 제2-46호

주소 | 서울시 구로구 디지털로31길 38-9, 401호
전화 | 070-8892-7937 팩스 | 02-866-4627
E-mail | fantasy@kwbooks.co.kr

ISBN 979-11-293-6125-7 04810
      979-11-293-4001-6(set)

밥만 먹고 레벨업

10

CONTENTS

1장
민혁교의 탄생

현실로 5일, 아테네 시간으로는 15일 전.

휴가를 갔다가 새까맣게 몸을 그을린 채 선글라스를 끼고 '알로하~'를 외치며 들어온 박 팀장! 그를 보는 김대식 부장은 감격에 찼다.

"박 팀장!"

김대식 부장이 박민규 팀장을 꽉 끌어안았다.

"자네가 정말 보고 싶었네!!"

"……?"

박민규 팀장은 고개를 갸웃하며 그 너머 이민화에게 입 모양으로 말했다.

'왜 이래?'

'많은 일이 있었죠.'

이민화가 쓴웃음을 지었다.

포옹을 마친 김대식 부장이 말했다.

"내 특별 유저 관리팀이 얼마나 많은 업무를 진행하고 있고 성실한지 깨달았다네! 고생하시게! 자네들은 ㈜즐거움의 자랑이야!!"

그 말을 끝으로 김대식 부장은 귀신같이 사라졌다. 그리고 사장 강태훈과 만났을 때 말하기를.

"특별 유저 관리팀은 우리 ㈜즐거움의 핵심적인 팀입니다. 많은 노동량과 정신적인 타격(?) 등을 생각했을 때, 잦은 보너스와 휴가를 주어야 할 것 같더군요."

"그렇군, 참, 할 만했나? 특별 유저 관리팀 휴가를 추가로 보내게 되면 자네를 대타로 쓸까 하는데."

"휴가는 빼고 보너스만 더 없는 게 좋을 것 같습니다!"

그런 식의 이야기가 오고 갔다.

그리고 박민규 팀장은 피부가 새까매진 채 브리핑을 들었다.

"현재 민혁 유저의 현황은?"

"군주의 씨앗을 얻고 현재 아테네교로 향하고 있습니다."

그 말을 들은 박 팀장의 표정이 일그러졌다. 오자마자 못 들을 소리를 들었다는 듯.

"군주의 씨앗? 아테네교……?"

그는 말문을 잃었다.

이민화는 씁쓸한 표정을 지으며 그간 있었던 군주의 씨앗을 얻은 일화에 대해 설명했다.

"하우쉔 길드 놈들이 그런 짓을 벌였단 말이지? 베아스 마을이 사라지지 않은 건 다행이지만 앞으로 3개월 후에나 등장해야 했을 군주의 씨앗이 나오다니, 그것도 하필이면 민혁 유저 손에…… 그는 무슨 일을 해서라도 씨앗의 힘을 깨울 거야. 그리고 자네도 알지? 씨앗에 있는 건……."

이민화가 고개를 끄덕였다.

"엄청난 힘이죠."

"그래, 그리고 민혁 유저라면 어떠한 일을 해서라도 군주의 씨앗을 깨우려고 하겠지, 맛있는 게 나올 거라고 믿을 테니까."

"그래서 지금 아테네교로 향하고 있죠."

"그나마 다행인 것은 그는 아테네교에서 로이나를 만나지 못할 거라는 거지."

"네."

로이나는 검의 대제 엘레보다도 더 친밀도를 쌓기 힘든 존재였다. 물론 애초에 군주의 씨앗 퀘스트는 로이나나 교황을 만나야 진행된다. 하지만 아직은 시기상조라는 거였다. 아테네교는 현존하는 교에서 가장 뛰어나며 그만큼 콧대 높은 자들이 즐비한 곳이다. 그런 곳에서 민혁은 로이나의 환심을 살 수 없을 거다.

"또 민혁 유저의 신성력이 아무리 높다고 해도 아직은 절대 성자의 검을 뽑을 수 없겠지."

그나마 박 팀장은 안심했다. 성자의 검은 상식선에서 신성력이 4천 가까이 되지 않는 이상 뽑을 수 없을 테니까. 그리고 지금 민혁의 신성력과 다양한 아티팩트에 따른 힘으로도 그 정도엔 미치지 못했다.

그는 안심했다.

하지만 안심하지 말았어야 했다.

아테네교에 도착한 민혁은 커다란 신전을 볼 수 있었다.

세계 각국 서버에 하나씩 존재하는 것으로 알려진 아테네 신전은 그리스에서 볼 수 있는 신전처럼 화려하고 웅장했다.

이곳 NPC 사제들 중에서 특별한 존재들의 경우 세계 곳곳의 아테네 신전으로 워프할 수 있는데, 바로 로이나와 교황이었다. 로이나와 교황은 자신들이 있는 방에서 걸음을 옮기면 각 나라의 아테네 서버의 아테네 신전으로 이동된다고 하였다. 즉, 그들은 한 사람뿐이지만 세계 어떤 서버에도 존재하는 NPC라는 거였다.

그리고 성자의 검이라는 것도 비슷했다. 모든 서버에 존재하지만 단 한 자루뿐이다. 뽑히는 순간, 그 서버의 물건이 되는 것이라는 거다.

민혁은 아테네 신전에 관람료 천만 골드를 내고 입장했다. 아테네 신전은 입장 자체가 가능하긴 하지만 주위의 그 어떤 것도 시스템 설정에 따라 손댈 수 없고 관람만 된다. 또한, 소란을 피우면 그 즉시, '카오' 상태가 되는 저주가 내려진다.

그리고 입장료가 매우 비싼 편이었기에 실제로 방문하는 이들은 돈 많은 유저들이나 성자의 검에 도전하는 유저들뿐이었다.

일단 입장을 한 민혁은 입장 도우미 케네 사제를 흘겨봤다.

입장 도우미는 입장과 동시에 나갈 때까지 함께 붙어 있는 사제를 뜻한다. 케네는 금발 머리카락을 깔끔하게 친 사제였는데, 무척 사람 좋게 생겼다.

그를 조심스레 불렀다.

"케네 님."

"예."

"혹시 로아나 님을 뵐······."

"안 됩니다."

이런 질문을 하는 이들이 얼마나 많은지 알 수 있는 대목이었다. 정말 대답하는데, 1초, 아니, 말이 끝나기도 전에 대답이 나왔다.

"정말 방법이······."

"없습니다."

"한 번만······."

"즉시 나가시고 싶으십니까?"

애초에 처음부터 차단해 버리자 난감해졌다. 예의 바른 민혁의 행색에도 불구하고 안 되는 건 안 되는 거다.

민혁은 묵례를 취해 인사하고는 주변을 둘러봤다.

'무슨 방법이 있을 거야.'

사람 사는 곳에는 결국 '융통성'이라는 것이 있게 마련이다.

어떻게 방법을 만들어 만날 방법을 찾는 게 좋을 거다.

물론 민혁은 아테네 공식 홈페이지에도 검색해 봤다.

그에 사람들의 반응은 간단했다.

[로이나짜응: 로이나를 만나는 방법에 대해 설명해 드릴게요.]

1. 로이나 피규어를 구매한다.

2. 로이나 베개를 구매한다.

3. 로이나 비디오를 구매한다.

4. 10년이라는 시간 동안 묵언 수행과 육식을 금하고 매일 12시간 씩 아테네 신에 대한 기도를 올리고 사제가 된다.

그리고 그 밑에 있는 댓글들은 순순히 수긍했다. 농담식으로 올린 글이 분명해 보였지만 그만큼 로이나와 연결되는 퀘스트조차도 지금은 확인되지 않는 때라는 거다.

하지만 방법. 방법은 항상 존재한다.

그러던 중 민혁은 걸음을 옮기다 웅성거리는 사람들 틈에 들어갔다.

그곳에 커다란 대검 한 자루가 꽂혀 있었다. 그 대검의 그립은 황금색으로 이루어져 있었는데, 검신에는 아테네교를 의미하는 황소 한 마리가 그려져 있었다.

'저 황소 참 맛있겠네······.'

그런 맥없는 생각을 하다가 민혁은 유저들이 도전해 보는 것을 보았다. 모든 유저들은 처참하게 실패했다.

그때였다.

"우리나라 성기사 랭킹 8위 렌더스다!"

"렌더스!! 신성력이 자그마치 400을 넘는 어마어마한 자라지?"

유저들이 웅성거리며 감탄하기 시작했다.

렌더스는 은빛으로 번쩍거리는 갑옷을 입은 사내였다. 근육이 불끈거리는 그가 그 앞으로 다가가 그립을 쥐고 힘을 주었다.

"흐으으읍!"

처음엔 이러한 소리가 났다.

하지만 갈수록 얼굴이 붉어지고 소리도 기이하게 변해갔다.

"끄아아아아아!"

하지만 성자의 검은 꿈쩍도 하지 않았다.

"도대체 저 검은 뽑히기나 하는 걸까?"

"사실상 불가능 아니야?"

"아테네에서 발표한 것에 따르면 저 성자의 검을 뽑으면 아테네교의 엄청난 퀘스트를 받을 수 있다지?"

"보상도 그렇다고 들었는데."

"하지만 이 콘텐츠는 영원히 안 풀릴 거 같은데, 대체 신성력이 몇이어야 풀린다는 거야?"

유저들의 목소리에 민혁은 한번 도전해 보기로 했다.

민혁이 케네에게 물었다.

"성자의 검을 뽑으면 로이나 님을 만날 수 있을까요?"

"만날 수 있을 겁니다."

케네는 미묘한 웃음을 지었다.

민혁은 도전했다. 그리고 렌더스라는 자처럼 실패했다.

민혁의 신성력 스텟은 1천이 넘지만, 실질적으로 2천 이상이었다. 그 이유는 판도라의 투구의 효과 덕분이다. 하지만 그럼에도 무용지물이었다.

한숨이 턱 나온다.

그렇게 민혁은 일단 케네와 함께 주변을 돌아봤다.

그러던 중이었다.

"점심시간이군요."

케네가 빙그레 웃음 지었다.

"이 안에서 육식은 불가능하다는 것을 아시겠지요. 형제님?"

"아. 네, 압니다."

"식당으로 가시면 채식을 할 수 있는 식당이 있습니다. 이방인들이나 저희 사제들 모두 그곳에서 식사하지요. 그리로 가시지요."

엄격한 규율! 아테네 신전 안에서 감히 육식을 행하는 자는 없어야 했다.

그에 민혁은 그를 따라 식당에 가서 메뉴판을 보고 경악했다.

'이게 뭐야!!'

민혁은 깜짝 놀랐다.

생마늘 샐러드라는 듣도 보도 못한 요리가 1만 골드. 갈라그라 샐러드라는 게 2만 골드. 양념 없는 시금치가 2만 골드였다. 민혁은 경악할 수밖에 없었다. 그는 결국 아무것도 구매하지 못하고 케네의 앞에 마주 앉았다.

'배고파……!'

민혁은 슬퍼졌다.

"자연에도 뛰어다니는 동물들이 있거늘, 어찌 이곳은 풀밭이란 말입니까, 형제님."

중얼거리던 민혁은 케네가 먹는 음식을 보았다. 아무런 소스가 없는 샐러드였다. 마치 민혁이 방울토마토를 먹는 모습을 보는 것 같았다.

민혁은 주변을 둘러봤다. 대부분의 유저들이 민혁 같은 표정이었고 입장 도우미들은 평소처럼 편안하게 식사 중이었다.

하지만 민혁은 알았다.

'얼마나 맛있는 게 먹고 싶겠어!!'

이곳은 양념조차도 인공 조미료를 써선 안 된다고 알고 있다. 오로지 순수한 재료들을 갈아서 사용해야 했다. 즉, MSG가 없는 것이다.

그렇게 보던 민혁은 기발한 생각이 문득 났다.

'어, 어쩌면……!'

일단 그곳의 왕을 만나기 위해선 백성과 친해지는 게 좋을 거다. 로이나는 왕이었고 사제들은 백성들일 수 있었다.

그가 곧 말했다.

"사제님."

"예."

"그거 맛있나요?"

"아니요."

케네는 여전히 단호하게 말했다.

"종이를 씹어 먹는 것 같군요."

"아아아아, 저런!"

민혁은 누구보다 격하게 공감했다.

"하지만 어쩔 수 없는 일이지요."

스님 같은 말을 하는 케네! 그에 민혁의 입꼬리가 쭈우욱 올라갔다.

"그러한 채소류의 식사를 더 맛있게 제가 한번 대접해 드릴까요?"

"……?"

케네는 시큰둥한 반응으로 민혁에게 물었다.

"무엇을 해주실 겁니까?"

사람이란 무릇 모두 새로운 음식에 관심을 갖는 법이었다. 그에 민혁은 싱긋 웃었다.

"두부 스테이크입니다."

아테네교의 사제들은 인근에 가까운 '사제 쉼터'에서 생활한다.

그곳에 온 케네는 넋이 나가 있었다. 옆에 동료 사제 라벤이 묻는다.

"케네, 자네 아까부터 왜 그렇게 넋이 나가 있어?"

"……아, 아닐세."

"그래? 이상하구먼."

그에 동료들은 계속 의아해했다. 그리고 케네는 씻을 때도 뭔가에 홀린 듯 넋이 나가 있었다.

"케네 오늘 왜 이래?"

"모르겠군, 조금 전에 어떠한 이방인이 식당에서 두부 스테이크라는 것을 만들어줬는데, 그걸 먹고 난 이후로 저 모양이군."

케네는 여전히 넋이 나간 채로 침대에 누웠다.

그는 상상했다.

잘 구워진 두부 스테이크. 그것을 썰던 자신의 모습을 떠올렸다. 왼손으로 포크를 쥐고 두부를 꾹 누른 채, 오른손으로 고기를 썰 듯 썰어내고 포크에 있는 그것을 입으로 가져갔었다.

그리고 뜨끈뜨끈한 그것을 입에 넣었을 때의 식감. 자려고 누운 케네의 입이 저절로 그것을 씹듯이 움직였다.

"그 뜨끈뜨끈한 것을 우물우물…… 그 담백한 맛……."

태어나서부터 케네는 육식을 해본 적이 없었다. 비록 육식을 한 건 아니지만 '고기'라는 것을 먹으면 그런 느낌이지 않을까 생각했다.

그리고 밤 동안 그는 온몸이 식은땀으로 젖었고 팔이 부들부들 떨려왔다. 그렇다. 바로 두부 스테이크 금단 증상이었던 것이다!!

그는 결국 뜬눈으로 밤을 지새웠다. 그리고 상체를 일으킨 케네.

'또 먹고 싶다…… 두부 스테이크…….'

그가 눈을 번뜩 떴다.

'미, 민혁 형제니이이임!'

그때부터였다. 아테네교의 사제들이 민혁교를 따르게 된 것은.

눈 밑에 다크서클이 퀭한 케네. 그는 간절히 기도했다. 제발 민혁 형제가 돌아가지 않았기를! 이제까지 수만 번을 기도했지만, 이토록 간절했던 적은 없었다.

그리고 그는 민혁을 만날 수 있었다.

"아테루야!"

"……예?"

아테루야. 아테네를 섬기는 이들이 아테네를 찬양하는 마음으로 뱉어내는 말. 현실의 할렐루야 같다고 생각하면 될 것이었다.

"민혁 형제님."

케네는 민혁의 손을 꽉 쥐었다. 그리고 눈을 초롱초롱하게 빛냈다.

"왜요?"

"그…… 어제 만들어주셨던…… 두부 스테이크 있지 않습니까."

"아, 네."

"그게 한 번 더 먹고 싶은데, 어떻게 안 될까요? 아! 보수는 얼마든지 치르겠습니다!!"

케네의 눈이 반짝반짝 빛났다. 마치 마약 중독자처럼.

그에 민혁이 말했다.

"아이참~ 저 바쁜데에에⋯⋯."

민혁은 말끝을 흐렸다. 그리고 속으로 회심의 미소를 지었다. 모든 것이 계획대로 되어가고 있는 것이다!

그의 튕김에 케네는 안절부절못하고 있었다.

"바, 바쁘시다고요?"

"예, 사제님들이 연주하는 하프 연주도 들어야 하고 누워서 감자칩도 먹어야 하고⋯⋯ 흠⋯⋯."

"⋯⋯어, 어떻게 안 되겠습니까?"

"죄송합니다."

"100만 골드 어떻습니까?"

"돈은 저도 많은데요?"

민혁이 답하자 케네는 안절부절못했다.

아아아! 세상에 바로 앞에 있어도 먹지를 못하는구나!! 어찌 이런 일이 있을 수가 있단 말인가.

그렇게 고민에 고민을 거듭하던 케네. 그가 떨리는 입술을 열어 말했다.

"사, 사⋯⋯ 복이면 되겠습니까?"

"뭐라고요?"

"사제의 축복이요!"

사제의 축복.

과거 발키리 왕국에서 사제장 이드니가 민혁에게 걸어주었을 때 자그마치 신성력이 100이나 올랐다.

사제의 축복을 받기 위해선 평균적으로 'A'급 퀘스트는 해줘야 하는데, 민혁은 지금 요리 한 번의 값어치로 그러한 조건을 제시받은 것이다.

"바쁘지만 콜입니다!"

민혁이 이번에 해준 요리는 어제의 두부 스테이크가 아니었다.

고기는 정말이지 맛있는 재료이다. 하지만 채소들로도 고기만큼 뛰어난 맛을 낼 수 있다. 더군다나, 극의에 오른 민혁의 요리 스킬 경지와 손재주 스텟의 힘이라면 두말할 것도 없다.

"이게 무슨 냄새지?"

"오, 청국장 냄새……."

유저들이 웅성거린다. 그리고 케네는 자신의 앞에 세팅된 요리를 보고 감탄했다.

"오늘 대접해 드릴 요리는 청국장과 새싹비빔밥입니다."

"인공 조미료는 안 됩니다. 형제님."

"걱정하지 마세요. 인공 조미료는 조금도 들어가지 않았으니까요."

모든 것은 민혁이 손수 만들었다. 인공 조미료 또한 전혀 들어가지 않았다.

케네는 고약한 냄새가 난다고 생각했다. 그러면서 앞에 놓인 뜨끈한 쌀밥을 보았다.

'이 요리는 왜 이렇게 냄새가 역해?'

차라리 두부 스테이크나 만들어주지!

그리고 민혁의 앞에도 청국장과 새싹비빔밥이 놓였다.

"저를 따라 하세요."

"예."

민혁이 수저를 움직였다.

뚝배기에 담겨 있는 청국장. 민혁은 개인적으로 청국장에 두부가 큼직큼직하게 많이 들어가는 걸 선호하기에 꽤 많이 넣었다. 심지어 번개의 맷돌로 갈아서 만든 두부다.

그의 수저가 잘 썰린 두부와 청국장을 크게 펐다. 수저 위로 새하얀 두부와 청국장의 콩들, 국물이 딸려왔다.

그것을 먼저는 하얀 밥 위에 올렸다. 그리고 두부를 으깨며 쓱싹쓱싹 비볐다. 케네는 어색한 손놀림으로 따라 했다.

민혁이 그것을 한 수저 가득 펐다. 그다음 입에 밀어 넣었다. 케네도 마찬가지였다.

그 고약한 냄새의 음식을 먹은 케네. 그의 머릿속에 천상의 하모니가 들려오기 시작한다.

아~테루야, 아테루야, 아테루야~

"마, 맛있습니다. 어떻게 이 지독한 냄새에 이런 맛이…… 밥이, 밥이 계속 먹고 싶습니다."

그는 이번엔 그 국물을 떠서 한 입 먹어봤다. 구수하고 담백하다. 정말 감칠맛이 끝내줬다.

그다음에, 민혁은 새싹비빔밥 위로 참기름을 한 바퀴 둘렀다.

그 상태에서 쓱싹쓱싹 비비기 시작했다. 비비는데, 자신도 모르게 절로 군침이 꼴딱하고 넘어간다.

케네도 마찬가지였다. 고소하게 풍겨오는 참기름과 고추장 냄새에 절로 침이 고였다.

거기에 그치지 않고 민혁은 청국장 세 숟가락을 새싹비빔밥 위로 뿌렸다.

"이렇게 하면 더 맛있습니다."

"오, 그렇군요."

케네도 따라 했다. 그다음, 새싹비빔밥을 입에 넣었다.

입에 들어와 씹히는 새싹비빔밥! 여러 가지 싱싱한 나물들과 매콤한 고추장의 맛이 만나 환상의 맛을 자아냈다. 그리고 끝에 오는 맛은 구수함이었다.

'아까 전에 넣은 청국장 국물이 한 수였구나!'

그렇게 케네는 먹어주면서 한 번씩 청국장의 두부도 먹어주고 국물도 먹어주며 맛있는 식사를 끝마쳤다.

"정말 맛있었습니다. 형제님."

"하하, 뭐 이런 걸 가지고요."

그리고 그 둘은 걸음을 옮겼다. 그 둘이 걸음을 옮긴 곳은 축복을 받는 곳이었다.

그 앞에는 얼굴 없는 아테네 신의 동상이 세워져 있었다.

케네는 그의 머리 위에 손을 얹고 자신의 축복을 걸어줬다.

[케네의 축복을 받았습니다.]

[신성력 50을 획득합니다.]

[명성 10을 획득합니다.]

사제장 이드니만큼은 아니었지만 신성력 50을 획득했다.

애초에 이 축복은 고위급 사제들만 걸어줄 수 있다. 또한, 이 아테네교의 대부분의 사제들은 최소한 케네만큼의 힘을 가진 자라는 거였다.

민혁과 케네가 걸음을 옮기던 때, 민혁이 말했다.

"그런데, 사제님."

"예, 형제님."

민혁은 케네와의 친밀도가 올랐다는 알림을 끊임없이 들었다. 그 때문에 그의 입가엔 미소가 가득했다.

"자고로 사제님들께선 좋은 것이 있으면 함께 나누고 베푸는 것 아닌가요?"

"그렇지요. 좋은 것이 있다면 나눠야겠지요."

"그렇군요, 후후후후. 사제님. 이 맛있는 음식. 혼자만 드실 건가요?"

그랬다. 민혁은 치밀했다. 손님 한 명을 확보했으니, 추가 손님과 거기에 더해 이 아테네교의 사제장까지 영입하려는 속셈이었다.

하지만 케네는 그러기는 싫었다. 그러면 민혁의 요리를 먹기 힘들어질 수도 있으니까.

그렇지만 곧 민혁이 말하기를.

"저는 나누고 싶군요. 그러니 사제님께서 널리 알려주시지요. 그러면 사제님께 두부 스테이크를 한번 해드리지요."

망설인다면 채찍질과 함께 당근을 던져라! 아버지에게 배운 영업 방법이었다.

"예에에에!"

케네가 고개를 끄덕였다.

그리고 다음 날부터 눈 밑에 다크서클이 퀭한 사제들이 넘쳐나기 시작했다.

민혁은 그들에게 계속 요리해 줬다.

[카른디의 축복을 받았습니다.]

[신성력 60을 획득합니다.]

[명성 10을 획득합니다.]

[바르크의 축복을 받았습니다.]

[신성력 70을 획득합니다.]

[명성 10을 획득합니다.]

[오르니크의 축복을……]

이후 사제들은 밤마다 함께 모여 아테네 신께 새벽 기도를 드렸다. 그들이 기도를 드리기를.

"아테루야! 제발 민혁 님이 내일도 맛있는 요리를 해주게 해주소서!"

"아테루야! 민혁 님이 오랜 시간 이곳에 머물게 해주소서!"

"민혁루야! 그의 맛있는 요리를 계속 먹을 수 있게 해주소서!"

"우오오오오, 민혁루야아아아아!"

하늘 높이 양팔을 들어 올리고 소리치는 그들! 어느덧 아테루야에서 민혁루야로 변하고 있었다.

박 팀장과 이민화. 두 사람은 말문을 잃었다.

"미, 미친……!"

"아, 아니, 어떻게 저런 방법을……!"

[민혁루야아아아아!]

마치 광신도와 같은 아테네교 사제들의 모습. 박 팀장은 이마에 손을 짚을 수밖에 없었다.

"민혁 유저 신성력 몇이야?"

"……3,011입니다."

"돌아버리겠군."

누구는 육식과 말을 금하며, 또는 밤새도록 기도를 올려 신성력 1을 올린다. 그런데 민혁 유저는 그런 것 없이 3,011의 신성력을 얻어냈다. 거기에 판도라의 투구의 힘까지 더해진다면? 6천 남짓한 수치가 되었다.

그나마 다행스러운 점이라고 한다면 신성력에 따른 언데드 공격력이 100%가 되면 더 이상 추가되지 않는다는 거였다.

"팀장님, 만약 검을 뽑으면……."

"그래."

박민규 팀장이 이민화의 심각한 표정에 고개를 끄덕였다.

"퀘스트가 진행되지."

이민화는 고개를 주억였다.

박 팀장은 마른세수를 했다. 그 퀘스트가 문제였다. 그 퀘스트는 앞으로 이어질 에피소드 퀘스트의 중추가 될 퀘스트였기 때문이다.

민혁은 아테네교의 사제장과 성기사단장에게까지 축복을 받았다. 그 두 사람의 축복으로 오른 신성력이 자그마치 300이었다. 민혁은 모든 준비가 끝났음을 알 수 있었다.

성자의 검을 뽑으면 성녀 로이나와 만날 수 있다.

"형제님이라면 하실 수 있을 겁니다."

민혁의 주위로는 여러 명의 사제들이 모여 있었다.

민혁이 침착한 표정으로 그들을 둘러보며 물어봤다.

"여러분……."

"예, 형제님!"

"믿습니까?"

"믿습니다!!"

사제들이 맹렬하게 고개를 끄덕였다.

민혁이 걸음을 옮겨 성자의 검 앞에 섰다. 유저들이 웅성거리기 시작했다.

"저 낡은 투구 쓴 사람도 성자의 검 뽑는 데 도전하려나 본데?"

"하루에도 천 명이 넘게 도전한다던데, 뭐 별거 있겠냐."

유저들은 평소처럼 행동했다.

사실 민혁처럼 아테네교에 오래 머무는 유저는 드문 편이었다. 그 누가 미술관 관람을 하면서 일주일 이상 머물겠는가? 때문에 그들은 아테네교에서 벌어진 일에 대해 알지 못했다.

"헉……! 사제들이 물 떠주는 거 보여?"

"미친……! 아테네교 사제들 레벨 450 넘잖아, 매일 말 걸 때마다 무시해 버리던데, 물을 떠다 바친다고?"

"저 유저 정체가 뭐지?"

유저들이 소란스럽게 떠들기 시작했다. 그리고 사제 케네가 민혁에게 냉수 한 잔을 떠왔다.

"하하, 우리 교주…… 아니, 형제님. 시원한 냉수 한잔 쭉쭉 들이키고 하시지요."

"아, 감사합니다. 케네 님."

민혁은 빙긋 웃어주었다.

천천히 걸음을 옮긴 그는 대검 모양의 성자의 검 앞에 섰다. 그리고 천천히 그립을 쥐었다.

"그래도 못 움직여~"

"응, 안 돼~ 움직이면 내 손에 장을 지져."

"얼마 전에 도전한 바베카의 아이 줄리안도 안 됐는데, 저 사람이 해내는 건 말이 안 되지."

"근데 해내면?"

"해내면 내가 여기에서 머리 밀고 사제 된다."

"올~ 너 얼마 전에 전역해서 빡빡이 이제 탈출하지 않았냐? 근데 또 빡빡이 되면 어쩌려고."

"말이 되는 소릴 해라."

그렇게 유저들은 안 된다, 안 된다 하고 있었다.

그때 한 유저가 말했다.

"근데 왜 뽑는 게 아니라, 움직이는 거야?"

"성자의 검은 아테네교의 상징적인 보물이거든, 뽑으면 자기 것이 되긴 하는데, 운영자들이 그렇게 쉽게 줄 리가 있겠어? 사실상 움직이기만 해도 말도 안 되는 거야. 저거 뽑는 건 아테네가 와도 안 돼. 말 그대로 성자의 검은 뽑으라고 있는 검이 아니란 거지."

확실히 아테네에선 밝혔다. 성자의 검은 움직이는 건 가능하나, 뽑는 건 불가능할 것이라고.

민혁도 그 사실은 들어 알고 있었다.

성자의 검을 쥔 민혁에게 알림이 울려왔다.

[성자의 검에 도전합니다.]

[성자의 검. 아테네 신이 내린 세상에서 가장 성스러운 검. 과거에 악마를 처단했다는 이 성스러운 검은 아테네교의 보물입니다.]

천천히 손을 뻗은 민혁이 움직이기 위해 힘을 주었다. 그런데, 작은 힘만 주었을 뿐인데 검이 쑥하고 뽑혔다.

"얼레?"

성자의 검은 그 어떠한 빛보다 찬란한 빛을 뿜어내며 아테네교 전체를 감싸기 시작했다.

그리고 월드 메시지가 온 대륙을 강타했다.

[성자의 검을 뽑은 유저가 탄생했습니다.]

[명성 500을 획득합니다.]

[신성력 1,000을 획득합니다.]

[레벨업 하셨습니다.]

[레벨업…….]

[아테네교의 보물 '성자의 검'의 소유자가 되었습니다.]

[성자의 검이 귀속됩니다.]

그리고 그때, 정체 모를 목소리가 들려왔다.

"그걸 뽑으면 어떡해요!"

민혁의 고개가 돌아갔다. 그곳에 한 여인이 순백의 사제복을 입고 높은 건물의 난간 위에 서 있었다.

민혁도 당혹했다. 이 성자의 검은 움직이라고 했지, 뽑으면 안 된다고 했으니까.

"아, 맞네요! 움직이기만 하라고 했지, 참! 죄송해요!"

그가 다시 검을 쑤욱 박아넣었다.

"미, 미친……!"

"헐?"

"아, 아니, 그렇다고 다시 집어넣으면 어떡해요!"

"아, 그렇네요!"

민혁은 그것도 뭔가 이상하다 여겨 다시 뽑아냈다.

"컥!"

모든 유저들이 말문을 잃었다. 그리고 뒤쪽에 선 케네. 그는 감격했다.

'역시 민혁교의 교주님이시구나. 민혁루야!!'

교황의 기사 볼로크는 서둘러 기도실에 있는 교황 카루누를 영접하기 위해 걸음을 옮기기 시작했다.

그리고 기도실 앞에서 한쪽 무릎을 꿇은 채 한참이나 기다리던 볼로크는 문을 열고 나오는 교황을 볼 수 있었다.

새하얀 사제복을 입고 머리에는 성스러운 나무줄기로 만든 왕관을 착용한 교황 카루누. 그는 역사상 가장 위대하고 강력한 교황으로 칭송받고 있었다.

"볼로크. 무슨 일인가."

"카루누 성하님. 성자의 검이 오늘 뽑혔다고 합니다."

"……성자의 검이?"

교황 카루누의 눈이 휘둥그레 떠졌다.

볼로크가 고개를 숙이며 답했다.

"예, 그것도 이방인이라고 합니다."

"허어…… 그럴 수가……."

교황 카루누는 다소 놀란 표정으로 수염도 없는 턱을 쓸었다. 그러다 고개를 끄덕였다.

"이제 곧 나를 만나러 오겠군."

"그렇습니다."

교황 카루누의 말에 볼로크는 고개를 끄덕였다.

성자의 검을 움직인 존재는 그를 만나러 와야 한다. 아마도 성녀 로이나가 카루누에게 그 정체 모를 이방인을 보낼 것이었다.

"알겠네, 이 또한 신의 뜻이겠지."

볼로크는 고개를 주억였다. 그리고 앉은 자세에서 뒷걸음질로 걸어가 바깥으로 나갔다.

볼로크가 바깥으로 나선 후, 카루누는 걸음을 옮겨 다시 기도실로 들어갔다. 이 기도실은 얼굴 없는 커다란 아테네 동상이 세워져 있는, 교황 카루누만의 기도실이었다.

교황 카루누. 그가 말했다.

"이것이 신의 뜻이라…… 무슨 생각인 것이냐, 아테네."

교황 카루누가 매섭게 동상을 노려보았다. 신을 섬기는 교황이라고는 믿을 수 없는 행동이었다.

곧 앞의 의자에 앉은 카루누. 그가 골똘히 생각에 잠겼다.

'모든 일이 틀어졌군.'

아테네 앞에 앉은 사내. 그는 교황 카루누가 아니었다. 악마 베로스. 그가 잠시 교황의 몸속으로 들어온 것이었다.

딱 시기가 적절하게 들어왔건만.

'본디 악마 숭배자 카른이 그 검을 움직였어야 했는데…….'

악마 숭배자 카른. 현재 악마 숭배자 중 다섯 번째로 강력한 이였다. 또한, 그 이전에 네 번째 극강팔인이기도 했다.

그는 베로스의 힘을 받아 그 검을 움직이라는 명을 받아 움직이고 있었고, 바로 오늘 그 검을 움직였어야 했다.

그렇게 되면 카른은 자연스레 이곳으로 도래했을 것이다. 그리고 자신을 통해서 아테네교를 지옥으로 물들일 '포도주와 떡'을 로이나에게 전달하는 임무를 맡았을 것이다.

아테네교는 특별한 날에 교황청에서 만든 포도주와 떡을 통해서 축배를 들곤 한다. 그것을 베로스가 변질시킨 것이다.

그 떡을 먹는 순간, 성녀 로이나는 마인이 될 것이고 그곳의 아테네교의 사제들 전부 전염병에 의해 신성력을 상실할 것이다.

하지만 그러다 카른은 생각했다.

'그러고 보니…….'

이방인이렸다? 그는 자신을 분명 만나러 온다. 어차피 그 이방인에게 '임무'를 주면 된다.

포도주와 떡을 로이나에게 전달할 것. 본래 이것은 카른이 하기로 했던 임무.

'그리고 그에 대한 보상을 아주 후하게 준다면…….'

일이 틀어질 일은 없을 것이다.

교황 카루누. 정확히는 악마 베로스는 앞에 놓인 떡을 보았다. 바로 종합 떡 세트였다. '꿀떡, 인절미, 시루떡, 백설기, 찹쌀떡'이 들어 있는 세트 말이다.

성자의 검이 뽑혔다.

안쪽으로 다시 들어온 로이나는 다시 한번 성기사 단장 코루에게 이야기를 들었다.

"그런 일이 있었다고…… 그런 일이 가능한가?"

로이나는 믿기지 않았다. 평생을 아테네 신만을 모셔왔던 사제들이다. 그런 사제들이 지금 민혁을 믿고 따르고 좋아하고 있었다. 그리고 그들의 축복을 받았단다.

코루는 단호한 표정으로 고개를 끄덕였다.

"성녀님, 저희는 평생을 육식을 금했습니다. 그런 저희가 먹었던 일반적인 채소들이 아닌 정말이지 맛있는 음식이었습니다. 저도 그 두부 스테이크라는 것을 먹어봤는데, 그 맛이……."

코루는 자신도 모르게 목울대를 움직였다. 상상만 해도 침이 꼴깍 넘어간 것이다.

평생을 채식만 해온 그들에게 사실 민혁이란 존재는 당연히 특별한 존재였다. 그 맛은 '고기' 맛처럼 놀라웠고 대단했으니까.

"코, 코루 당신마저……."

"……정말이지 맛있었습니다."

"후…… 알겠어요. 일단은 그를 들이세요."

"예, 알겠습니다."

코루가 나섰다.

로이나는 여전히 그 이방인이 탐탁지 않았다.

그럴 수밖에. 어찌 보면 이것은 편법이었다. 뛰어난 요리사가 사제들을 홀려 성자의 검을 움직인 것도 아닌, 뽑은 것이다.

그 때문에 사실 로이나는 이방인이 '전설'의 인물이 아닐 것이라고 생각하고 있었다. 하지만 성자의 검을 뽑은 자를 만나는 것은 예의였다.

곧이어 그 이방인이 들어왔다.

"안녕하세요!"

들어온 이방인은 활기차고 예의가 발랐다.

그를 보다가 로이나는 피식 웃었다.

'남정네들이란……'

모두 자신의 외적인 외모만을 보고 반했고 자신의 목소리 한 번 듣기 위해, 또는 손 한번 스치기 위해 난리를 피우곤 했다.

하지만 그러면 뭐 하는가? 로이나는 아테네의 아이다. 그녀가 사랑하는 존재는 오로지 아테네뿐이었다. 그녀는 그 어떤 남자도 사랑하지 않을 것이고 혼전순결을 지킬 것이었다.

"나를 그토록 만나보고 싶어 했다고?"

"예, 그렇습니다."

"이유는?"

"제가 '군주의 씨앗'이라는 걸 얻었거든요. 이 씨앗은 봉인되어 있는데, 오로지 로이나 님이나 교황님만이 깨울 수 있다고 봤거든요."

"그래?"

고개를 주억이던 그녀가 말했다.

"대가 없이 깨워줄 수 없지 않겠느냐?"

"물론입니다!"

"나에게도 네 요리란 걸 해다오."

로이나는 먹고 싶었던 게 아니다. 단지, 궁금할 뿐이었다.

그리고 생각했다.

'고작 요리 따위에 넘어갈 내가 아니다. 하지만 다른 사제들을 홀린 그 요리의 정체는 무엇인지 확인할 필요가 있어.'

로이나의 눈이 가늘어졌다.

민혁은 자신의 앞에서 새싹비빔밥을 먹는 로이나를 봤다.

조금 전, 꽤 시크한 표정을 짓던 로이나는 철 그릇이 부딪히는 소리가 날 정도로 비빔밥을 허겁지겁 먹고 있었다.

그녀를 보면서 민혁은 곧바로 성기사 단장에게 끌려오느라 확인해 보지 못했던 성자의 검을 확인했다.

(성자의 검)

등급: 전설

제한: 민혁 귀속 아티팩트

내구도: ∞/∞

공격력: 931

특수 능력:

- 힘+10%, 민첩+15%
- 카리스마+100
- 마기를 가진 자의 방어력 60% 무시
- 모든 사제로부터 아테네교 사제 이상의 대우를 받을 수 있음.
- 패시브 스킬 검 마스터리 상급
- 엑티브 스킬 성자의 수호

설명: 아테네 신이 땅에 박아 넣은 성자의 검. 전설에 따르면 이 검을 뽑은 자는 아테네교를 구원하는 영웅이 된다고 하였다.

(성자의 수호)

아티팩트 스킬

레벨: 없음

소요 마력: 1,000 / 쿨타임: 168시간

효과:

- 사용자의 물리 공격력, 물리 방어력, 마법 공격력, 마법 방어력이 신성력 스텟 개수의 30%만큼 15분간 상승한다.
- 사용자의 파티원과 길드원 등의 물리 공격력, 물리 방어력, 마법 공격력, 마법 방어력이 신성력 스텟 개수의 20%만큼 15분간 상승한다.

민혁은 할 말을 잃었다. 그 이유는 간단했다. 스킬 성자의 수호와 마기를 가진 자의 방어력 60% 무시 때문이었다.

마기를 가진 자. 예를 들어 마족, 마인, 악마 등을 추릴 수 있을 것이다. 아직 정확히 마계에 따른 컨텐츠가 풀리지 않았지만, 이는 상당한 힘이었다.

특히나 '성자의 수호' 스킬은 버프 능력이기도 하였는데, 신성력의 30% 스텟 개수만큼 15분간 물리 공격력이나 물리 방어력 등이 상승한다.

민혁의 현재 신성력은 4,000을 넘었다. 30%라면 약 1,333의 물리 공격력, 방어력, 마법 공격력, 마법 방어력 등 상승이다.

거기에 성자의 검까지 착용하고 있으면.

'어지간한 마족들은 단칼에 베겠는데?'

민혁은 흡족했다. 물론 맛있는 건 아니었지만 강해짐이 곧 맛있는 걸 먹을 길이었으니까.

그러던 때였다.

"다, 당신……."

로이나는 밥숟가락에 있는 밥알 하나까지 먹어버렸다. 그러다 민혁과 눈이 마주치자 볼이 홍조에 물들었다.

그녀는 어쩔 줄 몰라 안절부절못했다.

그러다 툭 내뱉은 말.

"서, 설렜어요."

성녀 로이나는 순간 악귀가 쓰인 것 같았다. 음식을 먹으면서 계속 머릿속에서 외쳤다.

'안 돼, 로이나! 너는 성녀야, 체통을 지켜!!'

하지만 이 손과 입은 멈추지 않았다. 매콤하고 짭조름한 맛, 그리고 구수함까지 그녀는 멈추지 않고 계속해서 수저를 움직였다.

다 먹은 후에 자신도 모르게 한 톨의 쌀도 남길 수 없다는 듯 날름날름 밥알을 먹었다. 그러다 눈이 마주쳤는데, 부끄러워졌다.

순간 머릿속이 하얘졌다. 어떠한 생각도 들지 않았다. 그가 바라보는데, 가슴이 떨린다. 아아아아! 그녀는 요섹남에 홀려버린 것이다!

그녀의 머릿속엔 이런 생각이 들었다.

'결혼이라는 걸 한다면 평생 이 남자가 해주는 밥을 먹을 수 있는 건가?'

하지만 자신은 성녀 로이나다. 그럴 순 없었다.

맛있게 먹었으니 감탄해야 할까? 아니면 아닌 척해야 할까? 아닌척하기엔 너무 맛있었고 먹는 동안 행복했다. 무슨 말을 해야 하지? 그러다 가슴에 있는 말을 뱉어버린 거다. 설렜다는 말을!

"······?"

로이나의 얼굴이 더 홍조에 물들었다. 그녀가 양 손바닥으로 얼굴을 감추며 어쩔 줄을 몰라 했다.

그에 민혁이 피식 웃었다.

"저도 맛있는 게 있으면 언제든 설레요. 항상 두근거리고 그

냄새를 맡으면 계속 계속 보고 싶죠. 그런 게 요리니까요."

그렇게 말하며 활짝 웃는 민혁.

'내, 내가 민망하지 말라고 이렇게 말해주는 걸까?'

아니, 단순히 민혁은 자신이 요리를 대하는 걸 말한 것뿐. 그는 치킨 앞에서 설렜고, 피자를 누구보다 사랑하니까. 그것도 모르고 로이나는 배려라고 생각하고 있었다.

그녀는 손을 뻗었다.

"군주의 씨앗을 제게 주세요."

민혁은 그녀에게 군주의 씨앗을 내밀었다. 그녀가 군주의 씨앗을 손에 쥐었다.

"이 세상 모두를 관장하는 신 아테네시여. 이 씨앗이 품은 새로운 힘을 일깨워 주십시오. 아테루야."

그러자 군주의 씨앗 안에서 환한 빛이 터져 나왔다.

로이나는 놀란 표정을 지었다. 씨앗에서 느껴지는 힘은 매우 익숙했으며 놀라운 것이었기 때문이다.

"이 씨앗은 아테네의 전대 교황님의 힘을 빌어 봉인해 놓은 물건이 분명하군요. 제가 손을 댔는데도 불구하고 여전히 모든 정보는 확인 불가하네요."

그녀는 손에 쥐고 있던 씨앗을 민혁에게 건넸다.

그는 곧바로 확인해 봤다.

(군주의 씨앗)

재료 등급: 신

특수 능력:

• ?

설명: 로이나가 봉인을 해제한 씨앗이다. 하지만 여전히 그 힘은 베일에 감춰져 있다. 씨앗을 심어라, 씨앗을 심고 자라난다면 그 정체를 알 수 있을 것이다.

그리고 로이나가 말했다.

"확실한 건 모르지만 교황님과 이 씨앗의 주인은 앞으로를 예측하고 이 씨앗을 봉인한 게 분명합니다. 설명처럼 일단은 심어봐야 무엇이 나올지 알겠어요."

민혁은 쓴웃음을 지었다. 그러다 말했다.

"혹시 맛있는 거 나오려나요?"

"……그, 그것까진 모르겠지만 확실한 건 방대한 신성력을 품은 무언가가 나타날 겁니다."

"그렇군요."

"그리고 성자의 검을 뽑은 당신은 이제 한 가지 해줄 일이 있어요."

"그게 뭔가요?"

"교황청으로 가서 교황님을 만나세요."

민혁은 로이나의 청에 따라 교황청으로 향했다.

그가 순순히 로이나의 청을 들어준 이유는 간단했다.

'포도주와 떡이라니?'

교황청에서는 매번 즐거운 일이 있을 때, 교황청에서 직접 만든 아주 맛있고 특별한 떡과 포도주를 내린다고 했다.

물론 로이나는 교황님께 인사를 올리라는 말이었지만 민혁의 관심사는 오로지 떡이었기에 함께 먹어도 되냐고 묻자 그녀가 흔쾌히 수긍했다.

떡.

떡은 쫄깃쫄깃하면서도 씹는 식감이 있는 음식이며 그 종류는 매우 다양했다. 그리고 그중에서 민혁은 인절미나 꿀떡을 매우 좋아하는 편이었다.

콩가루가 누렇게 묻어 있는 조금 전에 막 한 듯 뜨끈뜨끈한 인절미를 입에 넣고 씹으면 한없이 달콤하며 쫄깃쫄깃하지 않던가.

그런 상상을 하며 민혁은 어느덧 교황청에 도착했다. 그리고 그곳에서 교황 카루누와 만날 수 있었다.

"자네가 성자의 검을 움직인 사내인가?"

"그렇습니다. 성하님."

"놀라운 일이로다. 우리 아테네교를 이끌어갈 영웅 중의 영웅이 분명하로다."

교황이 부드러운 미소를 지으며 웃었다.

얼마 지나지 않아 민혁의 앞으로 교황의 기사 볼로크가 다가왔다.

볼로크는 민혁에게 보자기를 건넸다. 그 보자기 안에는 떡 종합 세트가 들어 있었다. 그리고 커다란 유리병에 들어 있는 포도주 또한 함께 건넸다.

"신의 따뜻함이 깃들어 가는 동안 식지 않을 떡일세. 이 떡을 아테네교에 전달해 주게."

[퀘스트: 아테네교에 떡과 포도주 전달해 주기]

등급: B

제한: 성자의 검을 뽑은 자

보상: 교황의 유물

실패 시 페널티: 교황과의 친밀도 하락

설명: 당신은 성자의 검을 뽑은 특별한 사람이다. 그에 의해 아테네교에 이 떡과 포도주를 건네는 것만으로도 교황의 네 가지 유물 중 하나를 얻을 수 있을 것이다.

'오……'

민혁은 고개를 주억였다. 성자의 검을 뽑았기에 이런 간단한 퀘스트에도 불구하고 보상은 좋아 보였다.

그러다 문득 든 생각.

"혹시 아테네교에서 대표하는 엄청난 맛있는 먹거리 같은 게 있나요? 교황님 같은 분들만이 먹을 수 있는 진미 같은 거요."

"먹을 거라, 하하."

교황은 그에 박장대소를 터뜨리듯 웃었다.

민혁은 혹시 그런 먹을거리가 있다면 교황이 줄 다른 퀘스트를 노려 먹으려고 한 속셈이다.

교황이 무언가 생각난 듯 말했다.

"아, 자네는 아직 그 이야기를 못 들었나 보군. 하긴, 그럴 만도 하지. 성자의 검을 뽑은 후 곧바로 로이나를 만나 이곳에 왔다고 하니까."

"네."

"아테네교의 로이나는 성자의 검을 움직인 이에게 특별한 음식을 대접한다네."

"특별한 음식이요?"

금시초문의 이야기였다. 그리고 교황 카루누, 정확하게 악마 베로스가 그 이야기를 하는 이유는 간단했다. 서둘러 그가 아테네교에 재앙을 선물하기를 바라서였다.

"그래, 그 특별한 음식은 떡만둣국이라네."

"……!"

민혁이 경악했다. 그의 몸이 부들부들 떨리며 전율했다.

"뭐, 뭐라고요?"

"떡만둣국이라고 했네. 아테네교의 사제들은 농사를 짓는데, 100년에 한 번 나올까 말까 한 재료들로만 떡만둣국을 만들지. 물론 고기는 전혀 들어가지 않았지만 고기와 비슷한 맛을 내는 고라드의 고기 나무가 들어가는데, 정말 맛이 좋네. 100년에 한 번 찾아온다는 귀인에게만 주는 특별한 음식이지."

"우와……!"

사제들이 100년에 한 번 나올까 말까 한 재료들로 엄선해 만들어낸 떡만둣국!

그리고 민혁은 다소 화가 났다.

'어떻게 받아 드시기만 하시고……!'

로이나 님은 그 가장 중요한 것을 깜빡한단 말이던가.

"이거 어서 빨리 이 떡과 포도주를 전달해야겠네요!"

"그래 주면 좋지."

카루누는 인자하게 웃어 보였다. 그리고 민혁이 밖으로 나서자 그의 입가가 비릿하게 찢어졌다.

그러다 문득 그는 한 가지가 걸렸다.

'먹을 걸 좋아하는 사내라……'

그런 생각을 하자 미간이 구겨졌다. 떡과 포도주는 분명 먹을 거였기 때문이다.

하지만 곧 고개를 저었다.

교황의 유물. 돈 주고도 살 수 없는 값진 것들! 하나하나가 전설 아티팩트라는 소문이 무성한 그 엄청난 것을 버리고 먹을 걸 먹는 미친놈은 세상에 없을 것이다.

하지만 혹시 모른다.

'악마 숭배자 카른에게 내 힘을 빌려줘야겠군.'

아테네교로 돌아가는 길. 마차를 타고 이동하는 민혁은 설레였다. 품에 안은 뜨끈뜨끈한 떡 세트!

"히야, 얼마나 맛있을까. 이 안에 인절미, 시루떡, 꿀떡 같은 맛있는 게 많다지?"

민혁은 히히- 하고 웃었다.

'이 많은 떡을 나 혼자 먹는다면 참 행복할 텐데……'

그런 생각을 하던 중이었다.

'어디 어떻게 생겼는지 보기만 할까?'

떡을 보는 게 죄는 아니지 않은가?

그는 살며시 보자기를 풀었다. 그러자 아테네 교황을 상징하는 문양이 그려져 있었다.

그 문양이 그려진 뚜껑을 밀치는 순간이었다.

민혁의 눈에 분명히 보여졌다. 고소한 기름이 발라져 반들거리는 꿀떡과 앙금 절편, 콩가루가 가득 뿌려져 있는 인절미, 무지개떡, 백설기.

"와……"

민혁의 목울대가 꿀떡하고 움직였다.

그러던 때였다. 갑작스러운 알림이 들려왔다.

[떡 세트]

[숨겨진 고유의 능력이 봉인되어 있습니다.]

[요리 재료 감정 스킬을 이용하여 봉인된 능력을 확인할 수 있습니다.]

"응?"

마차 안의 민혁은 놀랄 수밖에 없었다. 숨겨진 고유 능력이 봉인되어 있다라?

'뭐지? 힘이 봉인되어 있다니…….'

고개를 갸웃한 민혁은 과거 토끼의 간 때를 떠올렸다. 그때와 비슷했다.

하지만 이 음식 안에 힘을 숨겼다는 것도 이상한 일이었다. 굳이 왜?

그리고 과거 봉인된 힘을 풀었던 간은 분명히 더 특별하고 맛있어졌다.

민혁은 요리 재료 감정 스킬을 사용해 봤다.

[요리 재료를 감정합니다.]
[페널티에 따라 모든 스텟이 3 소멸합니다.]

[요리 재료를 감정하셨습니다.]
[떡 세트의 봉인된 고유 능력을 확인할 수 있습니다.]

(악마 베로스의 재앙의 떡)
재료 등급: 악마의 힘이 깃든 명약
특수 능력:
  • 먹는 즉시, 가진 신성력 스텟만큼의 힘에 따라 강력한 폭발을 일으킨다.

•먹는 즉시, 악마의 전염병이 곳곳으로 퍼져 나간다.

•성녀 로이나의 경우 특별한 인절미를 먹으면, 마인으로 변화하게 된다.

설명: 악마 베로스가 전쟁을 시작하기 전에 아테네교를 무너뜨리기 위해 준비한 재앙이 담긴 떡 세트이다.

민혁은 눈을 크게 뜰 수밖에 없었다. 악마 베로스는 그레모리에게 들었던 이름이었다.

민혁은 그 이름을 곱씹어봤다.

'설마 교황이 악마 베로스……?'

그런 생각이 들 수밖에 없었다.

민혁은 곧 알 수 있었다.

'그 의미는…….'

이 떡은 온전히 민혁 그의 것이라는 것이 된다는 의미였다.

'로이나 님을 해하려는 이 나쁜 떡! 내가 다 먹어주마!!'

그는 결심했다.

로이나 님과 아테네교. 그곳엔 자신을 믿고 따르는 케네를 비롯한 광신도(?)들이 있었다. 그들을 죽음으로 몰고 갈 떡이라니? 이거 다 먹어서 없애 버려야겠구만!

"절대 내가 떡이 먹고 싶어서가 아니야!!"

그가 떡 상자에 손을 뻗었다.

"미쳐 버리겠군."

휴가를 복귀하자마자 박민규 팀장은 엄청난 난관에 봉착했다. 그리고 등 뒤에 있는 스토리 제작팀은 더 말할 것도 없었다.

"아, 안 돼에에에에!"

"먹지 마아아아!"

"그 꿀떡 먹지 마, 이 자식아!!"

이 에피소드를 만들어내기 위해 2개월을 고생한 그들이었다.

이 에피소드의 본래 방향은 카른이라는 악마 숭배자가 성자의 검을 움직이고 악마 베로스에게 떡을 받아 아테네교를 지옥으로 물들이는 것이었다.

그리고 성녀 로이나는 마인이 되고 마족, 마물들과 함께 지상계를 습격한다는 스토리로 대규모 전쟁이 발발할 예정이었다.

그런데, 지금 그 스토리가 와장창창 깨져가고 있었다.

"……근데 진짜 맛있게 먹네요. 와, 꿀떡 맛있겠다. 베어 물면 달콤한 꿀이 자르륵 흐르겠죠?"

"야, 인마! 지금 꿀떡이 문제야!!"

제작팀 신입의 말에 고개를 돌린 제작팀의 정용철 팀장. 그가 모니터를 보다가 입을 어물쩍거렸다.

"마, 맛있게 먹긴 하네!! 에잇! 성질나게!"

"……이제 어떡해야 하죠?"

스토리가 이미 만들어진 과정에서 도중에 손대기는 힘들었다.

"악마 베로스가 어떻게 움직이는지가 관건이겠죠."

물론, 그렇다고 해서 대규모 전쟁이 발발되지 않진 않을 것이다. 단지, 이로써 성녀 로이나가 마계의 편이 아닌 인간계의 편이 될 확률이 높다는 것.

'아니, 정확히는 그 말이 어울리지 않을지도 몰라.'

민혁의 사람이 될지도 모른다는 거였다.

꿀떡.

분홍색이나 하얀색, 초록색 등의 여러 가지 색깔이 있는 꿀떡. 민혁은 그 꿀떡을 손으로 집어 들었다. 그러자 손에 가득 기름이 묻어났다.

그 꿀떡을 입에 쏙 넣었다. 씹는 순간, 쫄깃한 꿀떡의 맛이 느껴지는데, 그 안에 가득 든 녹아 있는 설탕이 입안을 즐겁게 해준다.

그다음 집어 든 것은, 인절미. 아직 뜨끈뜨끈한 인절미는 손에 가루가 가득 묻어났다.

그 인절미를 입에 넣고 씹었다. 막 해서 먹는 식빵처럼 따뜻한 인절미는 감탄이 나올 정도로 맛있었다.

거기에 그치지 않고 백설기.

백설기는 씹을 때마다 단맛이 가득 난다. 겉보기에는 맛이 없어 보일지도 모르지만, 백설기는 하나만 뚝딱 먹어도 배가 차오른다.

이번에 이어진 떡은 앙금 절편이었다. 초록색의 그 앙금 절편을 씹고 베어 물자 입안으로 그 속의 앙금이 밀려 들어온다.

"흐하하하하! 내가 이 나쁜 떡을 다 없애 버리겠어."

그렇게 떡을 먹어주다가 이때 필요한 것.

민혁은 떡을 먹을 때, 독특하게도 차 종류와 같은 게 아닌, 이것을 마시는 편이다.

바로 살얼음이 동동 낀 식혜!

식품 보관 인벤토리에서 꺼낸 후, 페트병에 든 그 식혜를 손으로 한번 흔들어줬다. 식혜의 밥알이 춤을 춘다.

그리고 그 식혜에 빨대를 꽂았다. 마치 찜질방의 그 식혜처럼.

그 상태에서 빨대를 쭉 들이켰다. 달콤하면서도 끝 맛에 있는 쌉쌀한 맛.

민혁은 부드럽게 웃음 지었다.

"크."

머리가 띵할 정도로 식혜를 마셔준 후에는 감탄사를 터뜨렸다.

그러면서 남아 있는 떡들의 맛을 즐겼다.

그렇게 마지막 남은 송편까지 먹어준 민혁. 그는 계속해서 자신을 옭아매는 알림들을 들었었다. 하지만 모두 만독불침에 의해 저항하였다는 거다.

그는 흐뭇하게 웃다가 아차 했다.

'그, 그러고 보니……'

그는 한 가지 사실을 간과하지 못했다. 떡을 이미 모두 먹어 버린 민혁.

만약 그가 지금 아테네교로 가서 그 떡에 사악한 힘이 깃들어 다 먹어버렸습니다! 라고 당당하게 말한다면 믿어줄까?

대답은 NO였다.

때문에 사제들에게 미리 그 이유를 말하는 게 나았을 것이었다.

'크, 큰일이다…….'

당장 떡이 없는데, 뭘 믿으라고 한단 말인가? 심지어 교황을 악마 베로스라고 하다니? 당장 민혁은 아테네교에 쫓길 수도 있는 노릇. 은인이지만 은인이 아닌 격이다.

바로 그때였다. 마부의 목소리가 들렸다. 민혁은 떡을 먹기 위해 마차를 잠시 세워둔 참이었다.

"잠시 내리셔야 할 것 같습니다."

마부의 말에 민혁은 마차 문을 열었다.

그곳에 로이나와 함께 있던 성기사 단장 코루가 있었다. 그는 땀에 흠뻑 젖어 있었다.

2장
새로운 가신

코루는 평소보다 심각한 표정이었다.

그는 텅텅 비어버린 떡 상자를 보고 다소 놀란 표정을 지었다가 그를 보며 심각한 표정으로 말했다.

"제가 모시겠습니다."

심각한 표정의 코루!

민혁은 자신이 대역 죄인이 된 것 같았다. 아아 좋은 일을 하고도 나쁜 사람 취급을 받는구나.

고개를 푹 숙인 민혁.

'흑…… 그래도 떡은 맛있었어…….'

그는 엄벌이 있을 거라 생각했다. 심지어 앞의 코루는 무척 강한 사내였다. 민혁은 자신을 기다리고 있는 게 아테네교의 처단이라고 생각했다.

그때, 코루가 비둘기 한 마리를 띄웠다.

퍼드드드득!

대한민국 성기사 랭킹 1위 라파엘. 그는 아테네교로 발걸음을 옮기고 있었다.

'바로 오늘이 로이나가 아테네교 행차 기도를 올리는 날이군.'

로이나가 공식 석상에 모습을 드러내는 날이다. 많은 유저들이 그녀를 보기 위해 귀신처럼 몰려들 것이다.

성기사 랭킹1위 라파엘. 그는 로이나에게 반했다. 고작 NPC에게 반했다는 게 이상했지만 그 정도로 로이나는 아름다운 여인이었다.

그리고 역시나 수천 명의 인파가 몰려 있었다.

"성기사 랭킹 1위 라파엘이다!!"

"와!"

하지만 그런 라파엘조차도 아테네교를 들어갈 때는 긴장된다.

그도 아테네교 일원이었지만 로이나는 그를 거의 벌레 보듯한다. 하지만 그것이 그녀의 매력! 라파엘은 언젠간 그녀의 손끝이라도 스치겠다는 마음을 가지고 있었다.

그렇게 수천 명의 유저들이 모여 있을 때였다. 갑자기 수백 명의 아테네교 사제들과 성기사들이 움직이기 시작했다.

그 앞으로 로이나가 나타났다.

"와……!"

"정말 아름다워!!"

"아테네뿐만이 아니라 세상에서 가장 아름답다는 미녀!!"

"㈜즐거움 측에서도 로이나보다 아름다운 여인은 세상에 없을 것이라고 했지!"

유저들은 감탄하고 또 감탄했다.

그리고 그녀가 걸음을 옮겼다.

라파엘의 고개가 그곳에 돌아갔다. 그곳에 마차 한 대가 멈춰섰다. 그리고 그 안에서는 시무룩한 표정의 이방인으로 추정되는 사내와 기사단장이 내렸다.

"뭐지? 아테네교의 대역 죄인인가?"

"코루가 움직일 땐 로이나 호위가 아니면 아테네교 대역 죄인을 잡으러 갈 때 아니야?"

"맞네, 대역 죄인."

유저들은 신기한 광경을 구경한다고 여겼다.

바로 그때, 이변이 일어났다. 모든 사제들과 성기사들. 그들이 작은 오차도 없이 모두 한쪽 무릎을 꿇었다.

"아테네교의 은인!! 민혁 형제님을 뵙습니다!!"

그 어떤 교보다 까다롭고 높은 신을 모시는 아테네교.

그리고 천천히 정체 모를 유저를 향해 걸어간 로이나. 그녀가 한쪽 무릎을 꿇었다. 그러더니 그의 손을 붙잡고 손등에 입 맞췄다.

그녀가 입술을 열어 말했다.

"아테네교의 은인이신 민혁. 나 성녀 로이나는 영원히 당신을 존중하고 아낄 것을 맹세합니다."

그녀는 부드러운 미소를 지으며 천천히 고개를 들어 올려 그를 보았다.

그녀의 볼에 발그스레한 홍조가 생겨났다. 그 모습을 본 유저들은 경악과 동시에 시기 질투했다.

"아, 안 돼……!"

"나, 나의 로이나!!"

"저 표정은 분명히……!"

"저놈은 도대체 뭐야!"

"내 기필코 가만두지 않겠어!"

만인의 여인 로이나를 강탈해 가려는 도둑놈!

"……?"

그리고 대역 죄인 민혁은 고개를 갸웃했다.

'이게 어떻게 된 일이지?'

세 시간 전.

교황의 기사 볼로크. 그는 교황청에서 나가는 민혁의 표정이 화가 나 있자 고개를 갸웃했다.

"표정이 좋지 않으시군요."

"네, 아주아주 기분이 나쁘네요."

"왜 그러시죠?"

"세상에! 성녀 로이나 님이 저에게 떡만둣국을 주셔야 하는데, 그걸 안 해주셨지 뭐예요, 참! 어떻게 그럴 수 있죠?"

볼로크는 말문을 잃었다. 성녀 로이나는 바라보기만 해도 배가 부른 절세의 미녀였다. 그런 미녀가 떡만둣국을 끓여주지 않아 화가 나 씩씩거린단다.

'지, 진짜 화가 엄청 난 것 같은데?'

거친 숨소리만 들어도 알 수 있는 일이었다.

씩씩거리던 민혁은 곧이어 마차를 불렀다.

"왜 군이 저희들의 배웅을 받으시지 않으시고."

"사실, 이 떡과 더 함께 있고 싶어서요."

이상한 사람이었다. 이 사람이 성자의 검을 뽑은 영웅이라니, 미치고 팔짝 뛸 노릇이었다.

그가 마차를 타고 사라졌다.

그가 간 후, 볼로크는 평소처럼 업무를 진행했다. 그러다 2시간 뒤 업무를 진행하던 볼로크는 걸음을 멈췄다.

'떡만둣국……?'

그가 걸음을 멈춘 이유는 하나였다. 그는 미간을 좁혔다.

'그냥 떡만둣국이 아닐 진데?'

교황청은 특별하게도 '조랭이떡'을 이용해 떡만둣국을 끓인다. 한데, 앞에 중요한 조랭이라는 단어가 빠져 있었다.

그는 미간을 좁혔다.

그리고 보니 며칠 전 이상한 일은 또 있었다. 교황 카루누가 아테네 신을 '신의 뜻'이라고 표현한 적이 있었는데, 볼로크는 한 번도 카루누가 그런 표현을 하는 것을 본 적이 없었다. 평소라면 '신의 뜻'이 아니라 '그분의 뜻'이라고 했을 거다.

'뭔가 이상해.'

요즘 들어 기도실에서 몸을 빼지도 않는 그였다.

그는 무언가 이상함을 깨달았다. 그에 빠르게 기도실로 걸음을 옮겼다. 그리고 평소라면 상상도 할 수 없는 일을 감행했다. 작은 문틈 사이로 그 안을 바라본 것이다.

그리고 보았다. 카루누의 몸에서 빠져나온 검은 마기들이 악마의 형상을 만들어내고 있었고, 무어라 이야기를 하고 있었다.

벌컥!

"네놈!!"

볼로크는 검을 빼 들었다. 교황의 수호자 볼로크는 레벨 610이 넘는 어마어마한 실력자였다.

하지만 문을 열고 들어갔을 때, 교황이 풀썩하고 쓰러졌다.

검은 마기에 의해 해골 모양으로 얼굴이 구축된 악마. 그는 뿔이 달려 있었다. 바로 베로스였다.

"재앙이 도래할 것이다…… 그리고…… 막을 수 없을 것이다…… 이미…… 그 재앙은 그를 쫓아갔으니…… 크흐흐!"

"……!"

볼로크는 눈을 크게 떴다.

곧 검은 마기가 허공에 흩어져 사라졌다.

'재앙? 그를 쫓아갔다?'

"떠, 떡……!!"

이번에 아테네교에 선물할 떡을 직접 빚고 만드는 데 카루누가 일조했다.

카루누는 요리의 '요'자도 모른다. 그런데 갑자기 그에 손댄다고 해서 의아했다.

"미, 민혁 님을 막아야 해!!"

하지만 그가 떠난 지는 벌써 두 시간째. 이미 아테네교에 도달했을 것이다. 그리고 모두 먹었을지도 모른다.

다리에 힘이 풀린 볼로크는 주저앉았다.

'비, 빌어먹을……!'

그 시각은 민혁이 맛있는 떡을 먹고 있던 때였다.

로이나는 앞에 있는 어리둥절해 하는 민혁을 바라보며 부드럽게 웃었다.

기사단장 볼로크가 띄운 비둘기를 통해 보낸 서신에는 이렇게 적혀 있었었다.

[민혁 님께서 먼저 낌새를 눈치채시고 우리 아테네교를 구원하시기 위해 모든 떡을 먹으셨습니다. 그는 성자의 검을 통해 내려오는 전설처럼 저희를 위기에서 구해낸 것입니다.]

로이나는 놀랐다.

그는 예의 하나는 바른 인물이었기에 떡이 먹고 싶어서 먹었다고 생각하기에는 무리가 있었다.

그렇다면? 그는 자신들보다 더 빠르게 그 낌새를 눈치챈 것이 분명했다. 그리고 그 여파가 자신들에게 향하기 전에 떡을 먹어버린 것이다. 그는 일부러 교황청과 아테네교 사이에 이어진 워프진도 사용하지 않았다.

로이나가 입을 열었다.

"교황의 수호자 볼로크 경에게 들었습니다. 당신은 일부러 그 떡을 들고 워프진이 아닌, 마차를 타고 달렸죠."

"……?"

민혁은 역시 의아했다.

'마차를 타고 가면서 그 온기를 느끼고 싶다고 분명히 볼로크 님께 말했는데?'

그에 로이나가 말했다.

"당신은 받는 순간 알고 있었던 거죠! 그것은 재앙이었기에 혼자서 그 마차를 타고 가서 아테네교와 갈수록 멀어진 것입니다. 우리를, 이 아테네교를 구하기 위해!"

로이나의 눈시울이 붉어지기 시작했다.

'아, 아닌데…… 진짜 떡의 온기를 느끼고 싶어서인데.'

"또한! 당신은 우리를 구하기 위해 해치울 방법을 연구했지만, 그 떡을 어떻게 할 수 있는 방법을 찾지 못했습니다. 그랬기에 당신은……."

결국, 로이나의 눈에서 눈물 한 방울이 흘렀다.

"희생하였습니다. 떡을 먹어 그 존재를 지운 것이죠. 이방인들은 아테네 신의 축복을 받아 불멸한 삶을 사는 존재들! 하지만 그 과정에서 얼마나 괴로우셨습니까, 얼마나 아프셨습니까!"

로이나가 팔을 떨며 천천히 그 손을 쥐었다.

민혁은 왠지 여기에서 떡이 먹고 싶어서 그랬다고 하면 안 될 것 같았기에 말했다.

"제가 그 떡을 무찌르는 데 성공했습니다. 정말 힘들고 아팠습니다. 하지만 어쩔 수 없이 먹었습니다. 어쩔 수 없이!!"

"아아아아아아!"

로이나를 비롯한 사제, 성기사들이 일제히 그가 일구어낸 업적에 탄식을 흘렸다.

그리고 민혁은 생각했다.

나이쓰! 떡도 먹고 아테네교의 환심도 사고 일석이조였다.

감격한 로이나의 눈에서 쉴 새 없이 뜨거운 눈물이 흘렀다.

악마 숭배자들은 세계 곳곳에 있으며 모두 믿는 존재들이 다르다.

악마 군주 중에서 그 체제는 세 개로 나뉜다.

첫 번째 악마 군주 베로스.

두 번째 악마 군주 고락.

세 번째 악마 군주 그레모리.

그리고 카른은 그중에서 베로스를 숭배하는 이였다. 정확히 말하자면 극강팔인 중 네 번째에 해당하는 이였으며 그러던 중에 베로스의 부름을 받아 그의 숭배자가 된 이였다.

카른은 본래 베로스로부터 마기를 받아 마기를 신성력으로 일시적 전환시킬 수 있는 힘을 부여받았다.

그를 이용해 성자의 검을 움직여, 자연스레 베로스를 만나고 저주가 가득 담긴 떡을 아테네교에 전달하려 했다. 하지만 갑자기 모든 일이 한 이방인에 의해 틀어졌다는 거다.

그에 어찌해야 할지 갈피를 잡지 못하고 있을 때였다. 악마 베로스의 음성이 들려왔다.

[나는 일부러 아테네교에 내 존재를 들킨 척을 할 것이다. 만약 떡과 포도주를 이용해 아테네교를 저주에 물들이지 못할 시, 너에게 일시적으로 나의 힘을 나눠주겠다. 아마도 아테네교의 사제들은 나로 인해 교황청으로 몰릴 것이다. 그때 너는 로이나를 죽여라.]

그와 함께 한 장의 양피지와 검은 액체가 출렁거리는 병이 나타났다.

그는 곧바로 확인해 봤다.

[베로스의 공간 왜곡의 양피지]

공간 왜곡의 양피지는 간단했다. 반경 10m 내에 있는 공간에 결계를 침으로써 결계 바깥의 모든 사람의 진입을 막는 것이었다. 지속 시간은 1시간.

그리고 검은 액체가 출렁거리는 병. 그를 확인한 카른은 놀랐다.

'이 액체를 마시면…….'

일시적으로 자신의 모든 스텟이 마기의 영향을 받아 30%이상이 상승한다. 즉, 가뜩이나 극강딸인 네 번째에 해당하여 무척이나 강력한 그가 더더욱 강해진다는 거였다.

그리고 결국 떡을 통해 아테네교를 지옥으로 만드는 것은 실패로 돌아갔다.

고개를 돌린 카른의 눈앞에 보인 것. 아테네교는 요리사라는 이방인에게 예의를 차렸다, 심지어 로이나마저.

곧 로이나의 행차가 시작되었고 그 이방인과 로이나는 순백의 말들이 끄는 화려한 마차 안에 함께 있었다. 심지어 로이나를 곁에서 보필하는 성기사 단장도 10m 범위 안에 있었다.

실질적으로 성기사 단장 코루만 제거한다면 로이나를 죽일 수 있었다. 성녀라는 이름과 버프 능력을 제외하면 로이나는 약한 존재였기 때문이다.

'지금이 기회군.'

퐁!

그는 단숨에 병의 마개를 땄다. 그리고.

벌컥벌컥-

들이켜기 시작했다.

성기사 코루. 교황의 수호자 볼로크에는 미치지 못하는 실력자였지만, 성기사 코루 또한 어마어마한 신성력과 힘을 가진 존재였다. 현재 아테네 대한민국 서버에서 유저 중 그를 이길 자가 있을지 미지수일 정도로 말이다.

코루는 가슴이 허해졌다.

'그 눈빛, 그 표정, 목소리……'

로이나의 행차 마차를 호위하는 코루의 표정은 씁쓸함 그 자체였다.

마차 안의 요리사에 대한 로이나의 표정. 그것은 분명히 사랑이었다.

그가 아테네교를 위해 한 몸 불사르고 떡을 먹었다고 보고를 받았을 때, 로이나는 감격의 눈물을 흘렸다.

물론 코루도 같은 생각을 했다. 정말 대단한 사람이고 멋진 사람이라고.

하지만 로이나가 그런 반응을 보일 땐 가슴이 허했다.

그렇다. 코루도 그녀를 사모하고 있던 것이다! 성기사라는 이름의 그가 해선 안 될 일이었지만 그러기에는 로이나라는 여인은 괜히 만인의 여인이 아닐 정도로 아름다웠던 것이다.

그렇게 걷던 때였다.

"……저게 뭐지?"

"저거 뭐야?"

"헉?"

"야야야, 저, 저거 뭐냐?"

주변이 소란스러워지기 시작했다. 성기사 코루는 의아한 표정을 지으며 고개를 돌렸다.

그리고 두 눈 똑똑히 볼 수 있었다. 거대한 마기 수백여 가닥이 허공에서 쏟아져 내리기 시작한 것을.

"미, 미친!"

"× 됐다!"

"성기사들! 사제들!!"

로이나는 민혁과 단둘이 대화를 나눠야겠다는 뜻에 코루를 제외하고 모두가 물러나기를 바랐다.

코루가 황급히 그들을 불렀지만 이미 때는 늦었다.

콰콰콰콰콰콰콰콰쾅!

강력한 마기가 사방팔방으로 떨어져 내리기 시작했다. 그리고 사방팔방에서 숨어 있던 마인들이 튀어나오기 시작했다.

"베로스 님을 따르라!"

"베로스 님만이 이 세상의 유일한 군주이시니!"

곳곳에서 모습을 드러내는 마인들. 마인들은 말 그대로 숭배자들이었다. 문제는 지금 모습을 드러낸 숭배자들은 결코 호락호락한 무위를 갖추지 않았다는 거였다.

쾅! 쾅쾅쾅!

"끄아아악!"

"으아아아아악!"

"뭐야, ×발!"

유저들 또한 혼란에 빠졌다. 그리고 상당수가 로그아웃하거나 혹은 귀환서를 찢고 도망치기 시작했다.

그 순간 코루의 검이 하늘 높이 올라갔다.

"침착해라! 놈들이 마차에 접근하지 못하게 막아라!"

코루가 소리쳤다. 하지만 평소보다 지금 아테네교 사제들과 성기사들은 반절밖에 되지 않았다.

'설마……'

코루는 이제야 알았다. 베로스는 일부러 볼로크 경에게 모습을 드러낸 것이다.

악마 베로스의 손이 닿은 교황청에 남아 있을 마기를 지우기 위해 성기사들과 사제들 반 이상이 교황청으로 향했다는 거였다.

서걱-

마인 하나를 베어낸 코루. 그는 이어서 등장한 한 존재를 볼 수 있었다.

쾅!

극강팔인 네 번째. 그리고 악마 숭배자 중 하나인 카른이었다.

[전율의 숭배자, 강화된 극강팔인. 카른의 출현!]
[극강팔인을 적으로 만나셨습니다.]

[상태 이상. 악마의 숨결이 발동됩니다.]

[숨통이 막히기 시작합니다.]

[지속적으로 HP가 감소하기 시작합니다.]

[공격력과 방어력이 마기에 의해 40% 감소합니다.]

[마인들이 30% 이상 더 강력해집니다.]

[극강팔인을 사냥한 자는 보상을 획득할 수 있습니다.]

유저들이 들은 알림이었다.

"강화된 극강팔인?"

"네 번째 극강팔인? 이제까지 다섯 번째 이하의 극강팔인은 모습을 드러낸 적이 없잖아!"

"미친, 강화된 거면 얼마나 강하다는 거야!"

"뭐, 뭐지? 시, 식은땀 나…… 숨이 잘 안 쉬어져……!"

그리고 유저들은 호흡 곤란을 호소하기 시작했다. 악마의 숨결에 의해서였다.

유저들이 욕지거리를 토해냈다.

극강팔인은 숫자가 내려갈수록 더 강력한 편이었다. 그래서 얼마 전 죽은 여덟 번째 극강팔인 루마드가 가장 약한 편이라고 할 수 있을 것이다.

푹! 푹!

"끄아악!"

"으아아아악!"

카른의 등장과 함께 마인들은 더욱더 힘을 얻기 시작했다.

그리고 코루의 검에서 강렬한 밝은 빛이 터져 나왔다.

[심판자의 검]
[아테네 신의 축복을 받은 검기가 적을 향해 날아갑니다.]

밝은 빛을 흩뿌리는 검기가 코루의 검에서 뻗어 나갔다. 높은 신성력 스텟을 보유한 코루. 심지어 심판자의 검은 순간적으로 공격할 때의 신성력을 두 배로 끌어 올려준다. 마기를 가진 적들에게는 치명타를 입힐 수 있는 능력이었다.

하지만 그 순간, 카른이 맹렬한 속도로 내달렸다. 그리고 코루가 쏘아 보낸 검기가 허공에서 내리친 검은 번개에 의해 무참히 소멸되어 사라졌다.

콰쾅!

코루는 경악했다. 신성력이 담긴 힘을 이처럼 완전 상쇄시킬 수 있을 때는 오로지 마기가 월등히 더 강력할 때였다.

그리고 코루는 볼 수 있었다. 반경 10m 주변으로 정체 모를 결계가 형성되기 시작했다.

[베로스의 결계에 걸렸습니다.]
[결계 안의 이들은 베로스의 힘에 의해 일시적으로 신성력 관련 스킬을 사용할 수 없습니다.]

"시, 신성력에 관련한 스킬을 사용할 수 없다고?"

"드, 들었어? 저 안에서 신성력 관련 스킬 사용 불가래!"

"미친⋯⋯!"

꽈지지지직!

"코루 님!"

"로, 로이나 님!!"

그 결계는 바깥에서 안으로 사제들과 성기사들이 들어오는 걸 막고 있었다.

그리고 유저들.

"지, 지금 뭐야⋯⋯ 설마 우리 로이나를⋯⋯."

"로이나를 죽이려는 거야?"

"안 돼, 이 ×자식들아! 나 안 도망간다."

"뭐? 왜 안 튀어! 너 그러다 렙따 당해."

"마! 남자라면 사랑하는 여인을 위해 싸우는 거다!"

"로이나를 지켜라!!"

"우오오오오! 우리의 로이나에게 손대지 마라!!"

유저들 또한 로이나를 지키기 위해 도망가지 않고 전장에 투입하는 이들이 대다수였다.

하지만 문제는 전혀 다른 곳에 있었다. 마인들의 숫자는 생각보다 많지 않았기에 금방 정리될 수 있었지만, 로이나가 있는 결계 안으로 들어갈 수가 없었다.

"못 들어가잖아!"

"빌어먹을!"

"뭐야!"

유저들과 사제, 성기사들은 당혹했다.

둥그런 결계 바깥. 그곳에서 유저들은 그 안을 바라볼 수밖에 없었다.

이윽고, 그 강력하다는 성기사 코루가 맥없이 카른에 의해 쓰러졌다.

"크흐읍!"

카른이 천천히 코루의 앞으로 다가갔다. 그가 힘껏 검으로 그의 목을 치려는 때였다.

"멈춰요."

카른의 입가가 쭉 찢어졌다. 성녀 로이나가 마차에서 스스로 나와 한 걸음, 두 걸음 내려서고 있었기 때문이다.

"당신의 목표는 나이지 않나요?"

카른은 고개를 끄덕였다.

"안 돼!!"

"이럴 수 없어……!"

"미친……!"

아테네교 습격은 다양한 유저들에 의해 인터넷 방송에 오르고 있었다.

[lvllad1134: 안 돼! 우리 로이나를 건드리지 마아아아!]

[로이나내꺼: 저 새끼, 내가 기필코 찢어 죽이고 만다……!!]

[악마는 팬티를 입는다: ……로이나 죽나 보네요. 휴…… 만인의 여인 로이나가 이렇게……]

그 소식은 빠른 속도로 세계 곳곳에 퍼졌다. 그리고 많은 사람들이 로이나의 죽음을 예상했다.

일본.

로이나를 사랑하는 덕후들의 모임. 로사덕 모임의 회장인 와타나베는 실시간으로 대한민국의 생중계를 보고 있었다.

여드름이 자글자글한 얼굴에 뚱뚱한 그.

"로, 로이나짱!!"

그는 소리를 질렀다. 손이 땀에 축축히 젖은 그는 로이나 베개를 꽉 끌어안고 있었다.

"다른 사람들의 희생을 막고 혼자 희생하려 하다니, 로이나짱……! 넌 죽으면 안 된다능!!"

와타나베는 뜨거운 눈물을 펑펑 흘리기 시작했다. 그리고 로이나 베개로 한 방울, 두 방울 눈물이 흘러내리기 시작했다.

동영상 속에서 카른이 한 걸음 두 걸음 로이나에게 천천히 다가갔다. 로이나는 무릎을 꿇고 양손을 모으고 아테네 신께 기도를 올리기 시작했다.

카른의 검을 쥔 손이 허공에 올라갔다.

"제, 제발 누가 우리 로이나짱을 구해줘어어어어어어어!"

와타나베는 절규했다. 하지만 지금 댓글들에 따르면 저 결게 안으로 접근 자체가 불가능한 것으로 보였다.

마차에 탑승한 이는 단 둘뿐이었다. 한 사람은 아테네교에 관람을 위해 방문했던 요리사 유저라고 들었다.

하지만 성기사 랭킹 1위도 가뿐히 능가하는 코루가 카른에게 쓰러진 마당이었다. 그러한 상황에서 마차 안의 유저가 도와줄 리는 만무. 로이나도 그 사실을 아는 듯했다.

카른의 검이 내려쳐지려는 순간이었다.

[그 손 치워라, 나한테 중요한 사람이니까.]

정체 모를 목소리가 들렸다.

와타나베가 고개를 돌렸다. 그곳에는 남루한 복장의 사내가 있었다. 투구를 착용하고 있고 등 뒤로 작은 핸드 도끼를 매고 있는 유저. 또한, 검조차도 중수 레벨 유저들이나 착용할 법한 아티팩트였다.

그의 말은 와타나베의 심정도 같았다.

'저 유저도 로이나짱을 지키고 싶어 하는구나!'

영상 속 로이나는 붉게 눈물이 차올라 사내를 돌아보고 있었다.

그리고 댓글창에 글들이 올라오기 시작했다.

[우리와 같은 마음인가 봅니다.]
[로이나짱을 지키고 싶어 하는 마음!]

[하지만…… 로이나짱은 지킬 수 없을 겁니다……. ㅠㅠ]

[로이나짱을 지키기엔 저 극강팔인이 너무 강력해요…….]

모두가 부정했다. 와타나베도 마찬가지였다.

하지만 그 순간 이변이 일어났다. 영상 속 사내가 착용한 모든 것들이 스르르 허공에 흩어져 사라지기 시작했다.

등 뒤로 생겨난 프라이팬. 그리고, 투박해 보이지만 분명히 익숙한 투구.

"……!"

와타나베의 눈이 부릅떠졌다.

얼마 전 아테네:한국전을 휩쓴 정체 모를 유저가 한 명 있었다. 그 이름 '민혁'. 사람들에게 불리는 이름은 프라이팬 살인마! 그가 나타났다.

웅성웅성.

"프라이팬 살인마잖아?"

"프, 프라이팬 살인마?"

결계의 바깥에 있는 유저들이 웅성거리기 시작했다.

프라이팬 살인마. 아테네:한국전 이후로 완전히 자취를 감추었다. 하지만 며칠 전, 세 번째 왕의 전당 알림으로 다시 유저들의 기대감을 충족시킨 인물이었다. 그런 그가 나타났다.

로이나는 마차 안에서 그에게 말했다.

'당신은 마차 안에 있어요. 괜한 목숨이 사라지는 걸 보고 싶지 않아요.'

그런데, 그는 마차에서 나와 이런 말을 했다. 자신이 중요한 사람이라고 했다.

그 말을 들은 로이나는 가슴이 쿵쾅쿵쾅 뛰기 시작했다. 살면서 이런 감정은 처음이었다.

로이나는 프라이팬 살인마에 대해 알지 못했다. 세계 모든 아테네교를 갈 수 있는 그녀에게 프라이팬 살인마는 흔한 랭커 중 한 명일 수도 있기 때문이다.

그에 그녀는 감격했다.

'나, 날 지키기 위해서……'

목숨을 바치려고 한다. 어쩌면 그는……!

'날 좋아하시는 게 분명해……'

그러기 때문에 '중요한 사람'이라고 하지 않았겠는가?

"나 때문에 희생하려 하지 말아요. 다, 당신의 마음 충분히 알았어요. 그러니까, 제발 도망쳐요!!"

"……제 마음을 아신다고요? 제 마음을 다 아시면서…… 어떻게 저만 두고 마차 바깥으로 나가시나요. 당신은 죽어선 안 될 사람입니다. 로이나! 그러니 제가 지키고 말겠습니다."

"아아아아아……."

자신을 꼭 지켜주고 싶어 하는 남자. 로이나의 가슴의 쿵쾅거림이 더 격해지기 시작했다.

"고마워요."

하지만 이 순간 민혁은 진심으로 화가 나 있었다. 그 이유는 오로지 하나였다.

'로이나한테 손을 대려고 해?'

로이나가 죽는다면, 그녀가 죽는다면 민혁은 며칠 동안 슬플 것이다.

그 이유는 간단하다. 그녀가 끓여줄 떡만둣국. 그 얼마나 맛있겠는가! 백 년에 한 번 나올까 말까 한 재료들을 이용해 만들어낸 떡만둣국! 그리고 그 레시피를 가진 로이나! 그녀는 민혁에게 중요한 사람이었고 지켜야 할 사람이었다.

'떡만둣국을 위하여!!'

그는 다짐했다. 떡만둣국을 기필코 지키고 만다. 그리고 그 위로 바삭바삭한 김 가루를 뿌려서 그 뜨뜻한 떡만둣국을 맛있게 먹어치우리라고.

아는지 모르는지 김칫국을 항아리째 들이켠 로이나는 뜨거운 눈물을 펑펑 흘리고 있었다.

민혁은 인벤토리에서 검을 꺼냈다. 바로 성자의 검.

이윽고 성자의 검이 세상을 밝힐 듯 강렬한 빛을 터뜨리기 시작했다.

로이나는 남성뿐만 아니라 여성들에게도 매우 큰 인기를 누리고 있었다. 시크하고 시원시원한 성격 덕분에 로이나를 싫어하는 사람은 거의 없었다. 때문에 그녀의 죽음이 코앞에 다가왔을 때, 모두가 절망했다.

하지만 갑작스러운 프라이팬 살인마의 등장!

곧 그가 쥔 검이 새하얀 빛을 터뜨리기 시작했다.

[서, 성자의 검입니다!]

[얼마 전에 아테네교의 성자의 검을 뽑았다는 유저가 민혁 유저였나 봅니다!]

세계 각국 언론뿐만이 아니라 많은 이들이 술렁거렸다.

하지만 세계의 랭커들은 이렇게 말했다.

[화려하게 등장한 프라이팬 살인마. 하지만 프라이팬 살인마는 저 자리에서 로이나를 지키지 못하고 죽을 확률이 매우 높습니다.]

[이전에 성기사 단장 코루가 카른에게 몇 수 견디지 못하고 패배했습니다.]

[프라이팬 살인마라고 해도 성기사 단장 코루는 현재 이길 수 있는 유저들이 많이 없다고들 하죠.]

[심지어 아까 전 성기사 코루의 말에 의하면 결계 안의 이들

은 신성력 관련 스킬을 사용할 수 없지요.]

본디 사람이란 그렇다. 일단 시기하거나 부러우면 부정하고 보는 편이었다.

특히나, 랭커들이라면 오죽할까? 그들은 자신들 마음대로 앞으로를 내다보며 그러한 말들을 토해냈다.

그때, 한 사내가 물었다.

[그런데 이기면요?]
[그럼 뭐, 저희가 프라이팬 살인마에 대해 다시 한번 생각해 봐야겠지요.]

모두가 부정하는 가운데, 민혁은 잠시 갈등했다.

판도라의 투구. 신을 향한 찬양을 사용하면 지정한 대상의 신성력을 두 배 올려준다. 그런데 그 대상을 로이나로 하느냐, 코루로 하느냐였다.

로이나는 일단 전투 능력 자체가 없다고 보아도 무방했다. 하지만 어마어마한 버프 능력과 치유 능력을 가진 여인이었다. 그리고 성기사 코루. 막강한 인물이었다. 비록 카른에 의해 쓰러졌다고 하지만 어디 가서 무시당할 실력을 가진 이가 아니었다.

결론은 빠르게 나왔다.

"신을 향한 찬양!"

[스킬을 사용하려고 하네요? 신성력 관련 스킬인 것 같은데.]
[분명히 신성력 스킬 사용 불가······.]

파아아아앗!

하지만 곧이어 놀라운 일이 벌어졌다. 그들의 예상을 깨고 코루의 몸을 밝은 빛이 휘감았다.

코루는 몸속으로 빨려 들어오는 신성력의 힘을 느꼈다. 평소보다 신성력이 더 강력해지고 있었다. 하지만 여전히 그는 바닥에 쓰러져 당장 숨이 넘어갈 듯 헐떡이고 있다는 사실이었다.

"······어떻게 이 안에서 신성력을 이용한 힘을 사용한 거지?"

카른은 의문이었다.

그리고 미간을 좁혔다. 카른은 똑똑히 느끼고 있었다. 그에게서 말도 안 되는 엄청난 신성력의 힘이 느껴졌다.

그가 들고 있는 것은 성자의 검이었다.

'과연, 성자의 검을 뽑은 사내라는 건가.'

하지만 카른은 베로스에 의해 더 강화되었고 본래도 극강 팔인의 이름에 섰던 사내라는 거였다.

카른은 이죽 웃었다.

어차피 그는 자신의 공격을 막아낼 수 없다. 마기의 힘이 짙어진 자신의 검의 공격력과 방어력은 월등하게 상승했기 때문이다. 심지어 성기사 코루마저도 몇 수 견뎌내지 못하지 않았는가.

또한 그에겐 베로스부터 받은 다른 것들도 있었다. 바로 '베로스의 전율의 악기'였다.

3대 악마 중 하나인 고락이 다양한 재앙 아티팩트를 만들어 낸 것처럼 베로스에게도 아티팩트가 있었다. 그것이 전율의 악기였다.

그가 먼저 꺼낸 것. 그것은 바로 바이올린이었다. 이 바이올린의 힘에 의해 코루는 카른의 옷깃 한번 스치지 못했다.

곧이어 카른이 바이올린을 켜기 시작했다. 귀를 긁는 끔찍한 선율과 함께 바이올린에서 검기들이 무더기로 쏟아져 오기 시작했으며 알림이 들려왔다.

[느림의 바이올린을 들으셨습니다.]
[민첩이 30% 감소합니다.]
[모든 상태 이상으로부터 버텨낼 수 있는 만독불침의 육체를 가지고 계십니다.]
[상태 이상으로부터 저항하셨습니다.]

"바람 같은."

이 스킬은 3m를 단숨에 이동할 수 있지만 3m를 1m씩 나눠서 이동도 가능했다. 민혁은 쏟아져 오는 검기들을 빠르게 이동하며 난무하는 검을 사용해 쳐내기 시작했다.

"……호오라."

카른이 짙게 웃음 지었다. 생각보다 꽤 힘이 있는 자였다. 성기사 코루도 신성력 관련 스킬을 사용 불가했기 때문에 자신의 이 검날들에 처참히 무너졌다. 하지만 사내는 달랐다.

'그렇다면 이건 어떠한가.'

느림의 바이올린이 또 한 번 변화했다. 이번엔 가야금이었다.

가야금 앞에 앉은 카른. 그가 가야금을 퉁기기 시작했다.

쾅!

그 순간 민혁의 바로 앞쪽이 폭발했다.

카른은 그치지 않고 연이어 계속 가야금을 퉁겼다.

콰콰콰콰콰콰콰쾅!

그가 가야금 줄을 퉁길 때마다 매서운 폭발이 일어났고 그 위로 마기가 시커멓게 피어올랐다.

"끝났군."

"……뭐야, 벌써 끝이야?"

"프라이팬 살인마도 별거 아니었네……."

"로, 로이나……!"

유저들이 절망했다.

그 순간 민혁이 시꺼먼 마기 안에서 튀어나왔다.

타타타타탓!

그리고 달리기 시작했다.

"뭐, 뭣이!"

카른은 토끼 눈을 떴다. 현재 자신의 공격력은 말도 안 되는 강력한 힘을 발한다. 그런데, 생채기 하나 없었다.

아니, 정확히 말하면 그의 어깨 위로 어느덧 작은 아기 돼지 한 마리가 올라가 있었다. 헤파스의 양은 냄비 뚜껑에 붙어 있는 스킬. 절대 방어가 발현된 순간이었다.

탓-

계속해서 달리는 민혁을 향해 카른은 연이어 가야금을 퉁겼다.

쾅! 쾅쾅쾅!

하지만 그때마다 민혁은 바람 같은을 이용해 공간을 접어 피해냈다.

'그렇다면 큰 한 방을 노린다.'

가야금으로 짙은 마기가 쏟아져 들어오기 시작했다. 그리고 마기들이 가야금에 빨려 들어간 순간.

콰콰콰콰콰콰콰콰콰쾅!

반경 5m에 연달아 폭발이 일어나며 민혁을 향해 쏟아져 들어갔다.

'이번에는 진짜……'

끝났을 것이다. 상당한 양의 MP가 소모되었다.

그 순간, 연기 사이로 목소리가 들려왔다.

"피어나는 검."

"……!"

카른은 위험을 직감했다. 땅이 꿈틀거리고 있었다.

가야금이 빠른 속도로 작아지더니 카른의 한 손에 쥐어질 정도로 작아졌다. 바로 캐스터네츠였다.

딱딱!

캐스터네츠를 두 번 퉁기는 순간이었다. 그의 온몸을 검은 마기가 휘감았다. 이로 인해 카른의 방어력은 일시적으로 두 배 상승한다. 그 때문에 이정도 피해로 자신을 어쩌지 못할 것이라 여겼다. 땅속에서 튀어나오는 칼날. 이것들은 자신의 피부를 뚫지 못하리라.

하지만 그 순간.

푹푹푹푹푹푹푹-

땅에서 솟아난 검날들이 그의 몸 곳곳을 관통했다.

"크아아아아악!"

카른은 믿을 수 없었다.

'어떻게?'

그는 몰랐지만, 민혁의 무형검을 비롯해 성자의 검에 붙어 있는 마기 방어력 60% 무시와 더불어, 신성력에 따른 언데드 또는 마족에 대한 공격력 두 배 상승 때문이었다.

쾅쾅쾅쾅쾅쾅쾅쾅!

강력한 폭발이 일었다.

민혁은 그치지 않고 폭발 속으로 갈라내는 검을 쏘아 보냈다. 두 개의 붉은 검기가 가로, 세로로 날아갔다.

서걱- 서걱-

무언가가 잘려 나가는 소리였다.

"헹! 까불고 있어!"

민혁은 이소룡처럼 코를 엄지로 한번 밀어줬다.

"어……."

"……하, 한 방이야?"

"끄, 끝이야?"

"쟤 극강팔인 맞아?"

그리고 결계 바깥의 유저들은 경악했다.

물론 실제 한 방은 아니었다. 갈라내는 검도 쏘아 보냈으니까. 하지만 성기사 코루를 때려눕힌 카른이 이렇게 허무하게 쓰러질지는 몰랐다는 거다.

세계의 말 많던 랭커들은 갑자기 말이 없어졌다.

[랭커분들 왜 말이 없으시죠? 아, 거참~ 바둑 두는 사람 어디 갔나!!]

[풉…… 큭큭…… 크하하하핫, 크흡……! 크헤헤헤헤헤헤헤! 쿠후후훕! 껄껄껄껄껄껄! 캬하하하하하하! 키키키키키키! 크흑, 아 지송. 안 웃을…… 풉!! 크하하하하하하핫! 쿠헤헤헤헤헤헤!]

일반 유저들은 거만했던 랭커들에게 일침을 가하기 시작했고, 랭커들은 말문을 잃은 듯 보였다.

그리고 민혁은 서둘러 코루에게 접근했다.

아직 결계는 사라지지 않았기에 민혁은 현재 상황이 심상치 않음을 직시했다.

아직 끝나지 않은 게 분명했다. 그전에 일단 죽기 직전의 코루부터 구해야 했다.

민혁은 떡만둣국이 먹고 싶어 로이나를 필사적으로 구하고 있긴 했지만, 로이나와 코루는 값진 사람이기도 했다. 특히나, 코루는 자신을 모시는 충실한 '광신도'이지 않은가?

"미, 민혁 님……."

"제가 치료해 드릴게요."

"……미, 민혁 님께서요?"

그리고 민혁이 꺼내 든 것은 다름 아닌 붕대였다.

"컥!"

"부, 붕대로 저 중상을 치료하겠다고?"

[어, 소, 솔직히 저건 좀 아니지 않습니까?]

[붕대로 저걸 치료하다니, 저런 등신 같은 사람이 다 있나!]

랭커들은 그제야 다시 비집고 튀어나왔다. 어떻게 꼬투리라도 잡아보겠다고.

그 순간.

"붕대 감기!"

[붕대를 최고로 잘 감았습니다.]

[상처 회복률이 5% 상승합니다.]

[회복 시간이 매우 빨라집니다.]

[붕대를 최고로…….]

민혁은 그의 몸 곳곳에 붕대를 감기 시작했다. 그러자 시뻘 겋게 흘러나오던 피들이 순식간에 지혈되기 시작했다.

코루의 상처들은 베인 상처들이 많았다. 그러한 베인 상처 들이 빠른 속도로 아물기 시작하는 것이다!

[……이, 이거 버그 아닙니까?]

[이거 버, 버그다!]

[랭커들 좀 닥치죠?]

[…….]

당사자인 코루는 더 황당했다.

'무슨 아테네교 사제들만큼의 회복 능력을…….'

고작 붕대로 해낸다는 말인가?

"움직일 수 있어요?"

"예."

코루는 몸을 일으켰다. 아직 어느 정도 무리는 있었지만 싸울 수는 있을 것 같았다.

바로 그 순간.

[카른의 공격력과 방어력이 1.6배 상승합니다.]

[카른의 마기가 1.5배 증폭됩니다.]

[악마 숭배자 카른이 마인화됩니다.]

자욱한 흙먼지가 걷어지고 온몸이 꾸물거리며 재생되는 카른의 모습이 드러났다.

그뿐만이 아니었다. 카른의 이마 위로 두 개의 꼬불꼬불한 뿔이 솟아나 있었으며 피부가 검게 물들어 있었다. 말 그대로 마인이 된 것이었다.

"……× 됐네요."

"코루 님. 성기사가 '× 됐네요'가 뭡니까. 이럴 땐, '아 정말 큰일 났다!'라고 해야죠."

무시무시한 위압감에 코루 자신도 모르게 툭 내뱉은 말이었다.

"맞다. 아! 정말 큰일 났다!"

국어책을 읽듯 말하는 코루는 심각한 표정이었다.

공격력과 방어력 1.6배 상승은 어마어마한 것이었다. 심지어이러한 상승의 경우 강한 자들일수록 그 효과를 톡톡히 본다.

"……방법이 있긴 한데."

"방법이요? 뭔데요?"

"아, 근데 이건 제가 싫어서요. 아마 코루 님도 못 하실 겁니다."

"……네?"

코루는 고개를 갸웃했다.

민혁은 고개를 세차게 저었다. 정말 싫다는 듯. 하지만 코루가 답을 촉구했다.

"그 방법이라는 게 뭔가요? 여기서 죽는 것보단 낫지 않겠나요."

"저는 차라리 강제 로그아웃 당하는 게 나을 것 같은데……."

그런데 그렇게 생각하면 로이나가 죽을지도 모른다. 떡만둣국을 먹기 위해선 그래선 안 된다.

민혁이 말했다.

"성자의 검에 붙어 있는 '성자의 수호'라고 아시나요? 제 파티원이나, 길드원 중 한 명을 지정해서 신성력 스탯 개수만큼 물리 공격력, 방어력, 마법 공격력, 방어력 등을 30% 올려주는 건데……."

코루는 그 말뜻을 바로 눈치챘다. 파티원이나 길드원. NPC는 그에 해당할 수 없었으나, 단 한 가지 방법이 존재했다.

"가신이 되어야 하는 거군요?"

"네, 역시 안 되겠죠? 아하하, 사실 저도 안 하는 게 나을 것 같기도 합니다. 네버! 절대! 안 하는 게 나을 것 같아요!"

코루가 로이나를 돌아봤다. 그러자 로이나가 고개를 끄덕였다. 성기사 코루는 로이나의 명에 절대복종한다.

코루가 말했다.

"그럼 저는 당신의 가신이 되겠습니다."

마치 '오늘부터 우린 1일♥'처럼 쉽게 내뱉는 코루였다.

[코루가 당신에게 영원한 충성을 맹세합니다.]

그에 민혁의 얼굴이 와락 일그러졌다.

(코루)

등급: 전설

종류: 가신 / 레벨: 504

공격력: 5,321 / 방어력: 3,151

특수 능력:

• 패시브 스킬 아테네의 기도

- 엑티브 스킬 아테네 검술
- 엑티브 스킬 아테네의 방패

잠재력: 139

경험치: 18%/100%

'아, 아니, 누가 받겠대!!'

민혁은 경악했다.

코루가 민혁의 가신을 자처한 것은 절대 쉽게 뱉은 말이 아니었다. 아테네교의 성기사들이나 사제들은 아테네 신을 섬기는 자들이었다. 그 때문에 함부로 다른 이들의 밑에 들어갈 수 없다. 이에는 한 가지 조건이 존재했는데, 대상의 신성력이 그보다 두 배 정도 높으면 가능해진다.

㈜즐거움 측에선 그런 일이 쉬이 생기지 않을 거라 여겼다. 아테네의 사제들이나 성기사들보다 두 배나 더 신성력이 높은 사람이 있을 리가 없으니까.

하지만 코루는 민혁에 의해 한 번 목숨을 구했다. 그리고 로이나 역시 마찬가지였다. 때문에 민혁은 주인으로서의 자격을 확실하게 입증했다는 거다.

눈물을 머금은 민혁은 빠른 속도로 그가 가진 스킬 중 쓸 만한 게 있나 찾아봤다. 그리고 아테네의 기도를 보고 눈을 크게 떴다.

〈아테네의 기도〉

패시브 스킬

레벨: 8

효과:

•기도가 발현될 시 반경 5m 내의 유저 혹은 NPC들의 HP, MP 자연 회복률이 15% 상승한다.

•기도가 발현될 시 주변에 있는 동식물이 더욱더 풍성하고 훨씬 더 빠르게 자라난다.

•기도가 발현될 시 명상 효과처럼 마음이 편안해지고 잡생각이 사라진다.

'그래, 어차피 이렇게 된 거!'

민혁이 말했다.

"코루 님, 당신이 앞으로 제 밑에서 정말 중요하게 해주셔야 할 일이 있습니다."

"예!"

성기사 단장 코루! 그는 왼쪽 심장 위로 주먹 쥔 손을 올리며 명을 기다렸다.

"당신은 이제부터 농사꾼입니다."

코루는 고개를 갸웃했다.

아테네의 기도 효과에 있는 두 번째! 주변에 있는 동식물이 더욱더 풍성하고 훨씬 더 빠르게 자라난다고 한다.

쓸데없이 강력하기만 NPC는 사실 민혁에게 필요 없다. 하지만 농사꾼이라면 이야기가 달라진다는 거였다.

그리고 성자의 검이 밝은 빛을 터뜨렸다.

[성자의 수호]
[물리 공격력, 물리 방어력, 마법 공격력, 마법 방어력이 신성력 스텟 개수의 30%만큼 15분간 상승합니다.]
[가신 코루의 물리 공격력, 물리 방어력, 마법 공격력, 마법 방어력이 신성력 스텟 개수의 20%만큼 15분간 상승합니다.]

성자의 검이 찬란한 빛을 터뜨린 그 순간, 카른이 움직이기 시작했다.

카른의 머리 위로 가야금이 나타났다. 가야금 위로는 주인 없는 손 두 개가 나타났고, 그의 손에는 느림의 바이올린이 들렸다.

쐐에에에에엑-

그가 바이올린을 켜자 아까보다 훨씬 더 짙은 검은색의 마기가 검기가 되어 수십여 가닥 쏟아져 들어오기 시작했다.

그 순간 성기사 코루의 앞으로 아테네를 상징하는 십자가가 그려진 사각 방패가 생겨났다.

이어 사각 방패의 크기가 그 무엇이든 방어할 수 있을 정도로 커다래졌다. 이는 신성력 스킬의 범주에는 들어가지 않는 경우였기에 사용 가능했던 것이다.

쾅 콰콰콰콰콰쾅!

수십 개의 검기가 방패와 충돌을 일으켰다.

'……미쳤군! 너무 강하잖아.'

코루가 치료를 하고 성자의 수호 효과를 보긴 했지만, 공격이 너무 막강했다.

"큽!"

아테네의 방패를 강타하는 충격에 코루는 뒤로 계속 밀려나기 시작했다.

본디 성자의 수호는 '신성력 스텟'의 힘에 의해 좌지우지된다. 신성력이 900 정도 되는 코루는 모든 힘이 18% 정도 상승했다고 보면 된다. 약 100레벨 정도의 수치라고 할 수 있을지도 모른다. 하지만 적 또한 너무도 강력했다.

코루는 자신의 등 뒤 민혁의 목소리를 들을 수 있었다.

"코루 님."

"크읍! 예!"

"적 좀 도발해 봐요."

"도발이요?"

"네."

"이 바보야!"

순간 민혁은 할 말을 잃고 코루를 멍하니 바라봤다.

"아, 아니, 좀 더 심하게 욕해봐요. 아까 전엔 잘하시더니……."

"그, 그건 무의식이었습니다."

"무의식적으로 도발해 봐요!"

성기사 코루. 그는 살면서 한 번도 욕이라는 걸 해본 적이 없다.

아, 조금 전에 실수로 하긴 했었다. 하지만 청렴한 성기사 코루는 아테네 신을 모시는 만큼 욕을 금했다.

그렇지만 지금은 살기 위해 욕을 해야 했다.

"야 이 머저리 같은 새끼야, 어딜 감히 악마 조무래기의 부하 놈이 와서 설치느냐, 생긴 것 봐라! 내가 어제 먹다 버린 시금치 같이 생겨먹었구나!! 에라이 이 호랑 말코 같은 놈아! 네 엉덩이에 이 검을 쑤셔 넣어줄까?"

성기사 코루는 욕을 뱉어내는데, 순간 가슴에 뚫렸던 한이 쏴아아아 하고 내려가는 기분을 느꼈다. 마치 이십 년 묵은 변비가 내려가는 기분이었다.

그렇다. 성기사 코루. 그는 자신이 어떤 존재인지 비로소 자각한 것이다.

"카악 퉷! 고작 그것밖에 못 하나? 그래서 이 아테네 님의 방패를 뚫을 수 있겠어? 이런 등신 같은 놈!"

"이, 이제 안 해도……."

"조용히 해라, 민혁 놈아!"

"……."

"아, 제가 흥분했군요."

성기사 코루의 입가에 미묘한 웃음이 감돌았다.

민혁이 도발을 유도한 이유는 하나였다. 얼마 전 고대의 군주와의 싸움에서 그는 고대의 군주를 도발해, 많은 광역 스킬을 유도시켰다.

그리고 카른도 고대의 군주 때와 동일했다. 가야금과 바이올린에서 검은 마기가 폭사되기 시작했다.

[전율의 악마의 강림]

수백 개의 검기 가닥이 쏟아지기 시작했다. 그리고 땅이 꿈틀거리며 폭발을 일으키려 했다.

그 순간, 볼과 휘핑기를 꺼낸 민혁이 휘핑기를 볼 안에 넣고 돌렸다.

[캔슬]
[사용자를 중심으로 5m 안의 모든 스킬, 마법을 무효화시킵니다.]

수백여 개의 검기 가닥 중 반절 이상이 소멸되어 사라졌다. 그리고 폭발하려던 땅이 잠잠해졌다. 하지만 문제는 반경 5m 바깥의 것들이 쏟아진다는 거였다.

민혁이 앞으로 나섰다. 그리고 프라이팬을 거대화시켰다.

[프라이팬 거대화]
[마력량에 따라 프라이팬 크기를 조절할 수 있습니다.]

거대해진 프라이팬과 수백 개의 검기 가닥, 그리고 땅에서의 폭발이 일었다.

쾅 쾅쾅쾅쾅쾅쾅쾅!

"끄, 끝났다……."

"저건 못 막아."

유저들이 탄식을 흘렸다. 조금 전, 그 공격은 유저들 수백 명도 단숨에 집어삼킬 수 있을 듯한 능력으로 보였다.

한숨들이 쏟아져나왔다. 하지만 반대로 민혁은 멀쩡히 걸어 나왔다.

그리고 말했다.

"……하나도 안 아픈데? 모기 물린 것처럼?"

카른이 한 걸음 뒤로 물러났다.

민혁은 자신의 몸을 둘러봤다. 강력한 폭발이 일었을 때, HP가 계속 감소했다. 약 0.5%씩? 정말 미약한 수준이었다.

그리고 보면 성자의 검에 붙은 성자의 수호는 신성력 스텟 개수만큼 30%의 힘을 올린다.

민혁의 신성력 스텟은 이미 4,000을 넘어섰다. 거기에 판도라의 투구의 특수 효과로 스텟이 자그마치 8,000이 되어 그 스텟의 30%만큼 힘을 받게 된다. 즉, 최소한 물리 공격력, 물리 방어력, 마법 공격력, 마법 방어력이 2,500 이상씩 상승하는 거다.

이 모든 것이 2,500 이상이라는 것은 어마어마한 것이다.

예를 들어 레벨 100의 유저가 물리 공격력 1천과 물리 방어력 1천이라 가정한다. 그러한 레벨 100의 유저는 물리 공격력 2천과 물리 방어력 2천을 가진 유저를 절대 이기지 못한다. 설령 동레벨의 다섯 명 이상이 붙어도 말이다.

물리 공격력이 적의 방어력에 미치지 못할 시 유저들에게는 저절로 '회피' 능력이 생긴다. 때문에 레벨 100의 유저가 2천의 수치를 가진 유저를 아무리 공격해도 치명타가 터지지 않으면 대부분 대미지는 회피된다.

지금 민혁의 상태가 그러했다. 성자의 수호에 따라, 카른은 레벨 150 정도 유저라면 민혁은 200을 넘는 유저인 셈.

"……뭐, 뭐야?"

"이게 말이 되는 거야?"

"이거 솔직히 너무 사기 아니야?"

유저들이 웅성거렸다. 하지만 민혁은 계속 걸었다.

카른은 당혹스러웠다.

그의 바이올린이 퉁겨졌다.

쐐애에에엑- 탱!

민혁의 불멸의 갑옷과 부딪친 순간, 검기가 무력화되었다.

퉁퉁퉁퉁-

카른은 계속해서 가야금을 퉁기고 바이올린을 켰다.

쐐에에에엑- 쾅쾅쾅쾅쾅쾅쾅!

[HP가 95% 미만으로 감소합니다.]

[HP가 93% 미만으로 감소합니다.]

"흐음, 그렇단 말이지."

쾅 쾅쾅쾅쾅쾅!

쉴새 없이 땅이 폭발하고 민혁을 집어삼켰다. 하지만 충분히 견딜 수 있는 정도였다. 모기가 문다고 '앗, 따거!'라고 하지만 아프다고는 안 한다. 그와 비슷했다.

카른은 뒷걸음질 쳤다.

"히이이이익!"

카른 또한 분명히 1.6배 강해졌다. 그런데, 앞의 놈은 상식을 벗어났다.

이는 카른이 마기를 품은 '마인'이 되었기 때문이다. 마인의 힘은 오로지 마기에서 나오고 마기와 신성력은 완전히 다른 힘이었으니까.

게다가 민혁은 한 번씩 붕대 감기를 통해서 HP를 회복했다.

"이, 이놈 오지 마라!!"

만약 카른이 마인이 되지 않고 순수한 극강팔인이었다면 민혁을 죽일 수 있었을지도 모른다. 하지만 지금은 다르다.

카른의 바이올린이 거센 마기를 폭사시켰다. 허공에 떠오른 검기들의 날이 휘어지며 단도처럼 변하더니, 민혁을 향해 움직였다.

풋풋풋풋풋풋풋-

하지만 대부분의 공격이 미스였다.

그마저 성공하는 순간.

"붕대 감기!"

민혁은 곧바로 자신의 팔에 붕대를 감아버렸다.

카른은 어안이 벙벙한 표정이 되었다. 그리고 민혁이 그의 코앞에 도달했다.

"그렇다고 날 죽일 수 있을 것 같으냐?"

카른이 캐스터네츠를 쳤다.

딱딱딱딱-

이전의 두 번과 다르게 네 번. 그러자 순간적으로 방어력이 3배 상승했다.

사실상 카른은 자신도 민혁과 비슷한 상태라고 생각했다.

그 순간, 민혁의 검이 움직였다.

풋!

민혁의 검이 움직인 순간 카른의 몸에서 피가 분수처럼 솟구쳤다.

성자의 검. 마기를 가진 자의 방어력 60%를 무시한다는 특별한 능력을 가진 검이다.

"어, 어떻게 이런 힘을 낼 수 있는 것이냐! 도대체 어떻게!!"

극강팔인 중 하나이며 마인화가 되었고 베로스의 힘까지 받은 그였다. 그런데, 어떻게?

"밥 잘 먹고 운동 열심히 하고 잠 잘 자면 되지, 아. 그리고 참."

민혁이 이를 드러내 웃었다.

"약간의 템빨도 필요해."

민혁은 뒤로 걸음을 옮겼다.

카른의 몸이 엄청난 속도로 재생되고 있었다. 트롤의 세 배에 버금가는 재생력! 이정도라면 몸을 산산조각 내지 않으면 사냥 불가다.

"으아아아아아아!"

카른이 비명을 질렀다. 그리고 그 앞에선 민혁은 흩날리는 검을 준비했다.

허공에서 떨어진 수백여 개의 은빛 낙엽. 신성력 스텟 8,000의 힘, 더 나아가 성자의 수호에 따라, 마법 공격력 2,500까지 더해진 그 힘이 일제히 쏘아졌다.

풋 풋 풋 풋 풋 풋 풋 풋 풋 풋 풋-

카른의 몸을 낙엽들이 유린하기 시작했다. 몸 곳곳이 찢어 발겨졌다.

그의 몸이 형체도 없을 정도로 소멸되어 사라졌을 때, 끊임 없는 알림이 울렸다.

[전율의 숭배자이자 극강팔인 중 네 번째 카른을 사냥하셨습니다.]

[명성 300을 획득합니다.]

[레벨업 하셨습니다.]

[레벨업…….]

[전율의 악기를 획득합니다.]

[직업 퀘스트 '식신의 내기'가 생성됩니다.]

그와 함께 민혁의 앞으로 환한 빛이 터져 나왔다.

터져 나온 그 환한 빛에서는 반투명한 영체의 사내가 나타 났다.

바로 식신이었다.

3장
맛있는 원정대

오창욱은 침울한 표정으로 소파에 앉아 있었다.

앉아 있는 그의 앞으론 그가 켜놓은 게임 채널 ATV가 켜져 있었다. 우리나라 현존하는 게임 채널 중 가장 많은 시청자를 불러모으는 게임 채널이었다.

그 이유는 ATV는 다른 게임 방송사들과는 다르게 매일 새로운 직업군, 다양한 퀘스트 등을 방송해 주며 특별한 공략법 또한 보여주기 때문이었다.

그러던 때였다. 이진환이 창욱의 세상 다 잃은 듯한 표정을 보고는 커피 잔을 들고 다가갔다.

"무슨 일 있나? 창욱 군."

"……저 까였어요."

"응?"

10

진환은 그에 고개를 갸웃했다. 창욱이 양손으로 얼굴을 감쌌다.

"까이다니?"

"혜진 씨한테 고백했는데, 뻥 까였다고여! 왜지? 분명히 분위기 좋았는데……!"

"흠…….'

이진환은 고개를 갸웃했다.

불멸의 대마법사 창욱이 솔로 탈출을 감행했는데 생각처럼 되지 않았나 보다.

"제가 무슨 잘못이라도 한 걸까요? 까톡을 보냈는데, 답장 몇 번 하시더니, 읽고 씹으세요."

"혹시 그 까톡 나도 볼 수 있겠나?"

그에 창욱이 휴대폰을 건넸고, 휴대폰을 본 진환은 멍한 표정으로 창욱을 보았다.

[창욱: 사랑합니다. 혜진 씨! 저랑 만나요!]

[혜진: 네? 헐……!]

[창욱: 제가 사실 숙기가 없어서 이제까지 말씀 못 드렸는데, 정말 좋아합니다!]

[혜진: 숙기요……?]

[창욱: 넵, 제가 숙기가 없어요.]

[혜진: ……숙기숙기! 마 슈퍼 숙기숙기! 숙기숙기! 숙기숙기! 우리 창욱 씨가 숙기가 없어서 어떡한대요……. 이노무 숙끼야…….]

[창욱: ……?]

"아니, 맞춤법이 틀렸지 않나…… 또 다짜고짜 사랑한다니,
자네 정말 연애 고자군!"

"예?"

진환은 황당한 표정이었다.

"숙기가 아니라, 숫기지."

"……비슷한 거 아닌가요?"

진환은 쯧- 하고 혀를 찼다. 아마도 창욱은 오랜 시간 불멸
의 대마법사 자리를 지킬 수 있을 것 같았다.

바로 그때였다.

[가상현실게임 아테네. 대규모 전쟁전 발발 임박!!]

TV에서 들려오는 목소리. 그 목소리는 매일 영화 예고편에
서 '미국 박스 오피스 1위!!'를 외치던 남자의 목소리였다. 어찌
매일 같이 박스 오피스 1위를 하는 영화들만 나오는지는 모르
겠지만 말이다.

그와 함께 한 화면이 나타났다. 그 화면에는 아직 오픈되지
않은 엘프들의 땅이 보이고 있었다.

[꺄아아아아아악!]

[도망쳐!!]

[베로스 님을 찬양하라!]

[베로스 님의 재앙이 온 세상을 물들일지어니!!!]

베로스 악마의 숭배자들이었다.

그리고 한 틈에 열려 있는 포털. 그 안에서 마물과 마족들이 튀어나오기 시작했다.

그 중앙에 한 엘프가 서 있었는데, 유독 귀가 더 뾰족한 그 엘프가 화살이 없음에도 화살을 거는 시늉을 했다.

그리고 활시위를 놓는 순간.

퓨퓨퓨퓨퓨퓨퓩!

수백여 발의 화살이 몰려오는 마인들과 마물, 마족들을 꿰뚫었다.

[엘프의 왕 고른이시여! 몰려오는 적들이 너무도 많습니다. 후퇴하셔야 합니다!]

[애통하도다. 이대로 가다가는 우리 엘프의 숲이 지옥으로 물들 것이다!]

[하지만 지금으로서는 방법이 없습니다.]

[……인간들과 맺은 백 년의 약속을 시행해야 할 때가 온 것 같군.]

[백 년의 약속 말입니까?]

[그래, 백 년의 약속. 백 년의 약속을 통해서 우리는 인간들의 도움을 받아야 할 것 같네. 지금 당장 하이엘프들을 보내게!]

[예!]

그리고 곧바로 화면이 변환되었다.

변환된 화면. 그 안에는 이필립스 제국의 여제 엘레와 콜로디스 제국의 황제 아스폰이 앉아 있었다.

[지금은 잠시 우리가 휴전해야 할 때인 것 같소. 엘레.]

[동감해요. 백 년의 약속을 엘프들이 요청해 왔습니다. 백년의 약속 중 한 종족이 멸망할 위기에 처했을 때 도와준다. 대신, 도움을 요청한 족은 합당한 대가를 준다. 엘프들의 숲에 마계의 문이 열리기 시작했어요. 엘프의 숲 다음으로는 우리를 치겠죠.]

[잠시 휴전을 하도록 하지.]

두 사람이 손을 마주 잡았다.

그리고 계속 대화를 나누었다.

[마계의 문을 막기 위해선 이방인들의 힘이 절실히 필요한 것 같군.]

[군대를 꾸려 토벌대들을 파견하도록 하죠.]

그와 함께 이번 대규모 전쟁전에 관련한 내용이 떠올랐다.

[새로운 에피소드. 마계의 침공]

1. 엘프들이 각 마을에 생겨납니다.

2. 엘프들을 통해서 다양한 퀘스트를 받을 수 있습니다.

3. 소속 제국을 통해서 마계 침공 막기 퀘스트를 진행하실 수 있습니다.

4. 활약 정도에 따라 얻는 기여도를 전쟁 포인트로 전환하실 수 있습니다.

5. 전쟁 포인트는 각 마을에 있는 특별한 엘프들을 통해서 아티팩트, 스킬북, 경험치북 등 다양한 것으로 교환할 수 있습니다.

6. 추가적인 공지 내용은 아테네 공식 홈페이지에서 확인하실 수 있습니다. 모두 즐거운 아테네되세요! ^^

"오……!"

"방금까진 시무룩하더니?"

진환은 방금까지 죽을상을 짓던 창욱의 표정에 활기가 차자 쯧- 하고 혀를 찼다.

창욱은 곧바로 아테네 공식 홈페이지에 접속했다. 그리고 엘프들에 대해 확인했다.

엘프들은 포인트를 받고 원하는 것들로 교환해 주는 역할을 한다. 특히나, 엘프들이 판매하는 건 대부분 이제까지 나오지 않은 진귀한 것들뿐이었다.

그러다가 이어 창욱이 이채를 띠었다.

"엘프들이 파는 것 중에 먹을 것도 있네?"

그리고 창욱은 그것들을 하나하나 곱씹어봤다.

"엘프의 꿀로 만든 고르곤졸라피자에, 엘프의 흑맥주, 엘프 비빔밥…… 흠……."

창욱은 한 가지 생각이 들었다.

"이거 100% 민혁이 참여하겠네."

민혁은 자신의 앞에 나타난 존재가 바로 식신 알렌이라는 사실을 알 수 있었다. 그를 직접 대면하는 것은 처음이었다.

현재 민혁은 레벨업을 통해서 단숨에 380레벨까지 올라왔다.

"호오, 생각보다 뚱뚱하진 않군. 오히려 아주 잘생겼어."

"식신님도요."

민혁이 작게 웃음 지었다. 자신처럼 먹을 걸 좋아하는 사내. 그의 등장에 반가울 수밖에 없었다.

"나는 시간이 많이 없다네, 아주 잠시 이곳에 머무를 수 있을 뿐이야."

식신은 이미 진작에 죽은 인물이었다.

"나의 부탁은 확인하였는가?"

"아직입니다."

"확인해 보게."

민혁은 곧바로 확인해 봤다.

[직업 퀘스트: 식신의 내기]

등급: SS

제한: 식신

보상: 달성에 따라 달라진다.

실패 시 페널티: 없음

설명: 식신은 살아생전 많은 부하를 거느렸던 뛰어난 지휘관이었다. 뛰어난 지휘관이었던 식신은 항상 전쟁에서 빛을 발했다. 하지만 그때 식신과 전쟁을 함께 치렀던 신들은 식신의 후손이 먹기만 좋아하며 게으르고 약한 자일 거라고 말했다. 그리고 그때 당시의 신들은 내기를 했다. 이 퀘스트는 해당 레벨 이상의 신 클래스 유저들 대부분이 각자 다른 보상과 방식으로 받게 된다. 더 이상 식신이 먹기만 하는 직업이 아님을 입증하자, 하지만 해내지 못해도 괜찮으며 원치 않을 시 거절해도 된다.

1. 적 사살 100% 달성 시: 식신의 엽기적인 떡볶이 세트.

2. 지휘관 능력 100% 달성 시: 식신의 무뼈 닭발 세트.

3. 내기에 참여한 셋의 신 중에서 가장 높은 기여도를 획득할 시: 식신의 식칼 획득.

실패 시 페널티가 없는 특별한 퀘스트! 게다가 다섯 개의 신의 요리와는 전혀 무관한 직업 퀘스트였다.

식신의 후예가 게으르고 약할 거라 생각했다? 웃음이 나는 말이었다.

식신 알렌 역시 어느 정도 동감하는 바는 있었다. 식신으로의 전직은 오로지 먹는 것으로 이루어진다. 처음 포만도 10/10을 채

워내고 전설 클래스 버서커가 아닌, 돼지를 택하고. 오로지 먹을
것에 먹을 것! 그런 존재가 강하다는 것은 힘들다.

그리고 알렌은 그의 힘을 가늠할 수 있었다.

알렌이 천천히 손을 뻗었다.

"자네가 지금 어디까지의 경지까지 올랐는지 궁금하구만,
이 돌을 잡아보겠나?"

민혁은 천천히 손을 뻗어 그가 내민 스톤을 잡았다.

에너지 스톤. 상대방의 힘을 가늠할 수 있으며 대신에 평균
적인 470레벨 이상의 힘을 보유한 자들에겐 말을 듣지 않는다.

민혁은 손을 뻗어 그 에너지 스톤을 잡아봤다.

그 순간.

쩌저저저적-

금이 가는 소리가 났다. 알렌의 눈이 휘둥그레 떠졌다.

'뭐, 뭐야…… 이 소린…….'

식신 알렌 또한 당황했다.

에너지 스톤은 언급했듯 470레벨 이상의 유저들의 힘은 가
늠할 수 없다. 그리고 평균적인 스킬, 스텟, 착용 아티팩트 등
을 합산했을 때, 500레벨 이상의 무력자라면?

부서진다.

콰드윽!

민혁의 손아귀 안에서 에너지 스톤이 부서졌다.

"자네…… 도대체 이제까지 뭘 한 건가…….."

식신 알렌이 경악한 표정으로 그를 바라봤다. 그는 500레벨

이상의 무력을 갖췄다는 의미였기 때문이다.

민혁은 놀라워하는 알렌에게 고개를 갸웃하며 답했다.

"식신님의 뒤를 이어 열심히 맛있게 먹었을 뿐인데요!!"

민혁은 쾌활하게 답했다.

알렌은 그런 그를 보다가 푸하하하하 웃고 말았다.

"정말 내 후예답구먼!"

"에이, 참. 아직 멀었죠. 드래곤 브레스로 통구이는 먹어줘
야 식신의 후예라고 할 수 있는 거 아닐까요?"

"오, 그렇지. 자네 그거 안 먹어봤지? 드래곤 브레스로 통구
이를 먹으면 입안 가득 훈제의 향이 퍼지는데……."

꼴깍.

두 사람의 목울대가 동시에 움직였다. 정말 마음이 잘 맞는
둘이었던 것이다.

"아, 참참. 나는 시간이 없었지. 나의 내기를 수락하겠는가?"

"물론입니다. 보상이……."

민혁은 감격했다. 알렌이 고개를 주억였다.

"그렇지, 보상이 끝내주지?"

"세상 행복해요! 꼭 모두 해내고 말 거예요!"

보상에 적혀 있는 것은 야식의 대명사인 엽기적인 떡볶이와
무뼈 닭발 세트였다.

아주 가끔 그런 날이 있다. 매운 것이 당길 때. 그런 날은 대
게 스트레스를 무진장 받았을 때다.

그런 날에 주문한 엽기적인 떡볶이와 무뼈 닭발 세트.

배달 온 엽기적인 떡볶이의 뚜껑을 열면 먼저 보이는 것은 하얀빛으로 녹아내린 치즈이다. 그리고 그 안으로는 붉은빛 떡볶이가 있다. 떡볶이 안에는 비엔나소시지, 물만두도 함께 들어 있다. 그리고 딸려 오는 보들보들해 보이는 계란찜.

매운 떡볶이나 무뼈 닭발을 먹으면 이마에 송글송글 땀이 맺히고 입에서 절로 '스읍, 허'라는 소리가 나온다.

그때 다급하게 마시는 줄피스 음료수. 개인적으로 민혁은 복숭아 맛을 좋아했는데, 그 시원한 줄피스 음료를 마셔주면 얼얼한 혀가 한층 진정된다. 그리고 또 엽기적인 떡볶이를 먹어주면 즐거운 고통이 시작되는 거였다.

계속 손을 뻗게 되는 마성의 유혹!

그러한 떡볶이, 또는 무뼈 닭발이라니. 이거 꼭 해내야겠다는 생각이 들었다.

"식신의 식칼은 과거 식신님이 상용하셨던 아티팩트인가요?"

"그렇다네, 아주아주 특별하고도 놀라운 힘이 있지."

하지만 정작 먹을 것을 제하고 크게 관심 없는 표정의 민혁이었다.

그에 알렌은 흐뭇한 표정을 지었다.

"역시 내 후예다워! 암, 그래야지!"

"에휴, 먹지도 못하는 아티팩트. 뒤서 뭐 하나요."

"그럼. 먹지도 못하는 거 말일세. 나도 아테네 신이 제지하지 않았다면 전부 먹을 걸로 보답해 주고 싶었네!!"

"하하하핫! 그거 정말 행복하군요."

두 사람은 정말 쿵짝이 잘 맞았다.

그리고 이 모습을 바라보는 코루와 로이나가 중얼거렸다.

"환장하겠군요."

"대식가 집안의 아빠와 아들을 보는 것 같네……."

그리고 이어 민혁은 아차 했다.

"참, 혹시 특별한 요리 도구 같은 거 없나요?"

"특별한 요리 도구?"

"예, 제가 이번에 반신 아티팩트 제작법을 얻었거든요."

민혁은 그 말만은 소곤소곤 작게 이야기했다. 그에 알렌의
눈이 휘둥그레졌다.

'아, 아니, 도대체 진짜 무슨 짓을 하고 다니는 거야!!'

반신 아티팩트 제작법이라? 그것이 가진 힘을 알렌은 알고
있었다.

그리고 알렌은 한 가지 정보를 알고 있었다. 그 존재들이 가
진 특별한 보물들. 그 보물들을 모두 모으면 자신이 원하는 형
태의 아티팩트를 제작할 수 있다는 것을.

알렌이 고개를 끄덕이며 말했다.

"있지, 아주 대단한 아티팩트가. 그런데, 아주 먼 곳에 있다네."

"거기가 어딘데요?"

"마계."

"……!"

이민화와 박 팀장의 눈이 휘둥그레 떠졌다. 두 사람이 놀란 이유는 간단했다.

지금 화면 속에서 식신이 말하고 있는 내용 때문이었다.

[마계요?]

[그래, 마계. 그곳에 가면 사대천왕이 존재하지, 그 사대천왕 들이 보물들을 가지고 있다네, 청동검, 비파 등 다양하네. 그 리고 소문에 따르면 그들의 보물 네 가지를 전부 모은다면 자 신이 원하는 형태의 아티팩트를 만들 수 있지.]

[와, 자신이 원하는 형태의 아티팩트……!]

[그래, 능력 또한 자신이 원하는 것 한 가지를 부여할 수 있 어. 내가 그들의 보물로 만들려고 한 것은 바로 오븐이었다네. 하지만 결코 쉬운 일은 아니었기에 포기했다네. 그들의 부탁을 들어주거나 혹은 그들과 싸워 이겨야만 쟁취할 수 있을 터네.]

[오호, 그렇군요. 오븐이라…… 닭고기나 돼지고기를 구울 때 기름기가 너무 빠져나가지 않게 해주는 오븐이 있으면 참 좋을 텐데……!]

[오, 나도 한번 만들어보고 싶군……!]

[꼭 제가 한번 오븐 만들어볼게요!]

[그래, 자네를 믿겠네! 내가 해내지 못했던 걸 자네가 해내 면 좋겠어!]

그와 함께 민혁에게 퀘스트가 떠올랐다. 아테네 운영자들에겐 최악의 악수였다.

"퀘스트창 띄워봐."

"네, 팀장님."

[연계 퀘스트: 마계에서 사대천왕을 만나기]

등급: SSS

제한: 식신

보상: 사대천왕의 보물

실패 시 페널티: 모든 스텟-20

설명: 마계에 있는 사대천왕들, 그들의 보물을 한데 모으면 원하는 형태의 아티팩트를 제작할 수 있다는 소문이 있다. 그들의 보물을 모아라, 그리고 그전에 일단 마계부터 가야 하지 않겠는가?

그들이 이렇게 경악하는 이유는 하나였다.

사대천왕의 보물에 관련한 퀘스트를 주는 NPC들은 대부분 '소문에 따르면 원하는 형태의 아티팩트를 주지만 좋을지는 알 수 없다'라고 말하게 설정되어 있다. 그렇기에 유저들은 의아해하면서 도전하거나 포기하게 된다.

사대천왕은 마계의 3대 악마 다음으로 주축이 되어주는 거물들이었다. 그러한 사대천왕을 만나는 일이 쉬울 리가 없으며 그들의 퀘스트를 수행하거나 그들을 사냥하는 것 또한 어려운 일이기 때문이다.

그리고 바로 지금.

"켄라우헬이 지금 사대천왕을 만나기 위해 고군분투하고 있지?"

"예, 팀장님."

진작에 마계에 갔던 켄라우헬. 그가 그들의 보물을 찾기 위해 움직이고 있다.

마계의 경우 베아스 마을처럼 세계 모든 유저들이 만날 수 있는 만남의 장이었다. 그리고 이제 후발 주자로 민혁이 도전할지도 몰랐다.

켄라우헬보다도 민혁이 문제였다.

"소문과 다르게 보잘것없는 게 아니라 무조건 재앙 아티팩트급의 힘을 머금은 아티팩트가 나타나지."

그것에 대해 ㈜즐거움에서 명명한 이름.

"권능 아티팩트……."

이민화가 중얼거렸다.

자신이 원하는 형태의 아티팩트가 재앙 아티팩트급의 힘을 발한다. 그리고 네 개의 보물을 모아서 반신 아티팩트 제작법을 사용해 버린다면? 재앙 아티팩트 이상의 힘을 내게 될 거라는 거였다.

"민혁 유저가 마계에 가질 않길 바라야겠어요."

"그래, 최초로 나올 권능 아티팩트가……."

박 팀장은 잠시 말끝을 흐리다가 '에효-' 하고 한숨을 쉬며 턱 내뱉었다.

"오븐이면 좀 그렇잖아……."

민혁은 로이나가 떡만둣국을 만들러 간 틈을 타서 식당에서 얻은 아티팩트를 확인했다.

그의 옆에는 이제 그의 가신이 된 코루가 있었다.

〈전율의 악기〉

등급: 전설

제한: 신성력 400 혹은 마기 400 이상

내구도: ∞/∞

공격력: 714

특수 능력:

- 세상의 모든 악기로 변화할 수 있음.
- 신성력을 보유한 자에게는 신성력의 힘이 깃든 따뜻한 연주가, 마기를 품은 이의 연주는 죽음의 전율이 될 것이다.
- 엑티브 스킬 가야금의 폭주
- 엑티브 스킬 느림의 바이올린
- 패시브 스킬 연주 지휘자

설명: 3대 악마 중 하나인 베로스가 악마 숭배자 중 한 명에게 선사한 악기이며 신성력 혹은 마기 사용자에 따라 특별한 힘을 발한다.

가야금의 폭주는 가야금을 퉁길 때마다 폭발이 일어났던 스킬로 추정되었다. 그리고 느림의 바이올린은 검기를 쏘아 보내던 그 힘이었다.

하지만 민혁이 가장 마음에 드는 것은 바로 패시브 스킬 연주 지휘자였다.

(연주 지휘자)
패시브 스킬
레벨: 없음
효과:
　•마기를 가진 자의 연주는 지속적으로 HP를 하락시키며 고통스럽게 만든다.
　•신성력을 가진 자의 연주는 듣는 이들의 HP와 MP를 회복시키며 동식물이 더 건강하고 빠른 속도로 자랄 수 있게 도와준다.

"이건 이제부터 코루 님의 것입니다."

"오, 이 귀한 걸…… 감사합니다."

코루는 감격한 표정이었다. 확인해 보니 무척이나 좋은 물건이었다.

"이제부터 코루 님은 이 악기를 이용해 군주의 씨앗을 키우시는 막대한 임무를 받으실 겁니다."

민혁의 표정은 비장함에 가득 차 있었다.

코루는 군주의 씨앗의 존재에 알았다. 전대 교황과 고대의 군주가 만들어낸 씨앗! 이 씨앗엔 어마어마한 힘이 숨겨져 있을지도 모른다. 그러한 힘을 깨우는 중책을 자신이 맡은 것이다.

"꼭 해내겠습니다."

"예."

민혁이 맛있는 걸 먹고 싶어서라는 걸 모르는 코루는 그저 비장할 뿐이었다.

'흠…… 식신님께서는 일단 평소처럼 지내면 식신의 내기를 진행할 수 있게 사람이 찾아온댔는데, 그게 언제이려나.'

민혁은 고개를 갸웃했다. 일단은 기다리면 될 것이었다.

그때 로이나가 드디어 조랭이떡 만둣국을 완성해 왔다.

그녀가 민혁의 앞에 놔준 조랭이떡 만둣국! 그리고 그 옆에 놓인 배추김치.

"저희 아테네교의 텃밭은 어떤 곳보다 신성력의 농도가 짙지요. 그곳에서 자라난 배추김치는 일반 김치와는 차원이 다릅니다."

"오, 그렇군요."

민혁은 모락모락 김을 피우는 떡만둣국을 보았다. 그 위로 김 가루와 계란 지단, 채를 썬 후 함께 끓인 당근까지 올라가 있었다.

게다가 만두는 정말이지 실한 만두를 사용했다.

'이 모양새를 보아하니 후비고 교자만두가 분명해.'

역시 만두는 후비고 교자만두였다. 튼실한 사이즈에 안에 가득 들어 있는 속 재료들.

민혁은 먼저는 국물을 떠먹어 봤다.

'와······.'

민혁은 알 수 있었다. 이것은 사골 육수의 맛이었다.

"사골 나무라는 게 존재합니다. 그 나무의 육수를 사용해 떡만둣국을 끓였어요."

로이나가 이를 드러내 웃었다. 민혁은 엄지를 치켜세웠다.

민혁은 이번에 조랭이떡과 국물을 함께 들어 올렸다. 그리고 입에 넣어봤다.

우물우물.

쫀득쫀득한 조랭이떡에 사골 육수의 깊은 맛, 거기에 김 가루의 맛까지. 흐뭇한 미소가 감돈다.

'내가 이 맛에 산다.'

고된 노동 후에 먹어주는 맛있는 음식!

이번엔 만두! 민혁은 수저 위로 올라온 탱글탱글한 만두를 보았다. 빛에 반사되어 윤기가 자르르 흐르고 있었다.

후후 입으로 불어서 한참을 식히고 만두 하나를 통째로 입에 집어넣었다. 씹는 순간, 만두가 머금은 뜨뜻한 국물이 입안 가득 퍼져 나갔다. 입안에서 다채로운 맛이 났다. 채소와 고기 맛을 낸다는 고라드의 고기 나무.

그렇게 조랭이떡 만둣국을 먹어주다가 배추김치를 집어 든다.

아삭아삭-

새콤하게 씹히는 김치가 다소 느끼할 수 있는 맛을 잡아준다.

그렇게 먹다가 그릇을 통째로 집어 올린다. 그리고 사골 육수를 들이켰다.

"푸하. 진짜 맛있네요."

남은 조랭이떡과 만두를 먹어준 민혁은 국물 한 방울도 남기지 않았다.

그러더니 이내 로이나를 바라봤다.

"중요한 할 말이 있어요. 로이나 님."

"……네?"

민혁의 표정은 한없이 진지했다. 그리고 무언가를 갈망하듯 눈빛이 반짝였다.

'호, 혹시 나에 대한 고백……?'

로이나는 자신도 모르게 가슴이 덜컥 내려앉아 버렸다.

콜로디스 제국의 황제 아스폰 더 브레이트. 그는 자신의 앞에 도열해 앉은 두 존재를 보았다.

두 사람 모두 신 클래스였다. 한 명은 전쟁의 신 이클리였다. 이클리는 뛰어난 군주였다.

그는 길드에 속하지 않았다. 그럼에도 개인이 거느리고 있는 소도시만 해도 자그마치 세 개가 넘었다. 과연 전쟁의 신이라는 이름이 어울리는 이였으며 레벨도 470에 달했다.

그리고 그 옆에 앉아 있는 사내는 복면을 쓰고 있었다. 바로

'은밀한 살수'라는 암살자 길드의 마스터였으며 그 역시도 신 클래스 죽음의 신이었다.

두 사람은 길드를 제외하고서도 많은 병력과 가신을 부리는 자들이었다.

그 실력은 두말할 것도 없었다.

"신들의 내기는 받았는가?"

"예, 받았습니다."

두 사람이 답했다.

그렇다. 두 사람은 식신의 내기에 참여한 두 신이었던 것이었다.

물론 신 클래스들은 아직 신이라고 할 수 없다. 이방인 중 신에 오를 수 있는 자들은 아주 극소수에 지나지 않다. 그리고 일정 한계를 넘지 못하고 성장을 멈추는 그들은 결국에 신 클래스여도 그에 오르지 못한 낙오자가 될 것이었다.

"상대 쪽에선 어떠한 자가 나올지는 아직 예상되지 않는다. 하지만 이번 '아르곤 왕자'를 구출하기 위한 토벌대에서 자네들이 두각을 드러내야 할 것이야."

"물론입니다."

두 사람은 자신 있었다. 둘 다 지휘자로서는 최고의 반열에 오른 존재들이었다.

그리고 곧 아스폰의 입이 찢어졌다.

"수단과 방법을 가리지 말라."

이필립스 제국과의 휴전. 엘프들과의 백 년의 약속을 시행하기 위함이었다.

하지만 공개된 석상에선 아니었다.

끊임없는 경쟁. 엘프 왕자 아르곤을 구해낸다면 엘프족과의 높은 친밀도를 콜로디스 제국에서 얻을 수 있을 터였다.

그리고 고작해야 상대는 한 명이지 않은가?

두 사람이 밖으로 나섰다.

그리고 곧 이클리가 말했다.

"수단과 방법을 가리지 말라는 것은……."

"여의치 않다면 공격해도 된다는 거겠지."

대놓고 공격하기에는 굉장히 애매했다. 하지만 편법은 얼마든지 존재했다.

"일부러 적군을 몰아온다든가."

"또는 적군에게 그들의 위치를 알린다든가."

"우리가 적군인 척 트릭을 설치한다든가."

그들의 입가가 짙게 찢어졌다.

로이나는 콩닥콩닥 가슴이 떨렸다. 진지한 표정의 민혁이 그녀를 아무도 없는 침실로 이끌었기 때문이었다.

로이나의 가슴은 격하게 떨려왔다.

머릿속에서 말한다.

'너는 성녀야.'

성녀도 사람이었다. 가슴이 뛰고 사랑을 할 수 있다. 하지만 성녀이기에 그것을 다스릴 줄도 알아야 한다.

그러다 생각났다. 민혁이 자신을 구하기 위해 위험을 무릅쓰고 싸웠던 모습. 그는 정말 멋졌다.

그녀는 결심했다.

"저 처음이에요."

"······저도요."

민혁은 진지한 표정이었다.

로이나는 자신의 가슴 위에 손을 올리고 심호흡을 크게 했다. 한없이 진지한 민혁이 그윽하게 자신을 바라보고 있다. 등 뒤로는 침대가 놓여 있다.

그녀는 눈을 감았다. 그리고 느껴보기로 했다. 그의 숨결을. 그도 분명 자신을 사랑하고 있는 게 분명하니까.

"조심스레 다뤄주실 거죠?"

그렇게 말하며 로이나가 입술을 쭉 내밀었다. 이어 목소리가 들렸다.

"근데 눈을 왜 감아요?"

"에?"

로이나가 눈을 살며시 떴다.

앞에서 민혁이 실실 웃고 있었다. 그리고 정체 모를 것 두 개를 들고 있었다.

"헤헤, 로이나 님 하나 드세요! 떡만둣국 안 해줬다고 계속 토라져 있던 게 미안해서 처음으로 남에게 사탕을 양보하는

겁니다. 오늘 마법의 과자 상자라는 아티팩트에서는 자그마치 커플 반지 사탕이 나왔어요."

"바, 반지 사탕?"

순간 자신과의 잠자리보다 반지 사탕이 더 중요하다는 표정을 짓는 민혁을 보며 로이나는 황당해졌다.

"짠!!"

한 대 패고 싶었다. 하지만 그럴 순 없었다. 오로지 자신의 착각이었으니까.

로이나의 얼굴이 홍당무처럼 물들었다. 얼굴을 양 손바닥으로 가린 그녀! 그녀는 민망함에 뛰쳐나갔다.

"응? 왜 그러지?"

민혁은 의아해했다. 그러다 로이나가 안 가져간 반지 사탕에 해맑은 표정으로 양 손가락에 하나씩 끼고는 먹기 시작했다.

"크, 반지 사탕! 추억의 맛!"

그렇게 밖으로 나서던 때였다.

민혁은 자신을 기다리고 있던 존재와 만날 수 있었다. 바로 여제 엘레의 보좌관 루스와 피닉스 기사단이었다.

그들이 그 앞에 기다리고 있었다.

레전드 길드는 분주하게 움직이고 있었다.

대규모 전쟁 전의 발발! 그와 함께 유저들에게 많은 퀘스트들이 부여되었다. 레벨이 낮은 이들부터, 높은 이들까지 가리지 않았다.

아테네 공식 홈페이지에 오픈된 내용은 다음과 같다.

1. 엘프의 숲 인근 지역은 엘븐하임이라는 명칭의 곳이며 A, B, C, D, E 지역으로 나눠진다.

2. 나눠진 등급의 구역에 따라 유저들은 레벨에 맞게 그곳으로 가면 된다.

3. 전쟁 포인트를 통해 그곳에서 만난 엘프 NPC들로부터 다양한 아티팩트와 포션, 전쟁 물자 등을 구매할 수 있다.

4. 엘프의 숲에 가장 먼저 도달한 자에겐 특별 보상이 주어진다.

레벨이 낮은 유저부터 높은 유저들까지 다채롭게 즐길 수 있게 ㈜즐거움 측에선 지역을 나눴다. 가장 강한 A 지역부터 B, C, D, E 지역까지.

물론 B, C, D, E급 지역에서 나올 최하급 마수와 같은 녀석들을 상대할 유저 중에선 가장 먼저 엘프의 숲에 도달하는 이가 없을 것이다.

'엘프의 숲에는 무엇이 있을까?'

지니는 준비를 하다 문득 궁금해졌다.

엘프의 숲은 아직 오픈되지 않은 신대륙이었다. 그 때문에 가장 먼저 그에 도달할 유저들이 누구일지 크나큰 관심을 사고 있었다.

그리고 레전드 길드는 A 지역을 개척하기 위해 출정 준비 중이었다.

A 지역에는 국내에 내로라하는 모든 길드가 모이게 될 것이었다. 부영주인 밴은 이곳에서 영지를 지켜야 했다. 병력이 상당수 빠져나가기 때문에 이를 틈타 공격을 시도하려는 길드가 있을 수도 있다.

그리고 지니는 먼 곳에 있는 한 사내를 보았다. 그는 성기사라고 민혁이 알렸으며 두 번째 가신이라 했다.

민혁은 여제 엘레의 부름에 의해 함께 가지 못한다고 밝히며 아쉬움을 보였다.

성기사 코루라는 사내는 밭을 갈고 있었다.

펏펏펏.

"드럽게 안 갈리네~! 아놔! #$$%@%%@$."

"……저게 성기사라고? 양기사 같은데."

"양기사가 뭐야?"

옆에서 분주히 움직이던 칸이 물었다.

"양아치 기사."

"……음"

로이나는 미간을 좁혔다. 그녀는 몰랐지만, 민혁의 도움(?) 덕분에 성기사 코루는 자신의 자아를 깨우치지 않았는가?

성기사 코루는 밭을 간 다음에 그곳에 씨앗을 심은 뒤에 물을 고루고루 주었다. 그리고 그 밭 앞에 앉아 양손을 모으고 기도를 올렸다. 그다음엔, 벌떡 몸을 일으켜 절을 하며 외쳤다.

"자라나라, 씨앗씨앗!!"

그러더니 이윽고 품속에서 한 악기를 꺼내 들었다. 악기는 본래 캐스터네츠의 모양이었다. 한데, 곧이어 변한 모양은 리코더였다.

삐 삐삐 삐 삐삐~

익숙한 선율에 로크가 중얼거렸다.

"에델바이스~ 에델바이스~ 저거 나 초딩 때 리코더로 배운 건데……."

"혹시 저 나이에 다룰 줄 아는 악기가 리코더뿐인 걸까?"

"크! 이 환상적인 소리!! 나처럼 리코더를 세상에서 가장 잘 부는 사람은 또 없겠지! 하! 나란 남자…… 못하는 게 없어……."

연주를 마친 코루가 감격하며 흐뭇한 미소를 지었다.

로크와 지니의 시선이 마주쳤고 곧 로크가 말했다.

"……미친놈이네."

"응…… 그런 것 같아."

지니는 한숨을 쉬었다. 어째 제정신인 가신이 없는 것 같았다.

"에휴."

민혁은 어제 엘레의 부름에 그녀와 만날 수 있었다.

"잘 지내셨어요, 누나?"

"못 지냈다."

"어? 왜요?"

"네 음식이 먹고 싶어서."

"이런, 이런! 제가 맛있는 요릴 해드려야겠군요!"

엘레는 민혁을 보면서 흐뭇한 미소를 지었다.

사실 다소 놀랐었다. 내기를 한 신들의 후예 중 하나가 민혁일지는 꿈에도 몰랐기 때문이다.

세 명의 신이 과거 내기를 했다는 이야기는 콜로디스 제국뿐만 아니라 이필립스 제국에서도 내려오는 이야기였다.

그곳의 황제들은 그 신 클래스들에게 그들의 내기를 이행할 수 있는 임무를 부여해야 했다.

그리고 내기에 적당한 임무가 부여되었다.

"엘프의 숲의 왕에게는 유일한 자식인 아르곤이라는 왕자가 존재한단다."

"네."

"얼마 전 엘프의 숲을 습격한 마인과 마족들이 아르곤을 납치해 갔다고 하더군. 네 임무는 주어진 병력 50을 이끌고 그를 구출해 오는 것인데, 아르곤이 있다는 곳이 불멸의 땅이라고 하더구나."

불멸의 땅. 고레벨 유저들도 가는 것을 굉장히 꺼리는 곳이었다. 그 이유는 상당한 고레벨 몹이 즐비했기 때문이었다.

그뿐만이 아니었다.

"아마 그곳에 마물과 마인들이 상당히 있겠지."

고레벨 몹들뿐만이 아니라, 마물과 마인들도 있을 터였다.

더 끔찍한 사실은 바로 이것이었다.

"그리고 불멸의 땅은 몹들뿐만이 아니라 자연재해가 시시각각 일어나는 곳이지. 또한 대마도사 아필드가 과거 그곳에 저주를 걸어놨기에 갖가지 페널티가 적용된다."

민혁은 고개를 끄덕였다. 그 역시 알고 있는 사실이었다.

"너는 50의 피닉스 기사단을 이끌고 그곳으로 향하면 된다. 그리고 그곳에서 먼저 아르곤 왕자를 구하거나 가장 두각을 드러낸 신이 내기에서 승리하겠지."

엘레의 말에 민혁은 고개를 끄덕였다.

"제가 꼭 해내겠습니다."

민혁은 결의에 찬 표정이었다. 그 순간 알림이 울렸다.

[신들의 내기가 시작됩니다.]

[1. 적 사살 100% 달성을 위해선 피닉스 기사단과 함께 토벌을 진행하면 되며, 강한 존재, 특별한 존재일수록 %가 더 많이 상승합니다.]

[2. 지휘관 능력 100% 달성을 위해선 피닉스 기사단과의 친밀도, 복종도 상승을 일구어내시면 되며 뛰어난 지휘력에 따라서도 %가 상승하게 됩니다.]

[기여도에 따라 내기에서 승리한 최후의 신이 가려집니다.]

결의에 찬 표정의 민혁을 보고 엘레가 말했다.

"딱 보니 이기면 맛있는 거 주니?"

"엇, 어떻게 알았어요?"

"척하면 척이지."

엘레는 꿰뚫어 봤다.

그리고 엘레가 말했다.

"밖에 이미 다른 신들은 도착해 있더구나."

전쟁의 신 이클리와 죽음의 신 바흐는 자신들의 앞에 집결해 있는 콜로디스 제국군을 보았다. 각자 맡은 숫자는 약 50명의 인원씩이었다.

"누구일지 궁금하군."

"오, 저기 나오는군."

두 사람은 이미 각 병력에게 인사말을 전했다.

전쟁의 신 이클리는 '우리는 죽으러 가는 것이 아니다. 살아 돌아오기 위해 가는 것이다! 자, 가자 마족들로부터 세상을 구할 영웅들아!'라는 중이병스러운 대사를 외쳤고.

바흐는 '우리는 누구보다 강하고 빠르게 치고 나갈 것이다, 나를 믿어라. 믿는다면 우리에게 가장 값진 영광이 주어질 것이다'라며 자신감에 넘쳤다.

이윽고 민혁도 50명의 병력을 둘러봤다. 피닉스 기사단은 그를 보며 어떤 연설을 뱉을지 기대했다.

그에 앞의 사내가 말하기를.

"밥이 곧 보약이다!! 고로 모두 밥들은 드셨겠지요?"

두 사람이 말문을 잃었다.

그리고 곧 한 기사단원이 말했다.

"아직입니다."

"아아닛! 어떻게 그런 중죄를 저지를 수가 있죠? 황궁에서 밥 안 주나요?"

"줍니다."

"그런데 어떻게 공짜 밥을 안 먹을 수 있나요? 하! 이 쌀은 우리 국민이 피땀 흘려 키운 것입니다. 밥은 꼭 먹어야 합니다. 자, 우리 구호는 '밥이 곧 보약이다'입니다. 세상에 먹을 게 없어 굶는 사람들도 많아요! 그러니 밥을 다 드시기 전까진 출발 안 합니다!"

"……푸흐ㅇ ㅇ흡!"

"크흡!"

두 사람이 웃음을 터뜨려 버렸다.

이겼다. 일단 저놈은 배제해도 될 것 같았다. 웬 머저리가 걸려 버린 것이었다!!

그는 끝끝내 모든 기사단원을 배불리 먹였다.

그리고 식당에서 피닉스 기사단원이 나오면서 말하기를.

"봤어? 이번 지휘관님께서 50인분을 먹었어……."

"세상에. 흰고래도 저 정도로 먹진 못할 거야."

"우리 살아서 돌아갈 수 있을까?"

대체 어떤 신이길래, 저럴까?

"크하하하하핫!"

"하하하하, 웃겨 죽겠군요."

두 사람은 웃어버릴 수밖에 없었다. 심지어 벌써 기사단원들은 불안해하고 있지 않은가? 그들은 박장대소했다.

그리고 나온 민혁.

"안녕하세요! 두 분 모두 식사는 하셨나요?"

"아, 큭! 저희는 했습니다. 아, 예."

직업이 무척 궁금했지만, 그 둘은 굳이 묻지 않았다. 보통 신 클래스들은 자신들의 직업을 밝히지 않는다.

곧 이클리가 민혁에게 물었다.

"그쪽 분은 식사하셨어요?"

"옙, 조금 아쉽게 먹긴 했는데, 아주 좋아요!"

"50인분이 아쉬웠어요?"

"입가심으로 커피 20잔 해주면 좋은데 말이죠."

"아, 님 너무 재밌는 분이시네요."

"하하, 제가 좀 재밌죠?"

이클리와 바흐는 안심했다. 이미 병력을 이끄는데 최정상에 오른 둘이었다. 이런 사람한테 걱정할 필요는 없을 것 같았다.

그에 말했다.

"불멸의 땅에서 2구역까지는 저희가 동행할 수 있다고 합니다. 그러니 민혁 님은 후방을 지원하시는 게 어떨까요?"

"후방이요?"

"예, 저희가 앞쪽에서 사냥하겠습니다. 민혁 님은 말 그대로 후방 지원을 하시면 됩니다. 활을 쏘신다거나 하면 됩니다."

"아, 넵. 알겠습니다! 저 근데, 막 저희가 거저먹는다고 뭐라고 하시진 않을 거죠?"

"물론입니다."

"전혀요."

"그럼 만약 아이템 드랍되면 저희도 먹어도 되죠?"

"물론입니다. 선습득권이 있다면 당연히 먹어야죠."

선습득권.

골드나, 아티팩트, 사냥된 몹들에게서 드랍된 것들은 선습득권이 존재한다. 같은 파티원이 몬스터 사냥을 했을 때, 기여도가 더 높든 말든 누구든 다 습득이 가능하다.

하지만 파티가 다르거나 할 경우 아니었다. 더 많은 기여도를 올린 이가 그 아이템의 선습득권을 얻고 일정 시간이 지나야 선습득권 개념이 사라져 모두가 주울 수 있다.

이클리와 바흐가 웃었다. 후방 지원은 말 그대로 뒤에 있다는 거였다. 때문에 사냥 숫자가 적어지고 전쟁 포인트를 얻을 기회가 줄어든다. 즉, 갈수록 뒤처진다는 거였다.

그 때문에 거저먹는다는 느낌은 힘들 거였다. 오히려 뒤처진다는 느낌을 강하게 받을 터.

이클리는 씨이익 웃었다.

'이로써 경쟁자 한 명은 제거되었고, 이제 바흐 님인데.'

민혁이 식신의 식칼을 내기에서 이길 시 받는 것처럼, 바흐나, 이클리도 내기에서 승리해야 해당 아티팩트를 받는다.

이클리의 경우 군주의 검이었다. 전설 아티팩트 이상의 힘을 지닌 군주의 검.

그리고 이클리는 믿고 있는 구석이 있었다.

'마계 광물 빌리지티.'

얼마 전 에피소드 퀘스트인 '영웅의 의지'를 받고 이 광물을 받았다. 그리고 이 쓰임새에 대해서 우연히 알게 되었다.

그레모리의 다양한 힘이 숨겨져 있고 그 힘은 지상에서 마기가 넘쳐날 때부터 드러나기 시작한다고 하였다.

바로 지금이 적기다.

'내가 가진 빌리지티는 가장 약한 힘을 발할 광물이라고 했는데, 어떤 힘이 숨겨져 있을지 궁금하군.'

이 광물은 어떤 힘을 간접적으로 보여줄 것이다. 아마 변화가 나타날 터.

그러던 중, 이클리는 자신이 얻었던 추가 광물에 대한 정보를 떠올렸다.

'가장 강한 힘을 발한다는 광물. 안타리늄. 그 광물은 도대체 누가 가지고 있을까?'

그는 의문이었다.

"여러분, 저희는 후방이래요! 우와!! 후방이 얼마나 중요한지 아시죠?"

민혁의 모습에 이클리와 바흐가 다시 웃었다. 이클리가 툭 내뱉었다.

"머저리."

자신도 모르게 낸 큰 목소리였다.

등 뒤에서 들린 목소리에 민혁의 입이 쭉 찢어졌다.

외적인 것을 보고 판단하지 말라고 아버지에게 배웠다. 그리고 민혁은 살아가면서 그 이유에 대해 깨달았다. 그 사람이 어떠한 사람인지는 직접 보기 전에는 모르는 법이다.

민혁은 차근차근 시험해 봤다.

'밥이 보약이다!'라는 말을 하였고, 상대편은 비웃었다. 물론 못 본 척했지만.

그리고 그들은 민혁을 후방으로 뺐다.

물론 잃는 것도 있다. 일시적으로 기사들의 사기가 떨어진다. 하지만 그들의 전력을 등 뒤에서 살필 수 있다.

즉, 모든 것은 민혁의 계획된 행동이었던 것이다.

'사람을 겉모습으로만 판단한다라. 그리고 머저리라…….'

민혁은 조소했다.

그들은 알지 못했다. 후방에 빠질 그들이 보일 엄청난 활약상을.

총 150명. 그리고 지휘관 세 사람으로 구축된 아르곤 왕자 구출을 위한 원정대가 출발했다.

50명씩으로 구축된 세 개의 중대는 이름을 정했다. 이클리의 중대는 '철혈' 죽음의 신 바흐의 중대는 '사신' 그리고 민혁의 중대는 '밥이 보약'이었다.

밥이 보약의 병력 중 민혁 다음으로 가장 큰 지휘권을 가진 기사 벤자스는 어처구니가 없었다.

'염병할! 저딴 것도 지휘관이라고!'

전쟁이 장난이란 말인가? 여기의 기사단은 기다리는 가족들도 있었다. 그런데, 중대 이름이 '밥이 보약'이 뭐란 말인가?

"벤자스 님, 도중에 지휘에 미숙함을 보인다 싶으면 지휘권을 빼앗는 게 어떻겠습니까?"

"아서요. 저자는 엘레 폐하의 신의를 받고 있는 자입니다."

다른 기사가 반문했다.

"하지만 이대로 죽어요?"

"……틈이 있어야지."

그에 말없이 있던 벤자스가 말했다.

"예?"

벤자스가 고개를 갸웃한 기사에게 고개를 돌렸다.

"바로 지휘권을 받을 순 없어, 하지만 실수 하나라도 한다면……."

기사들끼리 입을 모아 말하면 될 것이다. 차라리 벤자스 님이 이끌게 해달라고 말이다.

벤자스는 가장 앞에 선 민혁을 바라봤다.

'……어쩌자고 저런 사람이 우리의 지휘관이란 말인가!!'

그리고 어느덧 불멸의 땅의 1구역에 도달했다.

[불멸의 땅에 발을 들이셨습니다.]

[1구역입니다.]

[불멸의 땅에선 가져온 식량의 1㎏만 소지할 수 있으며 그 외의 식량의 경우 자급자족한 것만이 무한하게 소지 가능합니다.]

[불멸의 땅에선 대부분의 포션과 양피지 등의 사용 제한을 받게 됩니다.]

[불멸의 땅에선 주거용 텐트와 같은 것을 사용할 수 없습니다.]

[이는 병력도 사용할 수 없습니다.]

자급자족! 그것이 이 불멸의 땅이 어려운 이유였다. 때문에 이클리와 바흐는 식량의 경우 최소한의 것만을 가져왔다. 육포나 견과류처럼 최대한 가볍고 포만감이 있는 것들!

"아, 정말 끔찍한 땅이네요!"

민혁이 뒤에서 후발 부대에게 한 말이었다.

이클리와 바흐는 계속 나아갔다. 그리고 첫 번째 전투가 시작되었다.

앞쪽에서 몬스터들이 나타났다. 약 육십 마리 정도 되는 몬스터였다. 놈들은 레벨 400이 넘는 고레벨 몬스터였다.

기존 불멸의 땅에서 나오는 놈들은 '불멸의 오우거'나 '불멸의 트롤' 등이었다. 한데, 그 외형이 바뀌어 있었다.

"뭐지?"

"설마 마계의 영향인가?"

피부가 평소와 다르게 검게 물들어 있는 놈들!

곧이어 기사들과 충돌을 일으켰다.

콰지익! 푹!

"크라아아아아아!"

콰아아앙!

"침착하게 적을 공격하라! 기사단, 사각 방패를 들고 앞을 막아라!"

"기사들, 창을 들어라! 창을 이용해 사각 방패 사이로 오우거들을 꿰뚫어라!"

확실히 전쟁의 신 이클리와 죽음의 신 바흐는 지휘에 도가 튼 이들이었다. 그들은 노련하게 몹들을 정리하기 시작했다. 그러면서 알 수 있었다. 놈들은 가뜩이나 강한 놈들인데, 마기의 영향을 받아 한층 더 강해졌다.

그리고 막 기사단원 한 명이 토벌의 첫 사냥의 초탄을 알리려고 했다. 거의 쓰러지기 일보 직전의 오우거에게 일격을 날리려고 했던 것!

바로 그 순간.

쑤우우우우우웅! 푹!

"크헤에엑!"

"아자! 맞았다!!"

이클리의 고개가 돌아갔다. 그곳에 후방에 빠져 있는 '밥이 보약' 병력이 보였다.

그리고 그 앞에선 민혁이 푸른 기운이 일렁이는 활을 들고 있었다.

그 순간, 이클리에게 알림이 울렸다.

[철혈의 기여도가 30 상승합니다.]

민혁에게도 알림이 울렸다.

[밥이 보약의 기여도가 50 상승합니다.]

자고로 가장 중요한 것은 막타라고 했다.

그들은 아까 전 후방에서 지원하라고 했다. 그것은 그들의 큰 실수였다.

"하하하, 활 솜씨가 끝내주는군요. 궁수인가 봐요?"

이클리가 어색하게 웃었다.

'한 마리쯤이야, 뭐?'

그리고 그 순간. 또다시 막타만 때리면 죽을 오우거의 목을 화살이 꿰뚫었다.

"아자! 백발백중!"

[철혈의 기여도가 30 상승합니다.]

역시 반대로.

[밥이 보약의 기여도가 50 상승합니다.]

이클리의 표정이 구겨졌다.

그 순간 민혁이 외쳤다.

"모두 활을 쏘세요! 거의 죽어가는 놈들만!"

"예!!"

민혁이 품에서 무언가를 꺼냈다. 그것은 바로 '종'이었다. 은 빛으로 번쩍거리는 척 보기에도 멋져 보이는 종.

그 종이 울렸다.

대애애앵- 대애애애앵-

그 순간이었다. 종에서 뻗어 나간 성스러운 빛이 기사들의 갑옷과 활, 화살, 검 등에 맺혔다.

[교황 라마스의 종을 울립니다.]

[무기에 교황의 성수를 부었을 때만큼의 효과가 부여됩니다.]

[언데드 혹은 마계 존재에 따른 물리 공격력, 물리 방어력, 마법 방어력, 마법 공격력이 1.2배 상승합니다.]

[언데드 혹은 마계 존재에 따른 치명타 확률이 30% 상승합니다.]

"······헉!!"

그 순간 기사들이 곳곳에서 경악한 목소리를 토해냈다.

민혁이 꺼내 든 것은 바로 라마스의 종이었다. 이 종은 교황 카루누로부터 받았다.

민혁이 루스와 기사단원들의 등장과 함께 출발하려 할 때,

교황 카루누가 아테네교에 도착했다. 그리고 그에게 아테네교를 구원한 선물이라며 '라마스의 종'을 선물했다.

이 종은 자그마치 전설 아티팩트로 무궁무진한 힘을 품었다.

(라마스의 종)

등급: 전설

제한: 민혁 귀속 아티팩트

내구도: ∞/∞

특수 능력:

- 소유만 해도 신성력 10% 상승
- 엑티브 스킬 교황 라마스의 종
- 엑티브 스킬 신의 기적

설명: 교황의 보물 중 세 번째에 해당하는 종이다. 13대 교황이었던 라마스는 마계에서의 죽음의 순간, 이 종을 울림으로써 괴로워하는 마인과 마족들을 뒤로하고 살아남을 수 있었다고 한다.

엑티브 스킬 신의 기적은 아주 미약한 종소리라도 듣게 되는 순간, 마계의 존재들 또는 언데드들이 괴로워하게 된다. 범위가 생각보다 광범위하기에 2주일에 한 번 사용할 정도로 쿨타임이 길었다.

하지만 그 외에도 라마스의 종 자체는 위에처럼 가신, 파티원, 길드원 또는 이러한 병력을 이끌 때 유용하게 쓰일 수 있다.

민혁이 말했다.

"거의 죽어가는 놈들만 집중 공격해요!"

그 말이 끝남과 함께 민혁의 활시위가 또다시 당겨졌다. 그리고 마기를 머금은 오우거를 꿰뚫었다.

푹!

[치명타가 터졌습니다!]

치명타가 터진 오우거가 단숨에 쓰러졌다.

그와 함께 밥이 보약의 중대가 움직였다. 그들이 활시위에 화살을 걸고 쏘기 시작했다. 민혁의 말처럼이었다.

푹! 치이이이익!

"끄아악!

"끄르르르륵!"

오우거들이 계속해서 쓰러지기 시작했다.

앞에서 몹들과 사투를 벌이는 철혈과 사신 중대의 기사들은 죽을 맛이었다.

'힘들게 몰아붙였더니……!'

'저 자식들이 다 가져가잖아!!'

곧 민혁이 말했다.

"카르만, 네빌, 코디, 라크!"

"예!"

"앞으로!"

민혁과 그들이 앞으로 달려 나갔다.

그리고 이어서 몬스터들이 죽었을 때, 템을 습득하려던 이클리는 얼굴을 구겼다.

[선습득권이 없습니다.]
[선습득권 해제까지 3분 남았습니다.]

그의 얼굴이 와락 일그러졌다.

그 순간 민혁이 앞에 나타났다!

"아싸라뵤, 템이다! 여러분도 빨리 전리품 주워요!"

"오오오오오!"

그들은 얄밉게도 템을 주웠다. 그리고 다시 뒤로 빠졌고.

푹푹.

"아자! 백발백중!"

다시 빠르게 막타만 치기 시작했다.

철혈의 이클리와 사신의 바흐는 어처구니가 없어졌다.

'무슨 이런 개 같은 경우가……'

'미친……! 저런 개자식!!'

뒤의 기사단이 쏘는 화살이 강력하다. 박히는 순간, 불이 난 것처럼 치이이익- 거리는 소리와 연기가 피어오른다. 아까 전에 본 그 정체 모를 종에 의함이 분명했다.

그리고 민혁, 몹들이 어느 정도 죽으면 기사단원들과 함께 달려 나와 템을 습득하고 다시 뒤로 빠졌다. 즉, 힘 하나도 안 들이고 꿩 먹고 알 먹고 작전!

"아자! 레벨업!! 헤헤헷!"

얄미움은 덤이었다.

'화, 확 한 대 패버리고 싶다⋯⋯!'

하지만 자신들이 한 말이 있어서 차마 그러진 못했다.

본인들이 후방에 빠지라고 하였고 선습득권만 있으면 먹어도 된다 했다. 심지어 후방의 밥이 보약은 전투에는 차질이 생기지 않게 하고 있었으며 어떻게 보면 위험 요소를 빠르게 제거하는 역할을 하고 있었기에 자신들 쪽에서 '비매너'라고 할수도 없다.

'염병할 상황이군.'

그리고 바로 그때.

이클리는 보았다. 단원들의 상처가 천천히, 아주 천천히 자연 회복되고 있다.

이런 대규모 전투의 경우 원한다면 지휘관은 NPC들의 머리 위로 HP바와 MP바를 떠오르게 할 수 있다. 때문에 이클리의 눈에만 차오르는 게 분명 보였다.

이클리는 알 수 있었다.

'과, 광물 빌리지티의 힘⋯⋯!'

광물의 힘은 직접적으로 보이지 않는다. 직접 확인해야 한다. 그 광물의 힘이 병력 '자연 회복'이었던 것이다.

'이런 광역 회복 스킬이라니⋯⋯! 그것도 MP가 소모되는 것도 아니야!!'

그가 경악할 때, 또 다르게 놀라는 사내가 있었다.

벤자스는 활을 쏘는 기사단원들을 보았다.

'우리 기사단이 활을 어느 정도 쏘긴 하지만 이렇게 잘 쐈나?'

기사들은 날 때부터 다양한 것을 배운다. 하지만 지금, 그들의 활 실력은 평소보다 일취월장해 보였다. 그는 몰랐지만, 민혁의 품속에서 미약한 빛을 뿌리는 안타리뉴 때문이었다.

그리고 벤자스는 다른 것에서 놀라고 있었다.

민혁이 서둘러 명을 내리고 있었다.

"루카, 카디, 페르디. 어그로가 튄 놈들을 정리한다!!"

"예!!"

"대, 대체 바보 같은 지휘관인 거야…… 똑똑한 지휘관인 거야……."

그는 노련한 수를 사용했다.

철혈과 사신 쪽은 상당한 피해를 입었다, 반면 후방으로 빠진 그들은 미미한 상처조차 입지 않았다.

기사단원들이 웅성거린다.

"……지휘관님 대단하시잖아?"

"기대 이상인데?"

"와…… 대박……!"

"우리 쪽은 피해도 안 입으면서 전리품을 챙기잖아, 이거 완전 대박 아니야?"

그리고 민혁에게 알림이 울리기 시작했다.

[카리스마 1을 획득합니다.]

[기사 카르디와의 친밀도가 상승합니다.]

[기사 아카스와의 친밀도가 상승합니다.]

[기사 아서와의 친밀도가 상승합니다.]

[카리스마 1을 획득합니다.]

[병사들의 사기가 증진됩니다.]

[카리스마 3을 획득합니다.]

[2. 신의 내기. 지휘관 항목의 %가 대폭 상승합니다.]

그리고 벤자스의 중얼거림을 들은 민혁. 그는 조금 전까지만 해도 '야호!' '아싸라비야, 콜롬비야!!' 같은 외침을 하며 헤헤헤 거리며 뛰어다녔다.

하지만 잠시 벤자스의 옆에 멈추어서서 말했다.

"우리는 최소한의 피해로, 최대한의 이익을 창출한 채 가장 빠르게 나아갈 겁니다."

그 순간 벤자스는 알았다. 이자는 모든 것을 계획한 것이었다.

희한하게도 사람은 원래부터 착한 사람이 한 번 나쁜 짓을 하거나 미운 짓을 하면 친구들끼리 속닥거린다.

'야, 걔 좀 변했더라.'

'걔 예전엔 착했던데, 요즘은 좀 별로던데?'

그런데 참 이상한 일이다. 원래부터 나빴던 성격의 사람이 좋은 일을 하면 말한다.

'야, 걔 요새 성격 많이 좋아졌어~'

'걔 진짜 착해졌더라, 멋있어. 훈남 같아.'

사람은 참 이상한 동물이다. 애초부터 그렇게 생각하고 있다가 기대를 충족시키면 와닿는 게 다르다.

'이 사람은 그걸 이용한 거다!!'

그리고 민혁에게 알림이 울렸다.

[기사단장 벤자스와의 친밀도가 상승합니다.]
[기사단장 벤자스와의 친밀도가 상승합니다.]
[기사단장 벤자스와의 친밀도가 상승합니다.]
[카리스마 5를 획득합니다.]

이런 식으로 불멸의 땅 1구역에서 세 개의 중대는 계속해서 나아갔다.

그렇게 나아가던 중, 이클리는 민혁의 기여도가 자신들보다 월등히 높다는 것을 알았다.

이 신들의 내기 기여도는 언제든 확인할 수 있다.

[1. 철혈. 35,513]
[2. 사신. 39,113]
[3. 밥이 보약. 48,240]

이대로는 안 된다는 생각에 이클리가 민혁에게 다가갔다.

"후방 지원을 잘하시는군요."

"헤헤, 제가 좀 잘하죠? 감사합니다."

정말 얄미워서 깨물어 버리고 싶은 남자였다.

그에 이클리가 어색하게 웃으며 말했다.

"이제부터는 막타가 아닌, 병력을 공격하려는 몬스터들을 쳐주시죠. 그럼 저희가 빠르게 처리하겠습니다."

너희는 이제 막타 치지 말아라. 우리가 칠 것이다. 즉, 적당히 해 먹으라는 압박이었다. 바흐와 이클리가 사납게 노려봤다.

세 중대가 함께 가야 한다. 만약 민혁이 쫓겨나면 그들은 병력 50만으로 전진해야 한다. 그러면 전멸할 가능성이 농후하다. 그들이 전멸하면 여제 엘레는 그저 그들이 무모한 강행군을 하다가 전멸했다고 알게 될 것이다.

즉, 이것은 일종의 협박이었다. 그리고 앞의 사내는 바보같이 착해 보였으니 흔쾌히 수긍할 터라고 생각했다.

그에 앞의 사내. 민혁이 이를 드러내 웃으며 말했다.

"싫은데요?"

4장
전장의 지배자

"……뭐, 뭣?"

"싫다고요?"

이클리와 바흐의 얼굴이 와락 구겨졌다. 민혁이 생글생글 웃으며 말했다.

"아이참~ 처음에 분명히 그러셨잖아요. 후방에서 지원하라고. 후방 지원도 잘했고 저희가 기여도가 더 높은 몹들의 템을 챙겼는데, 문제 있나요?"

"이익……!"

화를 내고 싶은데, 할 말은 없다. 자신들이 그러라고 했으니까.

결국, 화가 난 이클리가 말했다.

"이제부터 우린 당신과 동행하지 않겠어!"

"어디 50명으로 이 불멸의 땅을 잘 헤쳐 나가나 한번 보자고!!"

그들은 차라리 잘 되었다는 표정이었다. 100명의 중대가 떠나면 어차피 민혁과 그 병력은 죽을 것이다. 불멸의 땅은 대부분의 지역이 대규모 전투식으로 이루어져 있다. 50으론 다소 부족했다. 심지어 마기에 의해 강력해진 몬스터들이 득실거린다면 말이다.

하지만 이클리는 조금 걱정되었다. 말 그대로 대규모 전투가 펼쳐지는 이 불멸의 땅. 이곳에서 50의 병력, 그것도 나름대로 후방 지원을 잘해주고 있던 이들이 빠졌다는 것은 자신들의 전투가 더 버거워질 것을 의미했다.

"차라리 잘 되었습니다."

그때, 바흐가 말했다.

이클리의 고개가 돌아갔다.

"저희는 아직 모든 힘을 사용한 게 아니지 않습니까?"

그들은 지휘관이었다. 때문에 광역 버프가 많았고 쿨타임 기간과 MP 소모를 우려하여 아직 사용하지 않고 있었다.

곧 바흐가 말했다.

"그리고 사실 제겐, 이게 있거든요."

곧이어 바흐가 꺼낸 것에 이클리의 눈매가 좁혀졌다.

"당신……."

이클리는 탐탁지 않은 표정이었다.

바흐가 쓰게 웃었다. 그가 꺼낸 것은 바로 불멸의 땅의 지도였다.

"그런 게 있었습니까? 근데 왜 진작에 말하지 않았습니까!"

"……너무 뻔한 말을 하시는군요."

바흐의 눈이 가라앉았다.

"같은 제국에서 출정했지만, 우리 둘도 결국엔 경쟁 상대니까요. 이클리 님도 하나쯤은 숨기고 계신 게 있으실 텐데요?"

이클리는 그에 다른 말을 할 수 없었다.

그렇다. 결국 최후의 1인이 내기에서 승리하는 경쟁전이었다.

"병력 50이 빠졌으니, 이젠 이 지도를 사용해야 한다고 판단됩니다. 이 지도는 어디에 무엇이 있는지 표기됩니다. 저희는 미리 대비하고 가는 거죠. 또한, 지형지물을 이용할 수 있다는 장점도 있죠."

"……꽤 좋군요."

"예, 저희는 이 지도를 이용해서 저들보다 훨씬 더 빠르게 아르곤 왕자가 있는 3구역에 도착할 겁니다."

"크큭, 그럼 3구역에서 저희 둘 중 한 사람이 승리하겠군요."

결국, 서로가 견제한다는 사실을 둘도 은연중 알고 있었다. 나름대로 둘만의 정정당당 승부가 예상되었다.

그리고 바흐가 말했다.

"아, 참 이 지도의 효과는 좋은 게 한 가지 더 있습니다."

"그게 뭔가요?"

"각 구역에 저희가 도달했을 때, 그 구역 내의 유저와 병력의 숫자를 보여줍니다."

그러면서 바흐가 지도를 손으로 훑은 순간이었다.

쏴아아아─

지도 위로 검은 기류가 스며들었다. 그리고 이어서 민혁 쪽의 숫자가 보였다.

[생존 숫자 50명. 현재 위치. A-31 지점.]

"아주 좋군요. 그러면 우리는 이제 저들이 얼마나 낙오되고 전멸할지 이 지도로 보면 되겠군요!"
"그럴 겁니다. 그 남자는 궁수였던 것 같은데 얼마나 잘해줄지는 미지수군요."

불멸의 땅 점령에 자신만만했던 이클리와 바흐. 그들은 게임 시간 2일 동안 밤낮 가리지 않고 나아가던 중 크나큰 봉착에 빠졌다.

[중대의 이들이 배고픔을 호소합니다.]
[피로가 누적되었습니다.]
[사기가 저하됩니다.]
[모든 병력의 능력치가 10% 하락합니다.]

덜덜덜덜-
그와 더불어, 밤이 되었을 때 그들은 온몸을 떨 수밖에 없었다. 어마어마한 추위가 엄습했기 때문이다.

그러나 커다란 구덩이를 파고 그 안에 들어가 낙엽을 덮고 있는 게 전부였다.

"사냥은 생각보다 수월한데, 불멸의 땅의 날씨가 문제군."

이클리는 기사단원들 중 5명씩 목수나 요리사 같은 이들을 데려올 걸 하고 후회하고 있었다.

그때 한 기사가 아이언 피그의 고기를 구워왔다. 아이언 피그는 온몸이 돌처럼 단단한 돼지였다.

지독한 배고픔! 그리고 추위! 시시각각 변하는 날씨! 그것이 바로 이 불멸의 땅이 최악인 점이었다.

'몬스터보다도 이런 것들이 문제라더니……'

심지어 처음 들어올 때, 알림으로 가져온 배낭과 같은 건 쓸 수 없다 하지 않았는가? 모든 건 자급자족이었다.

배고픔에 허덕이던 이클리는 서둘러 기사가 가져온 고기를 먹었다.

"컥!"

그리고 바로 뱉어냈다.

[비린내가 가득한 아이언 피그의 고기를 드셨습니다.]
[그대로 섭취 시 식중독에 걸릴 위험이 큽니다.]

입안이 오물 맛으로 가득했다.

"이, 이런 걸 먹으라고 가져온 건가!"

퍽!

이클리가 기사를 주먹으로 후려쳤다.

"죄, 죄송합니다. 아이언 피그는 워낙 잡내가 심한 놈인지라……."

"후우…… 배고파 죽겠군."

주먹에 맞고 날아간 기사의 말에 이클리는 머리를 쓸어 올렸다. 고된 사냥과 행군을 이어가면서 식사나 잠도 제대로 이루지 못하고 있었다.

아이언 피그를 구워놓고 못 먹는 것은 기사들도 마찬가지였다.

"큰일입니다."

그때, 바흐가 들어왔다.

"기사들이 엄청난 배고픔을 호소하고 있어요."

"압니다. 모든 능력치가 저하됐지요."

견과류와 육포만으로는 허기를 달래기 어렵다. 때문에 그 허기짐을 견디지 못한 기사들은 그것들을 되는대로 집어 먹었다. 그에 대부분의 능력치가 떨어졌다는 거다.

더 문제는 이곳 대부분의 먹을 것들이 요리사들이 아니면 잡내를 없앨 수 없을 정도로 심하거나 병에 걸릴 위험이 크다는 거였다.

이클리와 바흐가 함께 나왔다.

두 사람은 계속된 강행군을 이어왔다. 기사들을 성장시키는 것의 방법이라 생각해서였다. 많은 이들이 배고파하지만, 신들의 내기에 포함된 지휘관이 벌써 41%까지 오른 이클리였다. 바흐도 40%까지 올랐다.

그런데 여기서 문제가 나타났다.

[기사들이 배고픔과 추위에 시달립니다.]
[지휘관이 4% 하락합니다.]

둘은 거의 동시에 알림을 들었다.

"이런……! 하락할 수도 있는 거였나?"

"엠병……!"

그들은 한숨을 쉬었다. 그나마 1구역을 벗어나면 어느 정도 먹을 수 있겠지만 그러려면 당장 하루가 더 걸린다.

그러다 문득 바흐가 말했다.

"그놈은 뭘 하고 있을까요."

근 이틀이었다. 하루 차까지 그들은 밥이 보약 중대를 지도로 주시했다. 한데, 그들은 본래 있던 곳에서 멀리 가지 않았다. 죽지 않으려고 애쓴다며 두 사람은 낄낄 웃었다.

그러면서 강행군을 이어가느라 종합 기여도 순위를 확인하지 못하고 있었다.

"한번 볼까요?"

이클리가 창을 열었다. 경쟁 구도이기 때문에 서로의 기여도와 각 항목을 몇 %나 달성했는지 확인 가능했다.

곧이어 확인한 이클리가 벌떡 일어섰다.

"뭐, 뭐야!!"

"왜 그러십니까?"

"바, 바흐 님 밥이 보약의 점수를 한번 확인해 보십시오!!"

바흐는 고개를 갸웃했다. 그리고 신들의 내기의 순위창을 열었다.

[철혈. 1. 적 사살 37% 달성. 2. 지휘관 36% 달성.]

[사신. 1. 적 사살 41% 달성. 2. 지휘관 35% 달성.]

[밥이 보약. 1. 적 사살 23% 달성. 2. 지휘관 96% 달성.]

"……마, 말도 안 돼."

바흐는 말문을 잃을 수밖에 없었다. 이게 뭐란 말인가?

지휘관은 다양한 요소에 따라 오른다. 지휘 능력, 병력의 만족도, 병력의 성장, 병력과 지휘관의 유대감 등등.

자신들은 지휘 능력과 병력의 성장 등을 통해서 지휘관을 올렸다. 그런데 아직 50%도 채 안 된다. 아마 불멸의 땅을 전부 지나야 채울 수 있을 것이었다.

그런데, 벌써 96%라니?

"도, 도대체 3일 동안 뭘 한 거야?"

거기서 끝이 아니었다.

"……이, 이클리 님!!"

"예?"

이클리는 또 무슨 일이라도 있는 건가 싶어 고개를 돌렸다. 곧 바흐가 말했다.

"······밥이 보약 중대의 적 사살 수치가 빠르게 상승하고 있습니다!"

"뭐라고요?"

대규모 사냥인 만큼 이클리가 얼추 계산했을 때, 약 50마리는 잡아야 1%가 올랐다.

그런데, 그 순간 계속 오르고 있었다. 방금까지 23%였던 것이 24%로, 그다음 25%, 26%, 27% 28%······.

엄청난 빠르기였다.

'도, 도대체 그동안 무슨 일이 있었던 거야······!'

이틀 전.

"아, 안 돼······!"

"어쩌자고 이런 짓을······!"

밥이 보약 중대는 멀어지는 철혈과 사신을 보면서 좌절했다. 고작 50의 병력으로 이 불멸의 땅을 어떻게 지나간단 말인가.

"너무 무모했습니다. 차라리 한 수 굽혀서 저들과 동행했어야 했습니다!"

기사단장 벤자스의 말에 민혁은 고개를 저었다.

"계속 저기에 있었으면 저희는 많은 행동에 제약을 받았을 겁니다. 그들은 계속 우리를 주시하고 위협하며 만약의 상황에는······."

"······."

"공격했을지도 모릅니다."

벤자스가 눈을 크게 떴다.

'나보다 훨씬 더 깊게 생각하셨군.'

그렇다. 한 번 협박했는데, 두 번을 못하리란 법은 없었다.

생각해 보면 이번 일은 이필립스 제국이 콜로디스 제국보다 뛰어나느냐의 판가름이기도 했다.

"그럼 저희도 이제 몬스터 토벌을 위해 움직일까요?"

"아니요. 우리는 여기에서 충분한 식량을 얻을 겁니다."

"식량이요?"

"예."

민혁이 이를 드러내 웃었다.

민혁은 불멸의 땅에 대한 정보 한 가지를 알고 있다. 불멸의 땅은 베일에 감춰진 곳이지만 어느 정도 정보는 있다. 이곳엔 명약이나 혹은 특별한 재료들이 지천에 깔렸다.

가장 큰 문제는 그것들이 다 숨겨져 있다는 거였다.

"식량을 어떻게 구한다는 겁니까?"

"지켜보시면 압니다. 벤자스 경. 이제부터 제 말에 토를 달지 말아주세요. 그리고 여기 전리품입니다."

민혁은 이번 토벌에서 얻은 아티팩트들을 그들의 앞으로 내려놨다.

아버지인 회장님. 그로부터 배운 게 있었다. 사람을 다스릴 때는 모두가 함께 나눠야 한다고 했다. 모든 것을 독점하는 자는 사랑받는 총수가 될 수 없다.

"이것을 이렇게 선뜻 주셔도 됩니까?"

"그냥이 아니니까요. 여러분은 제 멋드러진 부하들입니다!!"

민혁이 이를 드러내 웃었다.

이방인이란 자고로 욕심 많은 이들! 때문에 기사들은 감격했다.

'아아아아……! 우리에게 배분해 줄 줄이야……!'

'세상에, 이 값진 것을!'

[코루만과의 친밀도가 상승합니다.]

[아카스와의 친밀도가 상승합니다.]

[카리스마 1을 획득합니다.]

이어서 민혁은 벤자스가 말한 찾기 어려운 재료를 찾는 방법을 소환했다.

"꾸울!"

콩이가 모습을 드러냈다.

그런데 나타난 콩이를 보고 민혁이 말문을 잃었다.

콩이도 소환의 방에서 지금 무슨 일을 하는지 지켜볼 수 있다.

녀석은 지금 정체 모를 빨간 캡 모자에 선글라스를 끼고 나타났으며 손에는 지휘봉이 들려 있었다.

"……음."

한 번씩 콩이에게 맛있는 거 사 먹으라며 용돈을 쥐여주는 민혁이다. 그럼 콩이는 마을에서 혼자서 장을 보고 돌아온다.

그때 샀나 보다.

그 모습이 흡사 '본 교관. 그렇게 나쁜 사람 아닙니다!'라는 유격 교관 같았다.

지휘봉을 자신의 왼 손바닥 위로 내려친 콩이가 뒷짐을 지고 천천히 기사단원들을 둘러봤다. 그 표정은 한없이 진지했고 곧이어 열중쉬어 자세로 섰다.

"꿀꿀꿀! 꿀꿀!! 꿀꿀~ 꿀!"

"뭐, 뭐라고 하는 겁니까?"

한 기사의 말에 민혁이 답했다.

"본 콩이. 밥만 잘 주면 그렇게 나쁜 돼지 아닙니다! 라네요."

"……."

곧이어 한 기사가 툭 내뱉었다.

"귀, 귀여워……."

[콩이가 심술이 납니다.]

"꾸울!"

콩이는 귀엽다는 말을 무척이나 싫어했다.

다시 한번 지휘봉을 손바닥 위로 내려친 콩이! 그가 지시했다.

"꿀꿀꿀!"

민혁이 해석해 줬다.

"앞으로 굴러!!"

"아하?"

그에 조금 전 귀엽다고 한 기사가 앞으로 넙죽 엎드렸다.

"꿀꿀!"

"좌로 굴러!"

"하하하하!"

"꿀꿀!"

"우로 굴러!"

"하하하하."

그저 콩이의 행동이 귀여웠던 건지 기사가 바닥에 엎드려 얼차려를 받으면서도 웃었다. 그에 밥이 보약 중대 이들의 긴장도 어느 정도 가라앉았다.

"자, 여기까지 하고. 콩아, 우리 맛있는 걸 찾아볼까?"

"꿀?"

맛있는 거라는 말에 콩이는 눈을 번뜩 떴다. 그리고 분홍색으로 번들거리는 코가 벌렁이기 시작했다.

콩이가 움직였고, 머지않아 땅 아래를 가리켰다.

"땅을 파보도록 하죠."

그 땅을 파기 시작했다.

[불멸의 땅 사과를 획득합니다.]
[불멸의 땅 귤을 획득합니다.]

기사들은 땅을 팔 때마다 나오는 식량에 경악할 수밖에 없었다.

민혁의 추측에 의하면 이곳에는 식재료가 몰려 있을 가능성이 농후하다.

불멸의 땅이라는 지역은 애초에 자급자족이며 대규모 전투전이 치러진다. 자급자족하는 방법은 주변의 동물들을 사냥하거나 혹은 열매를 따는 것인데, 숨어 있는 열매들이 소량이 있을 확률은 적다. 만약 그렇다면 정말 다 굶어 죽으라는 거니까.

민혁은 계속해서 병력을 이끌고 움직였다. 그러다 한 동굴을 발견했다.

"꿀꿀!"

그 동굴로 들어선 순간이었다. 민혁에게 알림이 울렸다.

[전설의 고기 낙원을 찾아내셨습니다.]

[명성 50을 획득합니다.]

[첫 번째 닭, 첫 번째 소, 첫 번째 돼지, 첫 번째 오리, 첫 번째 양의 경우 특별한 힘을 품고 있습니다.]

[전설의 고기 낙원에서 얻어낸 고기는 불멸의 땅의 제약을 무시하고 소지 가능합니다.]

민혁도 생각지도 못했던 발견이었다.

동굴 안으로 깊숙이 들어가는 순간 보여졌다. 고기를 채취할 수 있는 동물이. 닭, 오리, 돼지, 소, 양 등등 그 숫자는 셀 수 없이 많았다.

민혁이 중얼거렸다.

"······평생 여기에서 살고 싶다."

어느덧 밤이 되려고 하고 있었다. 그에 벤자스가 말했다.

"땅굴을 파서 그 안에 들어가 숙면을 취하는 게 좋을 것 같습니다."

"흠, 그것도 일종의 방법이지요."

곧 민혁은 기발한 생각이 났다.

"길데린의 나무줄기와 고루만의 비닐낙엽을 구해오죠."

"예? 알겠습니다."

벤자스는 의아했지만 따랐다. 그는 매번 놀라운 일을 해냈으니까.

길데린의 나무줄기는 희한한 녀석이다. 평소엔 꾸물꾸물 늘어진 녀석이지만 손바닥으로 탁! 하고 치면 마치 탄력 있는 낚싯대처럼 팽팽해진다. 그리고 고루만의 비닐낙엽의 경우 비닐 같은 모양새인데, 꽤 질긴 놈들이었다.

민혁은 고루만의 비닐낙엽을 바느질하면서 하나하나 엮기 시작했다. 그럴 때마다 그의 눈앞으로 붉게 표시된 부분이 보였다.

'어, 엄청 빠르다······.'

'와······.'

"기사 여러분도 바느질을 하죠. 우리는 커다란 천막을 만들

겁니다. 그리고 그 천막 안에 또다시 구덩이를 파고 옹기종기 모여 잠을 잘 겁니다."

그에 따라 기사들이 서둘러 바느질을 하기 시작했다.

한데, 곧 놀라운 일이 벌어졌다.

'뭐지……?'

'내가 바느질을 이렇게 잘했나?'

그들은 놀라워했다. 분명히 엉성하게 바느질할 거라고 그들은 생각했다. 그런데, 아니었다. 꽤 빠른 속도로 바느질이 되는 것이다.

"안타리늄 때문이지."

모니터하고 있던 박 팀장이 중얼거렸다.

이민화가 고개를 주억였다.

안타리늄이 가진 힘은 무궁무진하다. 그리고 그중에서 한 가지 이점. 바로 이 안타리늄을 보유한 자의 길드원, 파티원, 병력 등은 보너스 포인트로 올릴 수 없는 스텟의 특수한 스텟들의 힘을 20% 상승시켜 준다는 거다. 그 때문에 아까 전, 기사들은 평소보다 활을 더 잘 쐈다.

심지어 기본적으로 5대 스텟도 15%씩 올라간다. 이는 어마어마한 효과다. 쿨타임이나, 마나 소모량 없이 올라가는 것이니까.

그리고 이어서 모니터를 통해 박 팀장은 볼 수 있었다. 민혁은 낙엽을 엮고 엮어서 어느덧 커다란 천막을 세웠다. 그것은 굉장히 견고한 천막이었다.

"손재주 스텟 2천의 힘이란……."

정말 야생에서 천막을 만들어낼 정도로 어마어마했다. 심지어 자급자족했기에 저 천막은 인벤토리 보관까지 가능해서 내일도 사용할 수 있다.

박 팀장이 한숨을 뱉었다.

"……이젠 요리를 하는군."

그에 이민화가 고개를 끄덕였다.

"안타리뉴의 5대 스텟 15%씩 상승효과, 특별한 포인트의 20%씩 상승효과. 거기에 더해지는 식신 요리 버프 효과라니……."

이민화가 멍한 표정으로 툭 내뱉었다.

"일당백. 남부럽지 않네요……."

"그렇지."

박 팀장도 고개를 끄덕였다.

그러다 문득 이민화가 생각난 게 있는 듯 말했다.

"만약 개인 기여도가 말도 안 되는 수치를 넘어서면 어떻게 해요?"

그녀의 물음에 박 팀장이 피식 웃었다.

"말도 안 되는 소릴…… 개인 기여도가 그 정도까지 올라가려면 사실상 바흐나 이클리의 점수까지 독점해야 해. 근데 독점한다는 게 말이 안 되지, 독점하려면 그들의 기사단원들까지 민혁의 밑으로 들어가야 가능한데, 그건 정말 말이 안 되는 거 알잖아?"

"아, 하긴……."

이민화가 안심하며 웃었다.

하지만 안심하지 말았어야 했다.

민혁은 지휘관 능력이 40%까지 치솟은 걸 볼 수 있었다. 거기서 그치지 않고 민혁은 밥이 보약 중대원들의 한 명 한 명에게로 '레시피 창조' 스킬을 사용했다.

레시피 창조 스킬은 사용 시에 버프량을 갉아먹는다. 하지만 그간 꾸준히 아티팩트나 혹은 칭호, 그 외의 기타 등등의 것들로 영구적인 버프량이 대폭 상승한 민혁이었기에 하루 세 끼를 나눠서 먹인다면 전부 레시피 창조를 통해서 먹일 수 있다. 레시피 창조는 등급 확률 두 배의 효과를 준다.

민혁은 먼저는 벤자스를 비롯해 중대의 핵심적인 인물들에게 레시피 창조 스킬을 사용. 요리를 했다.

그리고 커다랗게 만든 전설의 프라이팬으로는 제육 고기를 볶아내고 수십 명분의 밥을 짓기 시작했다.

"이런 건 저희가 해야 하는 거 아닌가요?"

"누가 하고 마냐가 뭐가 중요한가요? 전 여러분이 모두 배불리, 편하게 이 전쟁을 끝마쳤으면 좋을 뿐입니다."

민혁의 입에 발린 말에 중대원들은 감격했다.

이는 친밀도 상승으로 이어졌다. 그리고 그에 따라 지휘관의 %가 빠르게 올랐다.

"근데 과연 맛있을까?"

"글쎄……."

중대원들은 의아해했다.

민혁은 그들에게 제육볶음과 땅 상추, 땅 깻잎, 고슬고슬한 밥 등을 배급했다.

기사 윌리엄은 집에서도 입맛이 깐깐하기로 소문났다. 그 때문에 와이프랑 자주 싸우곤 했다. 황궁 밥도 그의 입맛에는 맞지 않을 정도.

그에 큰 기대를 하지 않고 밥을 한 수저 펐다.

"밥은 나쁘지 않군."

고슬고슬하게 딱 적당하다. 너무 질지도 않고 꼬들꼬들하지도 않다.

그러다 그는 상추 위에 밥을 반 숟가락 올리고 제육볶음을 크게 얹었다. 그리고 마늘을 집어 쌈장에 푹 찍고는 얹었다. 그 상태에서 큰 쌈을 입에 넣었다.

우물우물.

기사 윌리엄은 눈을 번뜩 떴다. 순간 머릿속에 과거 사제 케네가 들었던 천상의 하모니가 들려오고 있었다.

"이, 이럴 수가……."

깜짝 놀란 윌리엄은 제육볶음만을 들어서 입에 넣어봤다.

입안 가득 퍼지는 매콤한 맛과 단맛, 그리고 씹을 때마다 입 밖으로 비집고 나오는 육즙. 보들보들한 고기는 씹을 때마다 입에서 녹아 없어지는 것 같았다.

"마, 맛있다…… 맛있어……!"

"와, 정말 맛있다!"

"세상에! 전쟁터에 나와 이런 밥을 먹다니!"

"와!!"

일할 때 가장 기다리는 시간은 언제일까? 점심시간이다. 그처럼 고된 일을 할 때 간절한 것도 맛있는 밥이다. 든든한 한 끼를 먹었을 때 오늘 업무를 모두 해낼 수 있을 것만 같은 기분 아니던가?

벤자스는 민혁이 자신을 위해 레시피 창조로 만들어준 요리를 허겁지겁 먹어치웠다.

그리고 들린 알림에 경악했다.

[당신만을 위한 레시피로 만든 요리를 드셨습니다.]

[한 달 동안 당신만을 위한 레시피로 만든 음식을 먹을 수 없습니다.]

[버프 유지 기간 동안 다른 버프를 중복해서 받으실 수 없습니다.]

[소 불고기]

[20일 동안 모든 스텟 10%, 피닉스 기사단의 검술 2가 상승합니다.]

벤자스는 믿기지 않는 표정이었다.

곳곳에서 병사들도 경악했다.

"헉……! 모든 스텟 7%…… 상승……!"

"뭐야, 이게?"

"마, 말도 안 돼!"

경악하는 그들! 그들은 맛있던 음식이, 이토록 버프량까지 높여주자 경악했다.

심지어 한두 명이 아니다. 50명의 병사가 최소 모든 스텟 5% 이상이 상승했다는 거다.

"저, 정말 대단하십니다."

그 말에 민혁이 웃었다.

"이제 저를 믿으십니까?"

"예."

기사들이 초롱초롱 눈을 빛냈다. 순간적으로 지휘관이 20%가량 더 대폭 상승했다.

"이런 식으로 내일까지 모두 레시피 창조 요리를 먹을 수 있게 할 겁니다. 이 근방에서요."

"그렇게 늦게 가도 되겠습니까?"

"괜찮습니다."

민혁 또한 불멸의 땅에 대한 정보를 얻었다. 정보꾼 아벨에게서였다. 그에게 얻은 정보를 토대로 민혁은 계획을 짰다. 이클리와 바흐는 빠르게 나아갈 거다. 하지만 배고픔과 날씨에 지칠 것이다.

반대로 자신들은 만반의 준비를 한다. 스텟도 대폭 상승시키고 배도 부르며 추위를 이길 수도 있다. 단숨에 따라잡을 수 있을 터였다

그리고 다음 날, 모두가 레시피 창조에 따른 버프 요리를 먹었다.

민혁은 그제야 속도를 올렸다. 그렇게 달리던 중이었다.

'아벨 님의 말에 따르면……'

이 근방에 몹이 상당수 있으며 이들을 뚫고 지나야 한다.

"광역 어그로 좀 끌겠습니다. 너무들 걱정하지 마세요."

"예? 과, 광역 어그……!"

세상에! 아무리 자신들이 강해졌어도 광역 어그로라니? 불멸의 땅에서?

삐이이이이이이-

하지만 이미 민혁의 입에서 그리폰의 비명이 튀어나왔다.

주변으로 오우거 수백 마리가 몰려오기 시작했다.

"주, 주여……."

"지휘관님…… 이건 좀 아닌 것 같아요."

"저희가 아무리 강해졌다고 해도 이건……."

그들은 민혁이 실력 있는 요리사에 활을 쏜다고 생각하고 있었다. 그간 그 외에 보여준 게 없었으니까. 모두가 경악했고 죽을 거라 생각했다.

그 순간.

드르르르르륵-

민혁이 맷돌을 꺼내 앉아서 돌리기 시작했다.

'우, 우리 지휘관님 쫌 이상해!!'

'아, 진짜 가끔 미친놈 같단 말이야!!'

'헐……?'

몰려오는 수백 마리의 오우거들. 그 앞에서 맷돌을 가는 모습. 참 가관이다.

바로 그 순간.

쿠르르르르르르!

먹구름이 몰려왔다. 그리고 수백 마리의 오우거 위로 낙뢰가 떨어지기 시작했다.

[낙뢰지옥(落雷地獄)]

[추가 대미지 120%를 내는 강력한 번개가 무차별적으로 반경 20m 앞으로 1분 동안 내려쳐집니다.]

콰콰콰콰콰콰콰콰콰쾅!

"크아아아악!"

"크오오오오!"

오우거들이 낙뢰에 맞아 정신을 차리지 못했다.

그 순간 은빛 낙엽이 주변으로 떨어져 내렸다. 그리고 살랑살랑 바람이 불기 시작했다.

시전 시간 동안 민혁이 외쳤다.

"일 발 장전!!"

기사들이 활시위를 당겼다. 그와 함께 흩날리는 검의 시전 시간이 끝났다.

"발사!"

그리고 민혁도 힘껏 검을 휘둘렀다. 오십여 발의 화살과 수백여 개의 낙엽이 날아갔다.

풋풋풋풋풋풋풋풋풋- 펏펏펏펏펏펏펏펏펏-

떨어지는 낙뢰지옥, 검기 같은 낙엽, 쏟아지는 화살 비에 몹들은 정신을 차릴 수 없었다.

다시 기사들이 활시위를 당겼다.

풋풋풋풋풋풋풋-

낙뢰지옥이 끝났을 때, 이내 모습을 드러낸 것.

모든 몬스터가 죽어 있었다.

"참 쉽죠?"

모든 기사가 말문을 잃는 순간이었다.

민혁은 빠르게 1%씩 차오르는 적 사살 %를 보며 흐뭇하게 웃었다. 지휘관은 벌써 96%였다.

그렇게 민혁은 병력을 이끌고 달렸다.

그러던 중, 앞서갔던 이클리와 바흐가 있는 중대가 보였다.

"배, 배고파……."

"미칠 것 같군……."

"몸에 힘이 없어."

"누, 누구. 남은 육포나 견과류 없어?"

민혁은 그들을 지나치려 했다. 그런데, 바흐와 이클리가 매섭게 그를 노려보고 있는 게 보였다.

"안녕하세요!"

"……꺼져라."

그들은 이유는 모르겠지만 굉장히 신경질을 냈다.

고개를 갸웃한 민혁. 그는 배고픔을 호소하는 병사들을 보면서 이내 몸을 돌렸다.

그의 입가에 비릿한 미소가 맺어졌다.

"벤자스 님."

"예?"

"저 기사들을 먹빨교로 인도할……."

"먹빨교가 뭡니까?"

"아, 아닙니다. 말실수! 에헤헷!"

민혁은 어색하게 웃었다. 그러고는 작은 목소리로 악랄하게 웃으며 말했다.

"저희 중대로 데려올 수 있는 방법이 생각났습니다."

에이스. 그는 엘븐하임으로 가기 위해 로스골 마을에 도착했다.

엘븐하임은 이번에 시작된 대규모 전쟁전의 인근 지역 명칭으로 엘프의 숲 근처이다. 그곳으로 바로 워프를 타고 갈 수 없었기 때문에 이 로스골 마을까지 워프를 타고 왔다가 본인들이 가고 싶은 등급의 지역을 가기 위해 몬스터 무리를 뚫고 지나가야 한다.

그리고 근 며칠간 초등학교 수학여행을 다녀왔던 에이스였기에 레전드 길드와 뒤늦게 합류해야 하는 상황이었다.

현재 혼자만 있는 에이스는 난관에 봉착했다.

A 지역으로 이동하는 동안 몹들이 생각보다 녹록지 않은 편이었다. 또한, 에이스와 같은 이들 때문인지, 마을 곳곳에선 파티원을 구하는 이들이 다수였다.

"A 지역까지 함께 가실 파티원 빠르게 모십니다!!"

"A 지역까지 동행하실 매너 있으신 분 환영이요! 여성분 대환영!"

그런 그들을 쭉 둘러보던 에이스는 곧이어 마음에 드는 말을 하는 이들을 발견했다.

"우리와 함께 생사를 넘나드는 불쌍한 엘프들을 구원할 용사를 찾는다!!"

"엘프들을 위해 심장을 바쳐랏!"

주변 유저들이 흘끔흘끔 그들을 살피다가 뒷걸음질 쳤다.

"이, 이상해……."

"뭐야, 중2병이야?"

"대사 보소."

하지만 일곱 명으로 구성된 그들은 전혀 개의치 않아 했다. 그들은 제각기 전부 가면을 쓰고 있었는데, 그중 한 사내만이 검은색 가면을 쓰고 있었다.

"우리와 함께할 자들은 피를 나눈 형제가 될 것이다!!"

그리고 에이스.

"……머, 멋있어!!"

그의 눈빛이 초롱초롱 빛났다.

세상에! 저런 멋진 대사라니? 생사를 넘나드는 엘프들을 구원할 용사!!

에이스가 서둘러 다가갔다.

"위대한 용사들이시여! 나 홍염의 격투가 에이스. 당신들과 함께 세상을 구할 머나먼 대장정에 동행해도 괜찮겠습니까?"

"오호? 홍염의 격투가라? 그것참 멋진 이름이군."

"꼬마야, 이름이 멋지구나."

"꼬마라뇨?"

그에 홍염의 격투가 에이스는 진지한 표정을 지었다.

"전 홍염의 격투가 에이스. 에이스라고 불러주십시오."

"오호, 알겠다. 거참 멋있는 아이로구나. 에이스."

"후후후후! 용사분들도 너무 멋지시군요."

그렇게 그들과의 동행이 시작되었다. 에이스는 그들과 함께 마차를 타고 움직였다.

마차의 앞에는 검은 가면을 쓴 사내 한 명이 양 팔짱을 끼고 서 있었다.

"저분께선 말이 없으시군요."

"과묵하신 분이지. 하지만 한번 입을 열면 정말 멋진 분이시라네."

에이스는 눈을 똘망똘망 빛내며 가장 앞에 선 사내를 바라봤다.

'머, 멋이라는 게 폭발한다……!'

과묵한 저 사람은 갑옷도 검도 검은색으로 번들거렸다. 심지어 가면까지도.

그러던 때였다. 주변이 소란스러워졌다. 앞쪽에서 가고 있던 유저들이 뒤쪽으로 도망쳐 오기 시작했다.

"무슨 일입니까?"

가장 앞에 있던 검은 가면 사내가 물었다.

"앞쪽에 타이탄이 나타났어요!"

"타이탄이요?"

에이스의 미간이 좁혀졌다.

타이탄은 레벨 450이 넘는 전설에 속하는 보스몹이었다. 이번 엘븐하임 A 구역으로 가는 길목에 아주 희박한 확률로 등장한다고 했다.

놈은 거대한 몽둥이를 휘두르면 마법이 발동되기에 여간 까다로운 게 아니었다. 게다가 외눈박이 거인인 사이클롭스 여러 마리도 대동하고 나온다.

이미 선발 주자들인 대형 길드들은 앞서간 상황이었고 지금 가는 이들은 대부분이 소규모 길드나 혹은 낙오된 후발 주자들이었다. 때문에 담합이 되지 않았기에 사냥이 힘들었다.

모든 유저들이 에이스와 일행이 탄 마차에서 뒤로 도망쳤다.

하지만 곧 가장 앞에 선 사내가 툭 내뱉었다.

"마부, 속도를 내어 달리시오."

에이스는 깜짝 놀랐다.

타이탄은 자신조차도 사냥이 힘들 것이라고 생각되는 몬스터였다. 하지만 앞에 있는 사내는 여전히 팔짱을 끼고 묵묵히 말했다.

그리고 마차가 달리기 시작했다.

다그닥 다그닥 다그닥! 덜컥덜컥!

흔들리는 마차는 도망치는 이들과 다르게 앞으로 전진하고 있었다.

"와…… 남들은 도망가는데, 우린 전진이라니."

"한번 부딪쳐 봐야지 않겠니, 에이스."

한 사내의 말에 에이스는 고개를 끄덕였다. 정말 마음에 드는 아저씨들이었다.

그리고 이어서 타이탄과 사이클롭스가 나타났다.

사이클롭스의 숫자는 여섯 마리였다. 단단한 방어구를 가졌고 오우거를 찢어발길 수 있는 괴력을 지닌 몬스터였다.

타이탄이 뭉둥이를 휘둘렀다.

콰콰콰콰콰콰콰쾅!

갑작스러운 광역 공격.

"헉! 제가 막을게요!"

에이스가 홍염의 지옥마를 소환하려 한 순간이었다. 묵묵히 정면만 보던 사내. 그 사내가 고개를 돌렸다.

그의 눈동자와 에이스의 눈이 마주쳤다.

사내가 말했다.

"괜찮다, 소년."

그리고 다시 정면을 봤다.

그 순간 빠르게 접근하는 거대한 광역 마법이 눈에 들어 왔다. 그것은 바람으로 이루어진 몽둥이 같았다. 쏘아져 오면서 주변의 나무와 바위 등을 모두 부숴 버리고 있었다.

그때. 사내의 오른팔에서 정체 모를 존재가 꿈틀거렸다.

"포효해라, 데스티니."

꽈드드드드득!

그 순간, 그의 오른팔에서 빠르게 나타난 거대한 빙룡 한 마리! 그 빙룡의 앞으로 거대한 얼음 장벽이 생성되었다.

사내가 이번엔 왼팔을 쭉 뻗었다.

"날뛰어라, 브레트니."

"키에에에에엑!"

화르르르르르륵!

거대한 불의 용이 나타났다. 그리고 불의 용이 거대한 화염 브레스를 뿜어냈다.

푸화아아아아악!

"크아아악!"

타이탄이 비명을 질렀다.

이윽고 사내가 멋지게 날아올랐다.

타앗!

그리고 브레트니라는 거대 용 위에 내려앉았다.

다른 사내들과 에이스도 전투에 참여하자 생각보다 쉽게 타이탄과 사이클롭스가 제거되었다.

　에이스는 그제야 그들에게 이름을 물었다.

　"여, 여러분의 이름이 알고 싶습니다. 이토록 멋진 분들과 함께하게 되어 영광입니다!"

　"나는 킬레라고 한다. 마법사이지."

　"난 킹갓이란다."

　"나는 엠페럴."

　"난 마제스터."

　"아, 나는……."

　그리고 근육이 울긋불긋한 한 사내는 망설이다가 툭 내뱉었다.

　"제, 제네럴……."

　마지막으로 한 명의 사내. 그가 말했다.

　"흑염룡. 그것이 내 이름이다."

　에이스는 정말 대단한 이름이라고 생각했다.

　로베르크는 철혈 중대의 기사였다. 임시적으로 철혈 중대에 있는 그는 지금 무척이나 배가 고팠다.

　'샌드위치라도 먹으면 영혼조차 팔 수 있겠어.'

　그리고 더 절망적인 상황. 하루는 더 가야지만 1구역을 벗어난다. 하루는 더 버텨야 어느 정도 먹을 수 있다는 것이었다.

꼬르르르륵-

"배, 배고파!"

"……배고파 죽겠군……."

"누구 견과류나 육포 없어?"

바로 그때.

쿵쿵-

로베르크의 코가 씰룩거렸다. 어디선가 맛있는 냄새가 난다.

"누구야? 이건 분명히 고기 굽는 냄새인데?"

"어디서 나는 냄새지?"

"30만 골드를 줄 테니, 나눠 먹자!"

돈이 있어도 먹지 못하는 음식! 돈 따위야 상관없었다. 기사들이 웅성거렸다.

이 냄새는 아주아주 배고플 때, 길을 가다가 고깃집에서 나는 고기 냄새와 같았다. 입에 침이 절로 고인다.

그때, 한 기사가 외쳤다.

"저기닷!"

"저, 저기는……?"

그리고 보았다. 커다란 천막 옆으로 밥이 보약 중대가 옹기종기 모여서 고기 파티를 벌이고 있었다.

그들은 어떻게 만들어낸 건지 모를 불판 위로 돼지갈비를 굽고 있었다.

한 기사가 돼지갈비를 크게 쌈을 쌌다.

"그, 그래. 그렇지…… 돼지갈비를 얹고 그 위로 겨자 소스에 절인 양파를 얹는 거야, 또 그 위로는 마늘을 푹 찍어서 올리고."

그 말처럼 기사는 한 쌈 크게 싸서 입에 넣었다.

우물우물―

로베르크의 입이 절로 움직였다.

그 맛을 상상한다. 입에 넣는 순간, 돼지갈비는 부드럽게 씹힌다. 그리고 그 달짝지근하면서도 육즙이 흘러나오는 맛에 흐뭇한 미소가 감돌겠지.

그럴수록 로베르크의 입엔 침이 더 가득 고였다.

꼬르르르르륵!

뱃속에서 요동치는 소리.

"머, 먹고 싶다……."

"와……."

"여, 여기에서 어떻게 돼지갈비를 먹는 거지?"

민혁이 숙성의 항아리를 통해 바로 숙성했기에 가능한 일이었다.

그들은 넋 놓고 그 너머만 바라보고 있었다. 밥이 보약 중대는 즐거워 보였다.

"저 천막 보여? 따뜻해 보여……."

"우린 오늘 이 추운 곳에서 또 어떻게 잠을 자지……?"

그러던 중, 결국 참지 못한 로베르크가 일어섰다.

"난 좀 얻어먹고 와야겠어!"

"자넨 자존심도 없나?"

"없네! 당장 죽을 것 같은데, 자존심이고 뭐고!"

그리고 로베르크가 다가갔다.

"저, 저도 고기 좀 함께 먹으면 안 되겠습니까?"

그에 그곳의 지휘관이 말했다.

"아, 배고프시군요? 얼마든지요."

"……저, 정말입니까?"

로베르크는 경악했다. 이렇게 쉽게 허락할 줄이야?

그에 앞의 지휘관이 말했다.

"음식은 남고 배고픈 자들이 있으니까요. 제국 사이의 벽이라는 것과 배고픈 것은 다른 거지요."

민혁은 인자하게 웃었다.

그 순간 로베르크는 감격했다. 자신들의 지휘관은 찔러도피 한 방울 나오지 않을 인간들이었다. 강행군을 거듭했고 그에 빠르게 지쳐 쓰러졌다. 하지만 앞의 사내는 인자했다.

심지어.

"여어, 자네 이름이 뭔가?"

"어서 와서 들게나!"

"같이 먹어야 맛있지! 어서 오게!"

밥이 보약 중대도 유혹의 손길을 뻗었다.

"가, 감사합니다!"

로베르크는 고기를 허겁지겁 먹기 시작했다.

그리고 그 사이에 있는 밥이 보약 중대원들과 그곳의 교주 민혁. 그들이 씨익- 하고 비릿하게 웃었다.

[로베르크와의 친밀도가 상승합니다.]

[로베르크와의 친밀도가 상승합니다.]

[로베르크와의 친밀도가 상승합니다.]

적국의 NPC와의 친밀도 급상승!

민혁은 밥이 보약 중대원들과 눈을 맞췄다.

'드디어 미끼를 물었군요.'

'미끼를 물어부렀으.'

그렇다. 그들은 마치 대형 다단계 사기꾼들처럼 미끼를 던진 것이다.

자, 그리고 이때쯤엔?

슬금슬금 철혈과 사신 쪽 중대원들이 오기 시작했다.

"저, 저희도 함께 먹을 수 있을까요?"

"같이 먹어도 되나요? 3일을 견과류와 육포만 먹었습니다……."

"아아아, 저런……!"

민혁과 밥이 보약 중대는 안타까운 탄식을 흘렸다.

"이런, 이런! 어서 이리들 오시게!"

"앉지, 앉아!!"

"어허, 너무 허겁지겁 먹지 말게. 배고팠지?"

"크흐흐흐흑! 맛있습니다! 이필립스 제국에 대한 인식이 안 좋았는데, 정이 넘치는 곳이었군요!"

"아, 천천히 먹게나. 허허헛! 그 맘 다 아네. 배고팠지? 여기 물 있네."

"벌컥벌컥!"

밥이 보약 중대원 한 명이 비릿한 미소를 지으며 등을 두들겨 줬다. 현재 민혁과 밥이 보약 중대는 단체로 낚시질을 하고 있는 것이다.

계속해서 철혈과 사신 중대원들이 넘어온다.

자, 그리고 민혁의 계산에 따르면 이때쯤에…….

"뭐 하는 짓이냐!!"

"이 자식들이!!"

두 지휘관이 나타난다.

그리고 두 지휘관은 자존심을 세울 것이다.

"당장 안 돌아가?"

"너희들이 이러고도 콜로디스 제국군이냐!"

그때, 민혁이 한마디 해준다.

"아이참~ 배고픈 사람들 밥 먹이는 게 뭐 그리 나쁜 일이라고 그러세요?"

그에 사신과 철혈 중대원들이 구원의 눈빛을 보낸다.

그들은 민혁에게 감격하고 있었다. 아아아아! 우리를 위해 지휘관들과 말다툼도 하는구나! 그것도 먹을 걸 베풀기 위해! 친밀도는 극적으로 끓어오른다.

그리고 지휘관 둘은.

"됐습니다."

"그딴 호의 필요 없습니다!!"

자존심을 지키기 위해 돌아선다.

자, 이제 이러면 어떻게 될까?

그들은 이미 민혁의 마성의 돼지갈비를 맛봤다.

애초에 맛보지나 말지! 먹다가 만 것이다.

배고픔은 더 끓어오를 것이다.

'일단은 기다리면 답이 나오겠지.'

이클리와 바흐는 황당해졌다. 기사단원들이 자신들 허락도 없이 이탈하여 고기를 얻어먹고 있었다. 그것도 그 빌어먹을 놈에게서!

그때 기사단장 넬슨이 말했다.

"나눠준다는데 굳이 마다하는 이유를 모르겠습니다!"

"입에 묻은 돼지갈비 양념이나 닦아라."

"전부 배고픔을 호소합니다. 이대로는 내일을 버티지 못하고 죽는 이들이 생길 겁니다. 고작 자존심 때문에 마다한다는 건……."

"닥쳐!!"

이클리의 말에 넬슨이 깨갱 했다.

하지만 곧 그는 이러한 결과로 다가왔다.

'세상에, 어떻게 준다는데 마다하는 거야?'

'저쪽 지휘관과는 완전 다르군.'

'밥이 보약 중대의 인원들이 부럽다.'

그리고 이어서 이클리와 바흐는 전혀 예상하지 못한 알림을 들었다.

[기사단들의 지휘관에 대한 불신이 최고치를 달성합니다.]
[말을 잘 듣지 않을 수도 있습니다.]
[넬슨과의 친밀도가 하락합니다.]
[코만과의 친밀도가 하락합니다.]
[아테와의 친밀도가…….]
[단원들이 이탈할 수 있습니다.]
[지휘관의 %가 대폭 하락합니다.]

민혁은 분명히 그에게 욕을 하거나, 혹은 시비를 걸거나 하지 않았다. 하지만 지금 이 순간, 민혁과 그 중대의 인원들로 인해 바흐와 이클리는 절로 빅 엿을 먹게 된 셈이었다.

카리스마 스텟. 이는 높은 수치를 보유할수록 병력과의 친밀도를 끌어올리기 쉬워지며 병사들이 그 유저에 대한 더욱더 끈끈한 유대감을 가지게 해준다. 또한, 엄청나게 높은 카리스마 스텟을 보유하고 있으면 가만히 있어도 사기가 올라가는 효과까지 있다.

하지만 이 카리스마 스텟은 보조적인 역할일 뿐이었다. 1천이 넘는 카리스마 스텟을 가지고 있는 자라고 할지라도 그들을 막 대하거나 한다면 이는 친밀도 하락으로 이어질 수 있는 셈이다.

철혈의 기사단장 넬슨과 사신의 기사단장 오들리. 두 사람이 이야기를 나눴다.

"자존심도 중요하긴 하지요, 하지만 당장 병력이 죽어 나갈 마당에 챙긴다는 게 말이 되나 싶습니다."

"맞습니다. 심지어 밥이 보약 중대의 지휘관은 인자하고 덕이 넘치는 분입니다. 우리에게 언제든 배가 고프면 와도 된다고 하지 않았습니까?"

"부럽습니다. 너무 부럽습니다. 밥이 보약 중대의 인원들이요!"

"보았습니까? 밤에는 천막 안에 들어가서 숨 구멍을 뚫어놓고 파이어 마법으로 내부 공기를 달군 후 달콤한 꿀잠을 자고 있습니다."

그 와중에 그들은 추위에 발발 떨고 있었다.

넬슨과 오들리는 먼 곳에 있는 밥이 보약 중대를 보았다. 그들은 어디서 난 건지 모를 따뜻한 커피를 마시며 오순도순 웃고 떠들고 있었다. 자신들과 다르게 아주 즐겁고 행복한 분위기였다.

"……저들과 합류하는 건 어떻습니까?"

"아스폰 폐하께서 노하실 겁니다……."

"하지만 결국에 저 두 분은 이방인입니다. 이방인들에 대한 지휘권은 언제든 박탈 가능한 것 아닙니까? 또한, 병력 100여 명이 함께 입을 모아 당장 전멸 위기에 처할 뻔했다고 말한다면 너그러이 이해해 주지 않을까요?"

"……그렇겠군요."

대게 이방인들의 지휘권은 유한하다. 이방인들이 지휘를 잘못하면 언제든 돌아설 수 있는 게 지킴이들인 그들이었다.

실제로 아스폰이나, 엘레의 경우에도 이방인들에게 지휘권을 넘길 땐 조심스러웠고 만약 미숙하다 싶을 땐, 지휘권을 뺏어도 된다고 말할 정도였다. 지금 가장 중요한 맥락은 아르곤 왕자 구출하기 아니던가?

곧 넬슨과 오들리가 서로를 보며 고개를 주억였다.

결정한 것이다.

바흐는 머리가 터질 것처럼 복잡했다. 계속해서 하락하는 친밀도! 그에 따라서 기사들이 중대를 이탈할지도 모른다.

이클리도 스트레스받기는 마찬가지였던 듯 한숨 자고 오겠다며 로그아웃하고 나섰다.

그런데, 그때 이상한 움직임이 벌어졌다. 철혈과 사신 중대들이 밥이 보약 쪽으로 움직이기 시작한 것이다.

"어딜 가는 것이냐!"

"……저희는 밥이 보약 지휘관님께 의지해 나아가겠습니다."

"뭐, 뭣?"

바흐는 깜짝 놀랐다. 그들이 중대를 나가는 건 이해가 되어도 저쪽에 붙는다는 건 다소 이해가 되지 않는 것이다.

"미친……! 아스폰 황제께서 가만히 계실 것 같으냐?"

"아스폰 황제께, 이 일에 대해 말씀드리면 어느 정도 이해해 주실 거라 생각합니다."

아스폰 황제는 경쟁심이 강한 인물이었다. 때문에 제국과 제국의 경쟁 같은 이번 신들의 내기에서 꼭 승리하고 싶어 한다.

그렇지만 그것보다 아스폰 황제가 더 크게 생각하는 건 바로 이거다.

'내 새끼들을 건드리면 가만 안 둔다.'

자신의 부하들과 국민은 누구보다 끔찍이 생각하는 존재라는 것.

그에 반면, 이방인인 그 둘보다는 자신들을 신뢰할 터.

멀어지는 100명의 병력을 보며 바흐는 벙찐 표정을 지었다. 그리고 그 앞에서 민혁이 양팔을 벌리고 있었다.

"아, 오셨군요. 어서 식사하지요!!"

그는 마치 단골손님을 확보한 것처럼 밝게 웃고 있었다.

바흐의 주먹이 부들부들 떨렸다.

2구역부터 본격적인 경쟁 시작일 거다. 그런데, 시작 전에 완전히 다 털려 버린 것이다.

"으하하하! 진짜 맛있네요!"

"맛있습니다. 정말 맛있습니다!"

"하하하하하하!"

웃고 떠드는 왁자지껄한 소리! 반면 바흐 쪽은 휑했다.

하지만 이대로는 안 되었다. 바흐는 성큼성큼 다가갔다.

"네놈! 일부러 유도한 것이지?"

"예? 뭘요?"

민혁은 태평한 표정이었다.

"일부러 병력을 빼가려고!"

"그게 무슨 소리예요? 저는 배고픈 사람들에게 나눠줬을 뿐입니다."

"바흐 님, 그 의지는 저희의 뜻이었습니다. 그저 나눠주려는 분한테 뭐 하시는 겁니까."

"맞습니다!! 착한 밥이 보약 지휘관님께 왜 그러십니까?"

"우우우우우우!"

움찔!

기사들의 비난에 바흐는 머리가 하얘졌다. 이렇게 나오면 어쩐다는 말인가?

그러다 툭 내뱉었다.

"지휘관은 무력도 중요한 법이지, 이런 약골이 너희들의 지휘관이라고? 우스운 소리!!"

앞의 민혁이 보인 무위는 활을 쏘는 것뿐이었다. 실제로 그 모습을 바흐는 보지 않았다.

반면, 기존의 밥이 보약 중대는 수백 마리의 몹들을 유린하던 그를 알았다.

'저 미친놈이 뭐라는 거야?'

'약골? 누가? 네가?'

그에 기존 사신과 철혈 중대 이들도 그는 어느 정도 수긍하는 분위기였다.

"지휘관은 자고로 강해야 하는 법이다!"

"저 강합니다!!"

"개소리를 지껄이는군. 내 공격을 3번이나 막아낸다면 다행이겠지. 여기서 PVP를 진행할 자신이 있나?"

민혁은 그에 잠시 망설이는 듯한 표정이었다.

두려운 듯한 표정에 밥이 보약 중대는 의아했다.

'왜 저러지?'

'저런 사람쯤은 가볍게 이길 텐데.'

'흠?'

바흐는 신 클래스였지만 지휘관 쪽으로 맞춰져 있었다. 물론 암살자 클래스인 만큼 그 개인의 능력도 뛰어나지만 신 클래스치고 개인 무력이 어마어마하진 않다는 거였다. 물론 그래도 국내 암살자 랭킹 3위 안에 오르락거리는 그였지만.

"그, 그럼 조건이 있어요!"

민혁은 굉장히 두려운 표정이었지만 용기를 내어 입을 뗐다.

"만약 제가 승리한다면 아스폰 황제께는 당신이 도중에 죽음으로써 지휘권을 제가 받은 것으로 하는 겁니다."

"……좋다. 대신에 내가 이긴다면 네 병력까지 내가 데려다겠다."

바흐의 입꼬리가 말려 올라갔다.

그가 보였던 것은 궁술뿐이었다. 심지어 스킬 능력도 보이지 않았다. 대신에 듣기로 그는 뛰어난 요리사라고 하였다.

즉, 그는 본래 직업이 요리사와 연관되어 있는 것이다. 거기에 활은 덤으로 따라붙은 거겠지.

바흐가 생각하기에 민혁은 둘 중 하나였다. 대결을 피한다면 지휘관으로서의 역량 부족을 인정하는 것. 그리고 대결을 한다면 만에 하나 이길지도 모른다는 생각에 기대를 품은 것이 분명했다.

하지만 분명 바흐는 자신이 승리할 것이라 여겼다. 거기에 더해져 밥이 보약 중대까지 얻어올 거다.

중대 하나가 추가되면 몬스터 사냥 숫자는 배로 늘어난다. 그 때문에 기여도, 지휘관 능력, 적 사살 능력이 높아질 터. 이 클리까지 제칠 기회였다.

민혁은 만반의 준비(?)를 갖췄다.

기존에 착용하고 있던 갑옷을 해제하고 검을 착용했다. 그리고 아티팩트 전부를 바꿔 착용했고 검을 들었다.

"시작 전에 이방인의 맹약을 맺죠."

이방인의 맹약은 유저끼리의 약속을 뜻하며 '맹약의 양피지'에 서로가 사인하면 효력이 발생한다.

[맹약의 양피지에 서명합니다.]
[상대방에게 패배할 시 적힌 것에 따라 이행해야 합니다.]

[이행하지 않을 시 레벨이 5 하락하게 됩니다.]

맹약의 양피지는 절대로 어겨선 안 되었다. 그렇게 된다면 엄청난 불이익이 따른다.

바흐가 입꼬리를 올렸다.

'얼마나 버틸 수 있으려나.'

앞의 민혁은 몇 수 버티지 못할 거라고 바흐는 자신만만했다.

그리고 그의 공격이 시작되었다.

[살수 분신]
[본인의 40%의 능력을 발하는 분신 다섯이 나타납니다.]

펑!

양손을 모은 바흐의 주변으로 다섯의 분신이 나타났다. 그들은 각기 하나씩 단도를 쥐고 있었다.

타타타타탓!

분신들이 민혁을 향해 달려들었다.

그와 함께, 바흐가 일격을 준비했다.

[살인자의 일격]
[순식간에 거리를 좁혀 단숨에 일격을 가합니다.]

탓!

공간을 접듯 빠르게 바흐가 근접했다.

민혁이 깜짝 놀라며 허겁지겁 검을 방어했다.

탱!

그 순간 옆쪽에서 분신들이 민혁을 압박해 왔다.

탱 탱탱탱탱!

"크흡!"

민혁이 뒷걸음질 치며 물러났다.

"호오, 막을 줄이야."

단도를 이리저리 움직이며 손장난을 치며 여유로운 표정을
짓는 바흐가 표창을 던졌다.

슈슈슈슉-

탱탱 탱! 탱!

푹!

"크하아악!"

"맹독이 묻어 있는 표창이지, 지속적으로 HP를 갉아먹는
다. 그리고 머리가 어지러워지지."

민혁이 머리를 흔들었다. 그리고 분신들은 계속 압박한다.

펑!

민혁이 분신 하나를 갈라냈다. 먹구름처럼 검은 안개가 되
어 사라졌다.

펑펑!

분신 두 마리를 추가로 베어냈다. 그리고 달려 나가며 바흐
를 공격했다.

탱탱탱!

가뿐히 단도로 막아내는 바흐는 여유로운 표정이었다.

"워워, 너희들은 이딴 약골을 지휘관으로 데리고 가겠다는 거냐?"

찌익-

그 순간 민혁의 팔을 바흐가 베어냈다. 그에 사신과 철혈의 이들이 웅성거렸다.

반대로 밥이 보약 중대는 의아했다.

'뭐지?'

'아까 봤던 힘의 1/3밖에 발휘 안 하시는데? 그 막강했던 스킬은?'

그들이 의아해할 때, 민혁이 외쳤다.

"크흡! 너 같은 놈이 저들을 이끌게 할 수 없어, 난 꼭 저들과 함께할 거야, 그리고 한 명도 죽지 않게 살려서 갈 거다!!"

민혁은 몸 곳곳이 베이면서도 처절했다. 그에 사신과 철혈 중대는 가슴이 뜨거워졌다.

'아아아아! 우리와 함께하기 위해서……!'

'참된 지휘관이다…… 어떻게든 우리와 함께하려고 저렇게 필사적으로 싸우신다.'

'아아아아아아아아아아! 민혁 지휘관님!'

한 기사는 뜨거운 눈물을 흘렸다.

[켈로와의 친밀도가 최고치를 달성합니다.]

[바스만과의 친밀도가 최고치를 달성합니다.]

[케냐와의 친밀도가 최고치를 달성합니다.]

[론만과의 친밀도가 최고치를 달성합니다.]

[카리스마 10을 획득합니다.]

그제야 밥이 보약 중대는 알았다.

'지금 일부러 저러는 거지?'

'우리는 비교도 안 될 정도의 사기꾼이다!!'

'철혈과 사신 중대가 민혁 님께 충성을 다할 것이 눈앞에 그려진다.'

그렇다. 그는 사기꾼이었던 것이다.

그것도 모르고 바흐는 껄껄 웃었다.

"크하하하하하하, 이 약골 녀석아. 고작 이 정도로 어떻게 병력을 지휘한단 말이냐!"

하지만 그의 말과 다르게 사신과 철혈의 중대가 외치길.

"꼭 이기십시오!"

"크흐흐흑, 당신의 용기와 우리를 아끼는 마음에 감격했습니다."

"우린 당신에게 목숨도 바치겠습니다!!"

'얼레?'

바흐는 고개를 갸웃했다.

그 순간, 민혁이 천천히 허물어지려 했다. 그에 바흐는 마지막 일격을 먹이려고 했다.

그때 민혁이 그의 손목을 턱 잡아챘다.

"난 저들과 함께 불멸의 땅을 정복할 거다!!"

그 순간, 민혁의 몸에 밝은 빛이 맺혔다. 딛고 일어서는 자가 발동되는 순간이었다.

손목이 잡힌 바흐는 금방 빼낼 수 있을 것이라 여겼다. 하지만 무지막지한 악력이 느껴졌다.

'뭐, 뭐지? 이 힘은?'

무언가 이상했다. 무언가.

그리고 그 순간.

푹!

민혁의 검이 옆구리를 꿰뚫었다.

"컵!"

[HP가 60% 미만으로 감소합니다.]
[HP가 50% 미만으로 감소합니다.]

"뇌라!"

푹푹푹푹!

찔러댔지만 민혁은 전혀 타격치를 받지 않았다.

그리고 이어서 또 한 번 민혁이 공격을 가했다. 박치기로 안면을 들이받은 것이다.

쾅!

"크흡!"

비틀거리는 그의 가슴에 민혁이 검을 꽂았다.

푹!

[치명타가 터졌습니다.]

[HP가 10% 미만으로 하락합니다.]

이어서 바흐의 눈앞에 떠오른 것은 어두운 창과 함께 떠오른 문구였다.

[강제 로그아웃 당하셨습니다.]

그가 로그아웃 당하고 민혁은 양팔을 들어 올려 외쳤다.

"제가 이겨냈습니다. 이제 여러분은 아무 걱정 없이 저와 함께하실 수 있습니다!!"

"와아아아아아!"

"민혁! 민혁! 민혁!"

그 순간 민혁에게 알림이 울렸다.

[기사들과의 친밀도가 최고치에 달합니다.]

[칭호 입만 산 지휘관을 획득합니다.]

[지휘관 능력 100%를 달성합니다.]

[식신의 무뼈 닭발 세트를 획득합니다.]

그와 함께, 민혁은 바흐가 떨어뜨린 걸 볼 수 있었다.

"지도?"

5장
아르곤 왕자와 로열 상점

　엘븐하임의 A등급 지역. 무수히도 많은 대형 길드가 입장과 동시에 이러한 알림이 울려 퍼졌다.

　[마계의 존재들에게 빼앗긴 엘프의 땅을 탈환해야 합니다.]
　[탈환 후 이틀 동안 방어에 성공할 시, 그곳의 주인이 될 수 있으며 기여도가 대폭 상승하게 됩니다.]

　이는 말 그대로 대형 길드 간의 경쟁 구도라고 할 수 있었다.
　엘븐하임 A등급 지역에 길드들이 들어오기 시작하고 아이리스의 칼리안과 아레스 길드의 마스터 아레스는 동맹을 맺었다. 그를 통해서 그들이 얻게 된 작은 마을과 소도시 등만 해도 약 3개가 되었다.

그들은 엘븐하임과 엘프의 숲 사이의 거점지를 얻어 방어전을 펼치는 중이었다.

그리고 칼리안과 아레스의 입가가 쭉 찢어졌다.

"역시나."

칼리안의 말에 아레스가 고개를 주억였다.

칼리안의 경우 쥬이스 신의 재앙이 일었을 때, 레전드 길드에 의해 물을 먹었고 아레스의 경우 발렌 왕을 포획하려다 물을 먹었다. 하지만 지금 그들은 간만에 모든 길드를 제치고 1순위로 앞서가고 있었다. 다른 길드들은 현재 1개의 영지밖에 얻지 못했기 때문이다.

그리고 심지어 그들은 더욱더 빠르게 치고 나갈 기회를 얻게 되었다. 그 기회는 바로 '엘프 상점'이었다.

엘프 상점은 엘븐하임뿐만 아니라, 모든 대륙의 마을, 소도시, 대도시, 영지 어떤 곳에도 존재한다. 전쟁 발발과 함께 이 엘프 상점 역시 모두 생겨난 것이다. 엘프 상점은 기여도를 통해 전환한 포인트로 이용할 수 있다.

또한, 엘븐하임에 입장하는 순간 유저들은 기존에 가지고 있던 소모품의 사용이 제한되었다. 오로지 그들이 사용할 수 있는 것은 엘븐하임의 것들의 소모품이었다. 엘프의 포션. 엘프의 양피지. 엘프의 음식, 또는 진귀한 아티팩트 등.

그리고 아레스와 칼리안은 지금 현재 세 개의 탈환한 도시 중 하이엘프 여인으로부터 특별한 구매 물품을 발견했다.

[엘프 상점 등급 상승]
[100,000 전쟁 포인트]

그녀는 루비라는 여인이었다.

칼리안과 아레스는 추측했다. ㈜즐거움 측에선 분명히 기여도를 높게 쌓거나 혹은 더 많은 영지, 또는 운이 좋을 경우에 얻게 될 특별한 것을 넣어두었을 것이라고 말이다.

그들 길드는 운도 좋은 편이었지만 획득한 방어지도 더 많은 편. 때문에 다른 길드들보다 더 빠르게 앞서나갈 수 있는 길이 생긴 셈일지도 몰랐다. 등급 상승이라면 분명 전쟁에 필요한 더 좋은 게 나올 테니까.

"루비. 엘프 상점 등급 상승을 구매하겠어."

"엘프 상점 등급 상승은 10만 포인트가 필요합니다."

"여기 10만 포인트다."

"우리 엘프를 구원하기 위해 힘 써줬군요. 고마워요."

전쟁 포인트는 그만큼 많은 마계 존재를 사냥했음을 증명했다. 그 순간 알림이 울렸다.

[엘프 상점 등급 상승을 구매하셨습니다.]

[엘프 상점 등급 상승에 따라 C등급으로 올라섭니다. 칼리안과 그 길드 아이리스가 엘프 상점 이용 가격이 10% 할인됩니다.]

[C등급의 더 특별한 물품을 구매하실 수 있습니다.]

칼리안의 입가가 찢어졌다.

그는 곧바로 엘프 상점을 확인해 봤다.

"……!"

칼리안의 입가에 희열의 미소가 자리매김했다. 그 이유는 간단했다. 기존보다 훨씬 더 좋은 것들이 즐비했기 때문이다.

'엘프의 생명의 화살'은 한정 수량으로 단 천 발만을 판매하고 있었는데, 놀랍게도 마계 존재들에게로부터 추가 공격력 15% 상승과 치명타 확률 20%가 붙어 있는 화살이었다.

그뿐만이 아니었다. 한정 수량으로 적혀 있지만, 이 엘프 상점에는 무수히도 많은 것들이 있었다.

엘프의 생명수라는 것은 복용 즉시, 마계에 이들에 대한 공격력 15%를 일시적 상승시켜 준다. 현재 백 명이 넘는 아이리스 길드와 아레스 길드원들이 있었다. 그들의 공격력 15%가 상승한다면? 다른 길드들보다 훨씬 더 앞서갈 수 있다.

칼리안은 또 다른 알림을 들었다.

[엘프 상점 등급 상승의 구매 가격이 올라갑니다.]
[300,000 전쟁 포인트]

'비싸군…….'

기여도를 얻는 건 결코 쉬운 일이 아니었다. 10만 포인트도 칼리안 개인이 보유한 모든 전쟁 포인트를 거의 소진했기에 가능했다.

그는 애초에 길드 전쟁 포인트와 개인 포인트 덕분에 다른 이들보다 상당히 높은 편이었다.

칼리안은 문득 궁금해졌다.

"가장 높은 등급은 뭐지?"

한편, 레전드 길드도 마을 하나를 얻어냈다. 그와 함께 지니도 상점 NPC 레민을 만날 수 있었다.

상점을 둘러보던 지니는 고개를 갸웃했다.

[엘프 상점 등급이란?]
[50,000 전쟁 포인트]

'오?'

그녀는 곧바로 확인했다.

[엘프 상점 등급. 엘프 상점은 E급부터 시작합니다. 하지만 기여도를 쌓아 포인트로 구매할수록 더 좋고 뛰어난 상점으로 업그레이드할 수 있으며 D, C, B, A, 로열로 나눠집니다. C등급이 오픈 후 3일 후에는 모든 마을의 상점 NPC로부터 등급 상승 구매가 풀리게 되며 만약 마을에 특별한 상점 NPC가 있을 경우 그전에도 등급 상승이 가능할 수 있습니다.]

"이런 식으로 포인트를 사용할 수 있구나."

그녀의 상점에 부여된 특혜는 이 정보를 미리 접하게 하는 것이었다.

그녀는 추가로 계속 확인 가능함을 알 수 있었다.

[C등급으로 승급은 10만, B등급으로는 30만, A등급으로는 60만, 로열 등급으로는 100만이 필요하며 로열 등급의 경우 단 두 명 왕족의 히든 NPC만이 오픈해 줄 수 있습니다. 또한, 로열 등급 오픈 시 100만의 전쟁 포인트는 다시 돌려줍니다.]

"켁!"

지니는 깜짝 놀랐다.

로열 등급은 100만 포인트가 필요하다? 심지어 왕족만이 오픈해 줄 수 있다? 듣기로 엘프의 왕족은 현재 엘프의 왕 하나와 왕자 하나뿐이라고 했다.

심지어 100만 포인트를 돌려준다는 의미는 간단하게 해석 가능했다.

'개인이 100만 포인트를 모아서 로열 상점을 열람하는 것 자체가 불가능하기에 주는 특혜가 분명해, 말 그대로 깨지 말라고 만들어놨네……'

레전드 길드는 숫자가 현저히 적기 때문에 큰 활약상을 펼치지 못하고 있었다.

한 명이라도 아쉬운 지금, 지니는 에이스에게 귓속말했다.

[길드 마스터 지니: 우리 에이스, 어디니^^?]
[길드 채팅 에이스: 나 지금 거의 다 와 가, 엄청 센 분들 데리고 가니까, 좀만 기다려~]
[길드 마스터 지니: ㅇㅋㄷㅋ]

듣기론 믿을 만하며 멋진 분들을 데리고 온다고 했다. 사실 기대는 안 했지만, 조금의 전력 상승은 있지 않을까 하고 그녀는 생각했다.

(불멸의 땅의 지도)

제한: 없음

설명:

 •불멸의 땅의 각 구역에 무엇이 있는지 표기해 주는 역할을 하며 보상 목록 같은 건 확인 불가하다.

 •불멸의 땅에 위치한 다른 유저나 병력의 위치, 점수와 같은 현황을 확인할 수 있다.

 •불멸의 땅 지도 자체에는 1회에 걸쳐서 보상 목록 또한 확인할 수 있는 기회가 주어지며 이미 1회를 이전 소유자가 사용했다.

(입만 산 지휘관)

유일 칭호

칭호 효과:

• 병력이나 혹은 유저들에게 거짓을 말하더라도 더욱더 믿게
할 수 있는 힘을 가진다.

지도는 꽤 유용해 보였다. 촤르륵 펼치자 1구역에 무엇무엇
이 있는지 정확히 표기되어 있었다.

그리고 칭호. 말 그대로 민혁의 치밀한 입에 발린 말에 얻은
특별한 칭호였다.

그다음 민혁은 울며불며하는 병력을 보았다.

"크흐흐흑, 우리 지휘관님과 이렇게 무사히 함께할 수 있어,
여러분과 함께하게 되어 너무 기쁩니다."

"흐흐흐흐흑!"

울음바다가 된 사신과 철혈.

밥이 보약도 그에 맞춰 충실히 연기했다.

"크흐흐흐흐흑, 아! 위대하신 민혁 님!"

"민혁 만세!"

"민혁 만만세!"

그렇다. 그들은 단체로 사기꾼이 되어가고 있는 것이다!

민혁은 울음을 주체하지 못하는 척하면서 먼 곳으로 움직
이기 시작했다.

"눈물을 주체할 수 없으니 가라앉히고 오겠습니다. 크흐흐흑!"

그렇게 펑펑 눈물을 흘린 민혁.

그들이 안 보이는 곳에 왔을 때, 그는 씨이익 웃었다.

'혹시라도 누가 한 입만 달라고 하면 큰일이잖아?'

민혁의 입가가 쭉 찢어졌다.

그는 지휘관 100%를 달성함과 함께 얻은 닭발 세트를 꺼냈다.

"와……."

민혁은 닭발 세트를 꺼내고 감탄했다. 붉은빛으로 번들거리는 무뼈 닭발 세트는 참으로 아름다워 보였다.

심지어 계란찜은 어떠한가? 일반적으로 뚝배기에 끓이는 계란찜과는 달랐다. 계란찜이 담긴 플라스틱 용기를 들고 흔들면 계란찜이 출렁일 정도로 탄력 있고 보드랍다.

그리고 그 옆에 놓인 것. 바로 주먹밥 만들기 전의 단계의 재료와 복숭아 줄피스였다.

민혁은 비닐장갑을 꼈다. 그 상태에서 깨가 뿌려지고, 얇게 썬 단무지와 김 가루가 가득 얹어진 주먹밥을 돌돌 말기 시작했다.

"내가 바로 주먹밥 말기 장인이지."

그 말처럼 민혁의 주먹밥을 한 손으로 마는 솜씨는 예술이었다.

간혹 주먹밥 못 만드는 녀석들은 주먹 반만 한 걸 만들어놓지 않던가. 하지만 예쁘고 둥글게 만들어낸 민혁은 붉은빛으로 번들거리는 무뼈 닭발을 집어 들었다. 그다음 젓가락으로 쏙 입에 넣어봤다.

오물오물 씹는데, 입안에서 오도독- 오도독거리는 느낌이
난다. 매운맛이 조금 올라왔는데 아직은 괜찮다.

첫맛은 숯불의 향과 매운맛이 알맞게 어울린다.

그렇게 한 세 개 정도 집어 먹어주자 입에서 절로 소리가 나
온다.

"스읍- 하아."

혀가 얼얼하다. 이때쯤엔 그 보들보들한 계란찜에 수저를 가
져간다.

계란찜에 수저를 집어넣자 그 모양 그대로 수저 위로 딸려왔
다. 입안에 넣자 뜨뜻하면서도 부들부들한 계란찜이 입안을
즐겁게 해준다.

그다음에는 동글동글하게 잘 말은 주먹밥. 주먹밥을 비닐장
갑 낀 손 그대로 입에 쏘옥 넣는다. 짭조름한 김과 깨, 단무지
가 어울려 고소한 맛을 냈다.

그렇게 다시 닭발을 먹어주니, 이제 이마에서 땀이 송글송글
난다. 하지만 마성의 유혹은 계속 닭발을 먹어치우라 한다.

이때 필요한 것.

촤르르륵-

유리잔에 얼음을 넣고 줄피스 음료를 붓는다.

그 상태에서 벌컥벌컥 들이킨다. 얼얼했던 혀가 싸아- 하고
가라앉는다.

그 순간 알림이 울렸다.

[식신의 무뼈 닭발 세트를 드셨습니다.]
[기여도 100,000을 획득합니다.]

"오?"

상당한 양의 기여도 획득량이었다.

무뼈 닭발 세트를 먹어치운 민혁은 다시 불멸의 땅의 지도를 펼쳐 확인해 봤다. 지도에는 다양한 정보들이 적혀져 있었다.

민혁은 2구역 쪽을 보다가 고개를 갸웃했다.

'붉은 모양 해골?'

보통 이 모양은 현실에서도 '위험' '파괴물' 등을 나타낸다.

민혁은 클릭해 봤다.

[보상 목록을 이미 확인했기 때문에 추가 열람이 불가합니다.]
[전의 소유자가 이미 모든 정보를 확인했습니다.]

"……흠."

민혁은 고개를 갸웃했다. 전의 소유자라면 바흐였다. 아마 그가 확인을 끝내서 추가 열람을 할 수 없는 듯했다.

민혁은 병력을 이끌고 빠르게 움직였다.

1구역을 점령하고 2구역으로 나아가야 할 때다.

잠을 자고 온 이클리는 말문을 잃었다. 아무도 없었기 때문이다. 찬바람이 쌩쌩 부는 곳에 홀로 선 그는 의아함을 느꼈다.

바흐도 없었기에 로그아웃한 이클리. 즉, 이성재는 곧바로 전에 따두었던 바흐, 이현우의 번호로 전화를 걸려고 했다.

그러다 그는 이미 전화 몇 통과 문자 메시지가 와 있는 걸 볼 수 있었다.

'뭐야?'

상황 설명을 문자로 본 이성재는 당황했다.

민혁에게 로그아웃 당했다고 한다. 심지어 병력은 모두 밥이 보약 중대에 합류했단다.

엎친 데 덮친 격으로 현우는 이방인의 맹약까지 했다고 한다. 이제 이현우는 스스로 아스폰 황제에게 몬스터에게 죽어 지휘권이 넘어갔다고 말해야 하는 상황이었다.

곧이어 현우가 통화를 받았다.

성재의 목소리는 황당함에 가득 물들어 있었다.

"아니, 어쩌자고 그런 짓을 했습니까!!"

[방심했습니다. 그런 스킬을 가지고 있었을 줄은 꿈에도 몰랐습니다. 순간적으로 무적이 되는 스킬이라니…… 만약 아니었다면 분명 제가 이겼습니다.]

여전히 현우는 자신이 간발의 차로 패했다 생각했다.

[그는 싸워본 결과 애송이였습니다.]

"당신은 그 애송이에게 죽지 않았습니까?"
잠시 침묵이 지나갔지만, 곧이어 현우가 말했다.

[이렇게 된 거…… 저는 물 건너갔고 성재 님만 믿어야겠군요, 아직 방법이 있습니다.]

"방법이요?"

[예, 불멸의 땅에 표기되어 있던 붉은 해골 모양 기억하십니까?]

"예, 기억합니다."
워낙 꺼림칙해 현우에게 물었을 때, 그는 대충 얼버무리며 위험 지역이라고 했다.

[위험 지역이 맞긴 합니다. 그곳은 '타락한 정령왕의 땅'입니다. 그곳에서 타락한 정령왕을 사냥하면 두 가지 선택지의 보상을 얻을 수 있습니다.]

"그게 뭡니까?"

[첫 번째. 바로 마인화입니다. 마인화가 되어 더욱더 강력해

지고 타락한 정령왕의 군사들도 얻을 수 있지요. 두 번째 선택지는 400,000의 기여도와 엘프의 심장입니다. 엘프의 심장은 해당하는 길드가 소유한 영지에 사용할 수 있으며 어마어마한 힘을 품었다고 전해집니다. 그리고 또 한 가지.]

현우의 말에 그는 귀 기울였다.

[마인화가 되면 두 번째 보상이 당신을 사냥하면 얻는 것으로 전이됩니다.]

민혁이 150의 병력을 이끌고 불멸의 땅 1구역을 점령하기 시작했다.

[민혁 유저의 기여도가 300,000을 달성합니다.]

"아, 안 돼!"
"기여도 그만 올려!!"
스토리 제작팀이 또 한 번 특별 유저 관리팀에 와서 머리를 쥐어뜯기 시작했다.
"이 나쁜 놈아!!"
"유저가 게임 잘하는 걸 나쁜 놈이라뇨?"

박 팀장이 퉁명스럽게 말했다.

하지만 그들 입장에서는 그럴 수밖에 없었다. 민혁이 '떡'을 다 먹어버렸기 때문에 그들은 새로운 방향으로 업데이트를 구축하느라 골머리를 썩였다. 겨우겨우 정리해 낸 것이 현재인데, 이런 식으로 가다가는 큰일이 나버린다.

포인트가 많아진다는 건 구매할 수 있는 물량이 많아진다는 걸 뜻한다. 심지어 A등급까지만 올라가면 어마어마한 혜택이 주어지게 된다.

물론 A등급까지 올라가는 것도 힘들다. 승급 자체는 말 그대로 개인 전쟁 포인트로 구매해야 한다. 그것도 수십만이나 하는 포인트 말이다.

보통 100,000포인트 이상 넘어가면 엘프 상점에서 새로운 엘프들의 에픽 템 하나 정도를 구매할 수 있다. 그걸 포기하고 승급을 시켜야 한다는 건데, 욕심 없는 자들이나 혹은 이것이 길드에 나은 방향이라고 생각하는 이들을 제외하고서는 쉬운 일이 아니다. 때문에 A등급까지 승급시키는 유저가 있다고 할지라도 최소 전쟁 에피소드 막바지쯤일 거라고 예상했다.

그런데, 민혁은 현재도 A등급 승급에 가까워지는 기여도를 갖추게 되었다.

더군다나, 더 큰 문제.

"엘프의 심장이 저 유저 손에 들어가면 어떻게 되는 거야?"

높은 기여도도 문제였지만 엘프의 심장도 마찬가지였다.

엘프의 심장.

고대의 엘프 루미아스는 과거 종족 간의 전쟁 발발에 불안해했다. 애초에 엘프들의 경우 싸움 자체를 싫어하는 종이었다. 하지만 싸움이 싫다고 해도 다른 종족이 가만히 두지 않았다. 그에 셋의 엘프의 수장들은 각기 자신들의 뛰어난 힘을 모아 강력한 전쟁 병기를 만들어냈다. 그것이 바로 '엘프의 심장'이었다.

이 엘프의 심장은 마을, 소도시, 대도시, 등 그 어떤 곳이라도 엘프들의 땅이라면 적용 가능해진다.

"……심지어 민혁 유저는 광물 안타리늄도 가지고 있어서 문제입니다."

광물 안타리늄은 아직 완전한 힘을 드러내지 않았다는 거다.

곧이어 박 팀장이 맥없는 목소리를 토해냈다.

"민혁 유저가 열람한 불멸의 땅 지역에는 붉은 해골 표시가 되어 있었고 이미 그 정보는 다른 유저가 확인했죠. 안전하게 병력을 살려서 가야 할 민혁 유저가 굳이 보상도 모르는 그 위험 지역에 갈 일은 없습니다. 그러니 그 부분은 안심해도 될 겁니다."

"그렇겠죠. 높은 기여도는 어쩔 수 없겠지만 그 부분은 다행이네요."

민혁이 불멸의 땅 1구역에서 한 행동은 다음과 같았다.

먼저 자신의 휘하로 들어온 100명의 철혈과 사신, 정확히는 이제는 밥이 보약 중대가 된 이들에게 레시피 창조 스킬을 사용. 하루 세끼를 번갈아 가면서 꾸준히 먹여줬고 전력 상승을 일구어냈다.

거기서 끝이 아니었다.

"날 다듬기!!"

[롱소드의 날을 최고로 잘 다듬었습니다.]
[내구도가 상승합니다.]
[공격력이 상승합니다.]

"방어구 다듬기!"

[플레이트 아머가 최고로 번들거립니다.]
[내구도가 상승합니다.]
[방어력이 상승합니다.]

병력의 무기와 방어구의 효율성 대폭 상승! 한두 사람이 아닌, 150명의 상승은 어마어마한 위력을 내고 있었다.

그다음, 불멸의 땅 1구역을 말 그대로 휩쓸었다. 병력이 알아서 잘 움직여 줬기 때문에 민혁으로서 굳이 검을 들고 날뛰지 않아도 되었다. 때문에 지휘만 하면서 등 뒤에서 활을 쏘는 것이 그가 하는 일의 전부였다.

[겔론이 레벨업합니다.]

[카리스마 1을 획득합니다.]

[라비스가 레벨업합니다.]

[카리스마 1을 획득합니다.]

그리고 알림은 여기서 그치지 않는다.

[불멸의 땅 A-60 지역을 돌파했습니다.]

[기여도 10,000을 획득합니다.]

[불멸의 땅 A-63 지역을 돌파했습니다.]

[기여도 10,000을 획득합니다.]

[불멸의 땅 K-81 지역을 돌파했습니다.]

[3시간 만에 여섯 개의 지역을 돌파했습니다.]

[지휘관 민혁 유저와 병력이 압도적인 힘으로 미쳐 날뛰기 시작합니다.]

[뛰어난 지휘관으로서 입증하였습니다.]

[카리스마 스텟 100을 추가 획득합니다.]

민혁은 카리스마 스텟을 확인했다. 카리스마 스텟이 어느덧 200을 넘어선 상태였다. 많은 병력의 레벨업을 이끌어내고 피해도 최소화하였으며 병력 지휘도 잘 해냈기에 가능한 일이었다.

그렇게 나아가던 때였다.

어느덧 불멸의 땅 2구역에 도달했다.

[불멸의 땅 2구역에 도달합니다.]
[명성 50을 획득합니다.]
[기여도 50,000을 획득합니다.]

이제 2구역만 지난다면 아르곤 왕자를 만날 수 있을 것이었다. 민혁은 병력과 함께 다시 토벌을 시작했다.

"공격!"

몬스터들은 한층 더 강력해졌다. 하지만 그와 꿀리지 않게 강해진 민혁의 병력은 결코 밀리지 않았다.

그리고 어느 순간, 알림이 울렸다.

[전쟁의 신 이클리가 신들의 내기를 중도 포기합니다.]
[식신의 엽기적인 떡볶이 세트를 획득합니다.]
[최종 보상인 식신의 식칼을 획득합니다.]

'응? 포기라고?'

민혁은 고개를 갸웃할 수밖에 없었다. 이클리가 신들의 내기를 포기했다? 정확히는 몰랐지만 모든 병력을 잃었으니 사실 그럴 만했다.

민혁은 최종 보상인 식신의 식칼을 확인하려 했다. 그 순간, 알림이 울렸다.

[세계 최초로 반신 아티팩트인 식신의 식칼을 획득하셨습니다.]
[왕의 전당에 이름이 올라갑니다.]

이클리는 혼자서 곧바로 2구역으로 달려갔었다.

병력도 없이 어떻게 혼자 갔느냐. 아니, 이클리에겐 병력이 있었다. 사용하지 않았을 뿐.

[전쟁터의 후손들을 소환합니다.]

서른 마리의 돌로 이루어진 병력이 나타났다. 기사들만큼은 아니었지만, 상당히 강력한 병력이었다. 하지만 쿨타임 때문에 아껴두고 있었던 것.

이클리는 곧바로 바흐의 말대로 타락한 정령왕의 무덤을 향해 달려갔다. 그리고 그곳에서 타락한 정령왕과의 사투를 벌였다.

타락한 정령왕은 말 그대로 지속적인 마기에 노출되어 타락해 버린 정령왕으로 이프리트였다.

화르르르르륵!

이프리트가 내던진 뜨거운 화염창이 날아왔다.

이클리의 검이 움직였다.

[전쟁의 신의 은총]
[강력한 전쟁 신의 검이 적을 꿰뚫습니다.]

파아아아아앙-

이클리의 무기에서 뻗어진 강력한 섬광이 뜨거운 화염창과 맞닿았다.

'역시 쉬운 놈은 아니었어.'

이곳이 붉은 해골로 표기된 이유. 그는 위험을 나타낸다.

그리고 유저가 마인화 된다는 것도 위험일지도 몰랐다.

하지만 이는 어찌 보면 커다란 메리트로 다가온다. 이클리는 유저 중 최초로 마인이 되는 자리에 오르는 것이다.

물론 유저들과 격렬한 전투를 벌여야겠지만 마인이 되어 얻게 될 무수히 많은 퀘스트들과 보상도 있을 터였다.

어차피 이클리는 길드가 아닌, 개인으로 움직이는 존재! 마인화는 자신을 한층 더 강력하게 만들어줄 터였다.

[전쟁 신의 군마]

히히히히히힝!

그 순간, 치열한 전투를 벌이던 이클리에게서 검은 흑마가 나타났다. 흑마의 위로 오른 이클리는 매섭게 타락한 이프리트를 몰아붙이기 시작했다.

그리고 결국 사냥하는 데 성공할 수 있었다.

[타락한 정령왕의 무덤을 공략하셨습니다.]

[타락한 정령왕을 잠식한 거대한 마기가 당신의 몸속을 잠식합니다.]

[거부할 수 없습니다.]

[마인이 되셨습니다.]

[명성 300을 획득합니다.]

[사망할 시 레벨이 20 하락합니다.]

[사망할 시 아티팩트 드랍률이 대폭 상승합니다.]

[사망할 시 마계 침공 에피소드가 끝날 때까지 접속할 수 없습니다.]

[타락한 불의 기운이 당신의 몸을 잠식합니다.]

[마기 스텟 500을 획득합니다.]

[모든 스텟이 20% 상승합니다.]

[한국 서버 전체에 마인 유저의 탄생을 알립니다.]

[가장 먼저 마인을 사냥한 자에게는 보상으로 기여도 400,000, 엘프의 심장이 지급됩니다.]

화르르르르륵!

그의 몸에 뜨거운 검은 불이 스며들어 갔다. 그리고 이클리의 몸이 검게 물들기 시작했다.

그 시각. 국내가 들썩거리기 시작했다.

[님들, 대애박! 우리나라 유저 중에서 마인 된 사람 나타남!!]

[와, 마인이면 새로운 종족이네요?]

[그렇죠, 더 놀라운 것은 새로운 종족으로 변화한다는 것은 직업과는 다른 개념이기에 그 보유 직업 내에서 더 강해진다고 볼 수 있는 겁니다.]

[와, 핵 부럽다. 그럼 마인으로서 마계 아티팩트나 마계 보상 같은 거 더 얻을 수 있겠네요?]

[그렇죠. 와, 진짜 부럽다……!]

그리고 15분 후.

여전히 공식 홈페이지와 커뮤니티 사이트는 신나게 떠들고 있었다.

[그럼 마인이 되면 일부 마물들이랑 통치권 얻는 건가요? 쩐다…….]

[그리고 심지어 마인은 더 강해졌다고 합니다. 시련도 어지간한 고레벨 아니면 도전 못 할 정도로 강할 테니, 거의 막강한 존재가 되겠죠.]

바로 그때 또 다른 메시지가 전국을 강타했다.

[불의 마인이 죽었습니다.]

[불의 마인을 사냥한 유저에게 보상이 주어집니다.]

순간 모든 게시판 글들이 '?'로 도배되었다. 그리고 다시 폭주하기 시작했다.

[뭔 놈의 마인이 나오자마자 죽냐?]
[마인 누구냐? 나와.]
[마인 개불쌍…… 종족 변환하자마자 죽었어ㅠㅠㅠㅠㅠㅠㅠㅠㅠㅠ]
[진짜 졸래 불쌍하달ㅋㅋㅋㅋㅋㅋ 우왕, 엄마 아빠 나 마인됐엉! 나 짱 세졌엉!! 다 덤벼랏! 하고 퍽! 하고 끄엥! 한 거잖알ㅋㅋㅋㅋ 개불쌍ㅋㅋㅋㅋㅋㅋ]

그리고 실시간 검색어 1위에 마인을 애도하는 글이 떠올랐다.

15분 전.
이클리는 바흐와의 이야기를 떠올렸다.

분명히 적은 약하고 허점투성이라고 했다. 물론 적에겐 150명의 기사가 있었지만, 그에 필적하는 200의 타락한 정령들을 얻어낸 그였다.

심지어 본인은 30%까지 강해졌다. 그에 이클리는 자신감이 충만했다. 가까스로 바흐를 이겨놓고 안도하며 좋아하고 있을 그놈을 짓밟을 생각에.

그는 곧 2구역에서 놈과 병력이 몹들을 사냥하며 진격하는 걸 볼 수 있었다.

'역시 여전히 뒤에서 활이나 당기는군.'

혀를 쯧- 하고 찬, 이클리. 그가 명령을 하달했다.

200마리의 각 속성 마법을 난사할 수 있고 심지어 타격 때마다 어마어마한 대미지를 줄 수 있는 450레벨대의 상급 타락한 정령들이 돌진했다.

그 순간, 앞쪽에서 다른 몹들을 정리하던 기사 한 명이 이족 보행의 타락한 불의 전사의 삼지창에 가슴이 꿰뚫렸다.

화르르르륵!

"컥!!"

"……?"

"크하하하하하! 네놈은 우리 말에 순순히 따랐어야 했다!"

가슴이 꿰뚫린 기사가 쓰러졌다. 그와 함께 정령들이 거센 공격을 가했고 기사들이 쓰러져 내렸다.

터벅터벅-

이클리는 걸어갔다.

그 순간, 고개를 갸웃한 민혁이 말했다.

"누구……?"

"……이, 이클리다!!"

"아차차! 가뜩이나 못생기셨는데, 더 못생겨지셔서 못 알아봤어요!"

민혁은 이를 드러내 웃으며 말했다.

생각보다 이족 보행의 정령들은 강해 보였다. 병력의 피해를 최소화해야 했기에 민혁은 어쩔 수 없는 선택을 감행하기로 했다.

철혈과 사신들을 눈물로 꼬드겼지만 이미 그들은 자신의 충직한 신도들이 되었으니 괜찮을 거다.

민혁이 먼저 사용한 능력은 성자의 수호였다.

밝은 빛이 터져나가며 민혁의 몸을 휘감았다. 그와 함께 신성력 스텟 개수만큼 30% 모든 공격력이 상승했다.

드르르르르륵-

그리고 맷돌을 돌렸다.

"이런 X신 같은 놈! 죽기 전에 미쳐 버린……."

그 순간.

콰콰콰콰콰콰콰콰콰쾅!

수백 개의 낙뢰가 떨어져 200여 마리의 정령들과 이클리를 휘감았다.

"크아아악!"

이클리는 깜짝 놀랐다. 어마어마한 대미지가 들어왔기 때문이다. 그리고 정령의 10%가량이 죽어 나갔다.

"얼레? 아직 안 끝났네?"

등 뒤에서 그 모습을 보는 철혈과 사신 이들은 입을 쩍 벌리고 있었다.

"피어나는 검."

앞에서 여유롭게 검을 땅에 꽂은 순간.

푹푹푹푹푹푹푹푹푹-

수백 개의 칼날이 튀어나와 정령들을 꿰뚫었다.

콰콰콰콰콰콰콰콰쾅!

또다시 강력한 폭발이 놈들을 집어삼켰다.

"크아아아악!"

[HP가 80% 미만으로 하락합니다.]

[HP가 60% 미만으로 하락합니다.]

하지만 여전히 이클리는 건고했다.

그에 민혁은 새로 얻은 스킬을 사용해 보기로 했다.

그는 식신의 식칼을 얻었다. 그리고 엽기적인 떡볶이 세트도 맛있게 먹어치운 참이었다.

식신의 식칼엔 이런 특수 스킬이 붙어 있었다.

(식칼의 비)

아티팩트 스킬

레벨: 없음

소요 마력: 3,000 / 쿨타임: 480시간

페널티: 없음

효과:

• 추가 대미지 200%를 내는 강력한 식칼들이 허공에서 수백여 개가 떨어져 내려 적들을 압살한다.

"식칼의 비."

민혁이 힘껏 식신의 식칼을 하늘 높이 던졌다.

그 순간, 강력한 빛이 터져나갔다.

파아아앗-

이클리의 고개가 절로 허공으로 올라갔다.

푹!

그 순간, 위에서 떨어진 하나의 식칼이 그의 옆에 있던 한 마리의 정령을 소멸시켰다.

연이어서 검은빛으로 번쩍거리는 식칼들이 허공에 두둥실 떠 있는 게 보였다.

"네, 네놈 이제까지 정체를 숨기고 있었⋯⋯!"

그 순간, 식칼의 비가 내리기 시작했다.

푸푸푸푸푸푸푸푸푸푸푸푹!

허공에서 쏟아지는 수백 개의 식칼이 적들을 암살했다.

"컵!"

식칼에 의해 꿰뚫린 이클리는 한 번의 공격에 HP 30%가 떨어지는 걸 볼 수 있었다.

'마, 말도 안 돼⋯⋯!'

그도 엄연히 랭커였다. 그런데, 이런 대미지라니?

오히려 그가 마인이 된 것이 역효과라는 걸 그는 알지 못했다.

그리고 그 순간 알림이 울렸다.

[모든 병력이 전멸합니다.]

[HP가 10% 미만으로 하락합니다.]

그 순간 이클리는 알았다.

자신이 죽으면 그 보상이 저 존재에게 넘어간다. 즉, 열심히 만든 요리를 수저로 떠서 '어서 한입 드십쇼!'하고 먹여준 것이나 마찬가지였다.

"야이 ×새끼야!!"

하지만 곧이어 마지막 식칼 한 자루가 그의 정수리에 꽂혔다.

푹!

그리고 검은 화면이 그를 잠식했다.

푸쉬이이익!

캡슐이 열리고 상체만 꾸벅 일으킨 이클리. 그는 한참 동안 멍한 표정으로 허공을 응시했다.

행복했고 즐거웠다. 최초로 마인이 되었다고 했을 때 말이다. 그런데 얻은 지 15분 만에 박탈당했다. 심지어 마계 침공 에피소드가 끝날 때까지 접속 불가고, 가장 아끼는 아티팩트 하나를 드랍했다.

또르르르-

멍한 표정으로 허공을 보는 그의 왼쪽 눈에서 뜨거운 눈물이 한 방울 흘렀다.

"크흑! × 새끼……"

추후 이클리는 유저들이 뽑은 아테네 게임에서 가장 불쌍

했던 유저 3순위 안에 오르는 유저가 되었다.

이클리와 정령들이 완전히 전멸했다.
그와 함께 알림이 울렸다.

[레벨업 하셨습니다.]
[레벨업 하셨습니다.]
[불의 마인 최초 사냥 보상으로 기여도 400,000과 엘프의 심장을 획득합니다.]

사신과 철혈 중대원들은 고개를 갸웃거리고 있었다.
"아하하핫!"
"거, 거짓말…… 이셨군요."
민혁이 어색하게 웃자 한 기사단원이 말했다.
곧이어 그들은 너털웃음을 터뜨렸다.
"우와! 우리 지휘관님이 이렇게 강하셨다니!"
"존경스럽습니다!"
다행히도 그들이 민혁의 거짓말에 실망하기에는 그들과 쌓은 친밀도가 너무도 높았다.
민혁은 흐뭇하게 웃다가 감탄했다.
'와, 식칼의 비가 이렇게 강할 줄이야…….'

민혁 스스로도 깜짝 놀랐다. 하긴, 추가 대미지 200%가 붙는 어마어마한 능력이었다.

당장 재앙 아티팩트인 낙뢰지옥에서 나타나는 강력한 힘도 120%를 발하는 편이었다. 또한, 흩날리는 검도 그와 비슷한 수준이다. 하지만 식칼의 비는 말 그대로 200%의 힘을 낸다는 것. 어마어마한 강력함이었다.

민혁은 다시 한번 식신의 식칼을 확인했다.

(식신의 식칼)

등급: 반신

제한: 민혁 귀속 아티팩트

내구도: ∞/∞

공격력: 817

특수 능력:

- 모든 특수 능력은 소유만 해도 효과를 발휘한다.

- 모든 스텟 8% 상승

- 버프량 ×2

- 엑티브 스킬 식신의 가호

- 엑티브 스킬 식칼의 비

설명: 식신이 찾아낸 놀라운 광물을 이용해 제작한 식신의 식칼로 놀라운 힘을 내재하고 있다. 굳이 착용하지 않고 소유만 하고 있어도 모든 힘을 발휘하는 엄청난 아티팩트이다.

다시 봐도 감탄이 나올 정도였다.

특수 능력에 설명되어 있는 소유만 해도 모든 특수 능력 발현! 이것은 말 그대로 민혁은 성자의 검이나, 혹은 발라카의 검을 착용하고 있어도 저 특수 능력의 힘을 모두 사용할 수 있다는 거다. 이는 어마어마한 능력이었다.

그리고 스킬 식신의 가호도 대단했다.

(식신의 가호)
아티팩트 스킬
레벨: 없음
소요 마력: 1시간당 1,000 / 쿨타임: 없음
효과:
• 공격력 817의 식신의 식칼 두 개가 나타나 언제든 주인을 보호하거나 적에게 공격을 가한다.

말 그대로 민혁이 지금 쥐고 있는 검은색 칼자루의 식칼 두 자루가 나타나 몸 주위로 공존하는 것이다.

민혁은 재차 확인했다가 이어 기여도를 확인했다.

[총기여도 841,311]

이번에 보상으로 받았던 40만 기여도가 굉장히 큰 역할을 했다. 이클리는 죽 쒀서 민혁에게 맛있게 먹으라고 준 격이었다.

그리고 엘프의 심장을 확인해 봤다. 엘프의 심장은 마치 딱딱한 돌처럼 생긴 외형이었다.

(엘프의 심장)

특수 능력:

• ?

• ?

설명: 마인 혹은 마족, 마물로부터 빼앗긴 곳을 탈환하고 방어전을 시작한 마을, 소도시, 대도시 등에 사용할 시에 적용시킬 수 있다.

'흠?'

민혁은 고개를 갸웃했다.

길드창에 따르면 레전드 길드가 영지 하나를 탈환하고 방어전에 돌입했다고 한다. 하지만 결과는 상당히 안 좋게 돌아가는 것 같았다.

소수 정예로 가고 있는 레전드 길드가 이번 엘븐하임 대규모 전투전에서 크게 활약할 가능성은 적었다. 그리고 현재 그 처참함이 어느 정도인지 민혁도 길드 현황을 통해 볼 수 있었다.

(레전드 길드 엘븐하임 참여 현황)

[1위 아이리스. 길드 총기여도 391,313 마을 2개 탈환 완료, 소도시 1개 탈환 완료. 소도시 1개 탈환 중.]

[2위 아르테온. 길드 총기여도 341,417. 마을 1개 탈환 완료, 소도시 1개 탈환 완료. 소도시 1개 탈환 중.]

…….

[27위 레전드. 길드 총기여도 94,130. 소도시 1개 탈환 완료.]

처참할 정도였다.

어쩌면 당연한 순리였다. 대규모 전투전에서는 유저의 숫자가 많을수록 유리하다. 스무 명이 안 되는 레전드 길드가 힘을 쓰기에는 역부족이었다. 지금도 매우 잘해주고 있는 것일지도 모른다.

그러던 중, 민혁은 다시 훑어보다가 놀라운 걸 발견했다.

[20위 검은 마법사. 개인 총기여도 130,104. 소도시 1개 탈환 완료.]

'검은 마법사? 알리 님이 분명한데?'

놀라운 일. 심지어 검은 마법사 알리는 개인이었다.

'나도 서둘러 일을 정리하고 도와줘야겠어.'

지니도 민혁이 맛있는 걸 먹기 위한 원정에 흔쾌히 수긍했다. 또한, 전쟁 참여는 개인의 자유였기에 늦어도 무방했다.

이어서 민혁은 이클리가 드랍한 아티팩트를 주웠다.

그중에 하나는 안타리늄처럼 희한하게 생긴 은은한 푸른빛을 뿜어내는 광물이었다.

"응?"

[마계 광물 빌리지티를 획득합니다.]

민혁은 고개를 갸웃했다. 그 광물은 안타리뉴처럼 모든 게 비공개로 되어 있었다.

그는 다시 길드원들과 함께 걸음을 옮겼다. 그리고 어느새 3구역에 돌입했다.

그 순간 알림이 들렸다.

[불멸의 땅 3구역에 가장 먼저 도달하셨습니다.]
[기여도 200,000을 획득합니다.]
[명성 200을 획득합니다.]

그때, 목소리가 들려왔다.

"아아아아!! 아르곤 왕자님을 구하기 위한 원정대군요!!"

민혁의 앞에 있는 존재. 그녀는 하이엘프였다.

그 순간 알림이 울렸다.

[불멸의 땅 3구역에 가장 먼저 도달함에 따라 특별 보상으로 NPC 카냐와 만납니다.]

카냐는 계속해서 기다리고 있었다.

엘프와 인간의 백 년의 약속! 그를 통해 마족들이 침공을 시작하고 허술한 틈을 타 납치해 간 아르곤 왕자를 구출해야 했다.

카냐는 하이엘프들 중에서도 최상급에 속하는 여인이었으며 특별한 능력을 가지고 있었다. 아르곤 왕자의 위치와 그에게로 들려오는 목소리, 또는 그가 하는 말을 들을 수 있는 능력이었다.

그녀는 마족들이 원하던 것을 얻지 못하자 아르곤 왕자님을 죽이려 한다는 사실을 깨달았다. 시간이 없었다.

그리고 때마침 인간들이 도착했다.

"아아아아! 아르곤 왕자님을 구하기 위한 원정대군요!!"

그녀는 기다리고 있던 이들의 등장에 화색을 띠었다.

"서둘러 가야 합니다. 놈들이 곧 처형식을 진행할 것입니다. 그전에 성스러운 엘프들의 값진 물품들을 사용하세요."

카냐는 특별한 NPC였다. 불멸의 땅 3구역에 처음 발을 들인 자들을 위한 NPC! 때문에 놀랍게도 A등급 상점까지 구매할 수 있었다.

하지만 A등급 상점을 구매하는 자가 나오는 것은 사실상 불가능했다. 왕자님의 목숨이 위험해도 이는 확실히 지켜야 하는 철칙이었다.

기여도, 즉 포인트 자체는 인간들이 얼마나 엘프들을 위해 싸워줬는지, 강적들을 이겼는지를 보여준다.

그때 인간 지휘관이 중얼거렸다.

"A등급 상승……?"

"예, 맞아요. 하지만 A등급은 말도 안 될 정도로 비싸죠."

"호오? 지금도 맛있는 엘프의 꿀을 파네요?"

"예, 엘프의 꿀은 D등급들도 이용할 수 있죠. 마기 방어력 1%를 올려주고요."

"그럼 저는 A등급까지 업그레이드해야겠어요. 그럼 더 맛있 는 게 나올 테니."

"……네?"

카냐는 고개를 갸웃했다. A등급까지 업그레이드하겠다?

A등급은 60만 포인트가 필요하다. 한데, A등급만 뚝딱 구매하면 되느냐? 아니었다. C등급으로 10만이 들고 B등급으로 30만, A등급으로 60만. 총 100만의 기여도가 필요했다. 그 정도 기여도를 가졌을 리가 없다.

그 순간 카냐는 눈을 휘둥그레 떴다.

[이방인 민혁이 10만 포인트를 소진해 C등급으로 승격합니다.]

[그는 당신으로부터 10% 할인된 가격으로 모든 물품을 구매할 수 있습니다.]

[이방인 민혁이 30만 포인트를 소진해 B등급으로 승격합니다.]

[그는 당신으로부터 20% 할인된 가격으로 모든 물품을 구매할 수 있습니다.]

[이방인 민혁이 60만 포인트를 소진해 A등급으로 승격합니다.]
[그는 당신으로부터 50% 할인된 가격으로 모든 물품을 구매할 수 있습니다.]
[이방인 민혁은 최초로 A등급에 오른 유저입니다.]
[엘프의 보물 상자를 지급하시기 바랍니다.]

"……마, 말도 안 돼."

경악하는 카냐를 뒤로한 채, 민혁은 A등급으로 승급한 상점을 둘러봤다.

"오……?"

A등급 상점에는 진귀한 것들이 정말이지 많았는데, 놀랍고 강력한 것들도 많았다.

엘프의 황금빛 화살은 마계의 존재들 상대로 추가 공격력 30%를 상승시켜 주며 3천 발이 있었다. 심지어 가격도 얼마 안 비쌌다.

물론 안 비싸게 느껴지는 이유가 단숨에 50%까지 할인됐기 때문이며 A등급에 오른 것에 따른 보상으로 가격을 매우 싸게 운영자들이 측정했기 때문이다.

"원래 이렇게 좋은 것들만 팔아요?"

"아, 아니요……."

카냐는 당혹한 표정이었다. 민혁은 고개만 갸웃했다.

"A등급이기 때문이에요."

진귀한 아티팩트는 정말 많았다. 심지어 더 놀라운 것은

A등급에는 전설 아티팩트들도 다수 보이고 있었다.

민혁은 알 수 있었다.

'일종의 보상 형식이구나? A등급에 오른?'

추가로 카냐가 민혁에게 상자를 내밀었다.

[A등급 상점을 최초 열람한 보상으로 하이엘프의 보물 상자(S)를 획득합니다.]

민혁이 열람한 순간 알림이 울렸다.

[기여도 500,000을 재획득합니다.]

[A등급 한정 수량 품목을 획득합니다.]

[엘프의 모든 스킬 쿨타임 리셋 양피지 (2/2)]

[엘프의 축복의 양피지 (1/1)]

[하이엘프 부대 소환 양피지 (1/1)]

[엘프의 HP, MP 완전 회복 물약 (3/3)]

민혁 스스로도 경악할 보상이었다.

이어서 카냐가 말했다.

"시간이 얼마 없습니다. 이제 곧 사령관 발란이 처형을 시작할 거예요."

"처형이요?"

민혁은 고개를 갸웃했다.

그 순간, 알림이 떠올랐다.

[아르곤 왕자 처형까지 6시간 남았습니다.]
[빠른 시간 안에 구해낼수록 더 높은 기여도를 획득할 수 있습니다.]

그 순간 민혁의 앞으로 타이머가 나타났다.

[5시간 59분 59초, 5시간 59분 58초, 5시간 59분 57초…….]

"이곳은 제힘이 닿아 마계의 존재들이 3구역으로의 적들의 침입에도 감지하지 못하게 막고 있습니다. 하지만 이곳을 벗어나는 순간, 마물과 하급 마족들로 구성된 놈들이 나타날 겁니다."

그리고 보면 카냐와 민혁이 선 곳 약 5m 중심으로는 은은한 푸른빛이 마법진에서 뿜어져 나오고 있었다. 그리고 아직 뒤쪽의 150명의 병력은 3구역 안으로 들어오지 않았다.

카냐가 말했다.

"서둘러 필요 물품을 구매하고 나아가야 합니다."

그러던 때에 상점을 둘러보던 민혁이 물었다.

"혹시 A등급 상점 이상도 있나요?"

분명히 맛있는 게 많이 있었다. 하지만 민혁은 은연중에 짐작했다. 현재 '엘프왕의 고르곤졸라피자'가 있었다. 하지만 이 이상의 상점이 있다면 거기에는 더 맛있고 뛰어난 요리가 있을 터!

"예, 있습니다. 아르곤 왕자님께서 로열 상점을 오픈할 수 있습니다."

"그곳에는 맛있는 게 많나요?"

카냐는 잠깐 뭔 소린가 싶었다. 뛰어난 아티팩트도 아니고 맛있는 거?

하지만 일단은 시간이 없으니 빠르게 대답했다.

"예, 아주아주 많이요! 고대의 엘프들이 남긴 맛있는 것들이 넘쳐나요!"

시간이 없었기에 일단 외쳤다.

그에 민혁이 고개를 끄덕였다.

'로열 상점. 오픈하고 만다!!'

"전원 출정!!"

민혁이 외쳤다.

중급 마족 발란.

피부가 검고 검은 뿔이 솟아난 중급 마족 발란은 이곳에서 아르곤에게 '로열 상점'을 빼앗는 임무를 받았다. 그 안에는 자신들을 몰아낼 강력한 힘들이 봉인되어 있기 때문이다.

하지만 놈은 죽음이 드리워져 있음에도 로열 상점을 넘기려 하지 않았다.

그에 결정했다. 놈을 처형하기로.

중급 마족 발란은 현재 마계의 문을 비집고 나온 마족 중 가장 강력한 존재 중 하나였다.

그는 하나의 몹이지만 레벨 480도 가뿐히 넘는 존재였다. 그것이 바로 마족들이었으며 엘븐하임에 있는 마족이나 마물 등은 고작해야 최하급 마족과 마물들로 레벨 400~440 사이를 웃돌 뿐이었다.

발란은 실소를 머금었다.

커다란 십자가에는 양손이 꿰뚫린 아르곤 왕자가 안대가 씌워진 채 못 박혀 있었다.

"아직도 로열 상점을 오픈할 생각이 들지 않는가?"

아르곤은 답하지 않았다. 단지, 생각했다.

'내가 죽는다면…….'

반쪽짜리 로열 상점이 열린다. 그리고 그 힘들은 마기에 의해 변질되어 그들의 강력한 무기가 될지도 몰랐다.

로열 상점. 고대의 3대 수장들이 엘프의 심장과 함께, 만들어낸 진귀한 힘들을 품은 것들을 숨겨놓은 상점. 그것들을 빼앗길 위기다.

그때, 발란은 자신이 가진 지도가 검은빛을 터뜨리는 걸 볼 수 있었다. 그 지도는 불멸의 땅 3구역의 지도로써 주인인 발란에 의해 많은 것을 보여준다.

"인간들이 쳐들어왔군."

그의 입가에 미소가 자리매김했다.

얼마 후, 안으로 허겁지겁 칼른이라는 최하급 마족이 들어왔다.

"인간들이 왔습니다!"

"안다. 3군의 수색대와 3군의 공격대가 놈들에게 거의 근접했군."

그는 지도를 통해 병력의 움직임을 살필 수 있었다.

각 100마리씩 구성된 이 마족들은 하급 마족들이지만 그 안에서도 특훈을 받았다. 엘븐하임에 있는 놈들과는 차원이 다르다.

'나약한 인간들 따위 금방 죽겠군. 크흐흐흐!'

그렇게 생각하며 그는 다시 아르곤을 돌아봤다.

"결국, 죽음을 택하겠다? 그 명예로운 죽음에 감탄이 아니라, 욕지거리가 나오는군. 아르곤 왕자."

그렇게 아르곤을 매섭게 노려보던 때였다. 밖으로 나섰던 칼른이 2분 만에 다시 돌아왔다.

"사, 사령관님!!"

"……무슨 일이냐, 뭔가 잊은 거냐?"

2분 만에 돌아왔다는 건 뭔가 보고를 할 게 있다는 것 같았다.

"……그게 아닙니다. 3군 수색대와 3군 공격대가 전멸했습니다."

"……!"

잠시 말도 안 되는 소릴 한다고 생각한 발란. 그가 입술을 비틀었다.

"네놈을 찢어 죽여야겠구나."

그는 직접 확인하기로 했다.

그리고 곧 눈을 크게 떴다. 지도에 200의 모든 병력이 죽었다고 표기되어 있다.

'2, 2분 만에?'

발란의 얼굴이 와락 구겨졌다. 고작 2분 만에, 하급이라지만 정예로 구성된 이들이 전멸당했다? 뭔가 일이 심상치 않게 돌아가고 있음이 분명했다.

발란은 계속해서 지도를 주시하기 시작했다. 3군 정찰대와 공격대가 전멸한 후, 계속해서 지도에서 빠른 속도로 마족과 마물들이 사라지기 시작했다.

"미, 미친……!"

도대체 어떤 인간이 온 것인데, 이러는 것일까? 아니 상식적으로 말이 되지 않는 것 같았다. 마족과 마물들이 5분도 채 버티지 못하고 있었기 때문이다.

10분 전. 카냐와 150명의 병력을 이끌고 들어가기 시작한 민혁.

그를 비롯해 침입자를 감지한 3군의 수색대장 볼른과 3군의 공격대장 키룬은 빠른 속도로 움직이기 시작했다.

"인간들에게 본인들이 얼마나 나약한지 깨닫게 해줄 때가 왔군, 키룬."

"애초부터 인간은 종족 중에서 나약하기로 소문나 있지, 감히 그딴 놈들이 아르곤 왕자를 빼내려고 해?"

마족은 태생부터 전투를 위해 태어났다는 말이 많은 종족들이었다. 그러한 마족들의 입장에서는 인간들이 가소로울 뿐이었다.

침투한 병력은 총 150명 정도로 추정된다. 자신들 숫자는 약 200 가까이였기에 빠른 속도로 제압할 수 있을 거라 생각했다.

곧이어 수색대와 공격대는 빠른 속도로 전진하던 인간 병력과 마주할 수 있었다.

"인간들에게 우리들의 무서움을 똑똑히 보여주어라!"

"죽여라!!"

하급 마족이지만 정예로 구성된 200마리의 3군 병력이 달려가기 시작했다.

'저게 마족?'

카냐와 함께 걸음을 옮기던 민혁은 앞쪽에서 모습을 드러낸 마족들을 볼 수 있었다.

"마, 마족이다……!"

"마족……!!"

"히이이이익!!"

마족은 예로부터 인간들 사이에서는 두려움의 존재로 자리 매김하고 있었다.

그리고 카냐는 눈을 떴다.

그녀는 분명히 민혁에게 길을 우회해서 가자고 제안했다. 하지만 민혁은 그럴 필요는 굳이 없을 것 같다고 말했다.

'왜 이렇게 무모한 거야!!'

카냐는 이 지휘관이 뛰어난 것 같았지만 고집불통이라는 생각이 들었다.

바로 그때 민혁에게 알림이 울렸다.

[미션! 30분 내로 3군의 수색 부대와 공격 부대로부터 승리하라!]

1. 빠르게 승리할 시 기여도 상승

2. 병력의 피해가 적어질 시 기여도 상승

3. 30분을 초과할 시 기여도 하락

4. 병력의 피해가 커질 시 기여도 하락

아마도 대규모 전쟁전을 맞이해서 ㈜즐거움 측에서 넣은 특별한 보상 같았다. 미션을 통해 유저들은 더 빠르고 안정적이게 사냥할 수 있게 노력하겠지.

또한, 기여도는 자신이 더 잘할수록 더 높아지는 편이었다.

민혁이 카냐의 말대로 가지 않은 이유는 간단했다.

'그렇게 하면……'

기여도 획득량이 적어진다.

몹을 사냥할 때마다 기여도가 높아진다. 지금 6시간이란 시간 안에 아르곤 왕자를 구출해야 하지만 충분히 그 시간 안에 할 수 있을 거라 민혁은 믿고 있었다.

"인간들을 죽여라!!"

"키키키키키킥!"

"감히 여기가 어디라고!!"

그리고 이어서 마족들이 달려오기 시작했다.

놈들이 소지한 무기류는 인간들과 크게 다를 것이 없었다. 다른 점이라면 피부 색깔과 이마에 달린 뿔이다.

놈들의 뿔은 매우 작은 크기였다.

'어디, 한번 해볼까?'

민혁이 손을 들어 올렸다. 그와 함께 두려움에 떨던 150의 병력이 일제히 활시위를 당겼다.

그 순간 민혁이 품에서 꺼낸 양피지를 찢었다.

[엘프의 축복의 양피지를 찢었습니다.]

[파티원, 길드원, 휘하의 병력이 마계 존재에 대한 물리 공격력, 물리 방어력, 마법 공격력, 마법 방어력이 20% 상승하며 이는 어떤 버프와도 중복됩니다.]

병력의 몸을 은은한 빛이 휘어 감았다.

퓻퓻퓻퓻퓻퓻퓻퓻!

그리고 미친 듯이 웃어대며 살육을 즐기려는 듯 보이는 마족들을 향해 날아가는 화살!

그에 3군의 두 대장인 키룬과 볼른은 박장대소했다.

"그깟 나무 화살로 우리 마족들의 피부를 꿰뚫을 수 있다고 생각하다니!!"

"가소롭군, 몸에 박히기도 전에 녀석들이 화살을 갈라내겠지."

선두에서 달리던 파르말이라는 마족은 그 말처럼 날아오는 화살을 시간을 계산해서 갈라내려고 했다.

그 순간.

'빠, 빨라……'

푹!! 푸쉬이이이익!

"크아아아악!"

파르밀은 가슴에 박힌 화살의 대미지에 경악할 수밖에 없었다.

'마, 말도 안 돼!'

파르밀이 쓰러지고 연이어서 병력이 화살에 맞고 쓰러지기 시작했다.

"뭐, 뭣이?"

"이런 말도 안 되는……!"

그도 그럴 것이 본디 마족들이 상대해야 할 존재들은 ㈜즐거움 측에서 설계한 것에 따르면 400~460레벨을 웃도는 기사들이었다. 그리고 하급 마족들은 평균적으로 그와 비슷비슷한 편이었다.

한데, 지금 그 공격력 자체가 압도적이었다. 민혁이 버프 요리를 먹고, A급 상점을 열람해 얻은 모든 공격력, 방어력

20% 상승.

그뿐만이 아니었다. 민혁은 아직 몰랐지만 안타리뉴은 특수한 포인트로 올릴 수 없는 스텟 20%에, 5대 스텟 15% 상승효과를 가지고 있다. 또한, 새로이 얻은 빌리지티는 5대 스텟 5% 상승이다.

당장만 봐도 평소보다 1.4배 이상 강력해진 그들이었다. 1.4배 강력해진다는 것, 그리고 그 숫자가 150명이나 된다는 것을 감안하면 이는 ㈜즐거움이 설계한 것을 말 그대로 비틀어 버리는 것이었다.

"크아아아악!"

"끄아아아악!"

그리고 놀라운 일이 벌어졌다. 조금 전까지 비웃으며 '킬킬킬!' '크하하하!' 하면서 인간들을 죽이겠다며 달려오던 마족들이 뒷걸음질 치기 시작했다.

그 순간 가장 앞에 선 인간이 맷돌을 돌렸다.

그르르르르르르-

그와 함께 먹구름이 몰려와 마족들의 위에서 떨어졌다.

콰콰콰콰콰콰콰콰콰쾅!

"크하아아악!"

"으아아아아악!"

"일 발 장전! 발사!"

퓻퓻퓻퓻퓻퓻퓻퓻!

"크아아악!"

조금 전, 떨어진 낙뢰에 가격당한 마족들이 바닥에 하나둘 쓰러진다. 그리고 키룬 또한 그 낙뢰에 가격당했다.

"크아아아악!"

키룬은 말도 안 되는 고통에 비명을 내질렀다.

'어, 어찌 나약하다는 인간들이……! 이 사실을 어서 빨리 발란 사령관님께 알려야……!'

그 순간.

푸웃!

멀리서 날아온 화살 한 발이 정확히 키룬의 목을 꿰뚫었고 천천히 허물어졌다.

그 옆에 있던 볼른은 눈을 크게 떴다. 그리고 볼 수 있었다. 먼 곳에서 인간 지휘관이 쏜 화살이었다.

그 순간.

쾅!

"크아아아악!"

볼른이 비명을 질렀다. 그와 함께.

푸웃!

그 지휘관이 활시위를 당겼다.

"아, 안……."

방금까지 무시했던 인간 병력. 그 병력을 지금 이 자리의 모든 마족이 두려워하고 있었다.

그 순간, 빠르게 날아온 화살은 정확히 볼른의 미간을 꿰뚫었다.

퍼직!

어둠이 그의 시야를 잠식했다.

민혁이 번개의 맷돌을 쿨타임 시간이 되지 않았는데도 사용 가능했던 이유는 간단했다. A등급으로 승격함으로써 얻은 한정 수량 물품 덕분이다.

'엘프의 모든 스킬 쿨타임 리셋 양피지.'

위처럼 놀라운 효과였다.

심지어 민혁의 모든 스킬. 비산하는 검, 난무하는 검, 갈라내는 검, 흩날리는 검, 낙뢰지옥, 다크 파이어 스톰, 그리폰의 비명, 식칼의 비, 성자의 수호…… 등등 그 모든 것이 리셋 되는 거다. 말 그대로 '사기'와 가까웠다.

그리고 조금 전 한 마족의 목을 화살로 꿰뚫었다.

[3군의 공격대장 키룬을 사냥하셨습니다.]
[백부장의 토템을 획득합니다.]

'웅, 백부장의 토템?'

민혁은 고개를 갸웃했다. 심지어 습득하지 않았는데, 저절로 인벤토리로 들어왔다. 아직은 확인되지 않았지만, 분명히 쓰이는 날이 올 터였다.

그 순간, 민혁이 또 한 번 옆에 있는 지휘관으로 추정되는 놈을 활로 쐈다.

[3군의 수색대장 볼룬을 사냥하셨습니다.]
[백부장의 토템을 획득합니다.]

그리고 낙뢰지옥이 끝났을 때는 모든 마족이 전멸해 있었다.

"별것도 아니었네?"

"뭐야? 한 마리도 못 왔잖아?"

"새끼들이 까불기는!!"

그리고 그 중심에 있는 카냐는 말문을 잃었다.

'이 인간들 도대체 뭐야……?'

그럴 수밖에 없는 이유가 하급 마족들이라고 할지라도 분명히 강했다.

언급했듯 애초에 인간이나 엘프보다 태생적으로 강한 게 마족이었다. 그런데, 고작 2분 만에 모두 전멸시켰다는 거다.

본래는 치열한 전투가 되어야 하는 것을 우습게 만든 것은 바로 민혁 본인이었다. 누구도 열람할 수 없는 A등급 상점을 벌써 열람했기에 병력이 쏜 화살은 A등급 상점에서 구매한 화살이었고 그 외의 많은 것들이 그들을 무적으로 만들어준 거였다.

민혁에게 알림이 울렸다.

[미션! 30분 내로 3군의 수색 부대와 공격 부대로부터 승리하라 완료.]

[소요 시간까지 2분 48초 걸렸습니다.]

[말도 안 되는 경이적인 미션 달성률을 보입니다.]

[미션으로 획득할 수 있는 최고 기여도인 5만을 획득합니다.]

민혁은 현재 많은 기여도를 소모했다. 때문에 로열 상점으로 승급하기 위해선 모자랐다.

하지만 미션을 빠르게 깬다면? 미션은 매 등장하는 스테이지마다 나타날 확률이 높았다.

민혁의 입꼬리가 올라갔다.

누구보다 빠르게, 남들과는 다르게 돌파한다!

"민혁 유저 2군단의 400마리의 마족과 마물을 5분 만에 돌파합니다! 두 번째 미션 달성률 최고치를 갱신합니다!"

"민혁 유저, 2군단의 500마리의 마족과 마계 골렘을 4분 만에 돌파합니다! 흩날리는 검과 식칼의 비를 이용해서 혼자 학살합니다. 기여도 40만을 달성합니다!"

"민혁 유저, 세 번째 미션을 최고의 성적으로 역시 달성합니다. 모든 스킬 소모 후, 또다시 모든 스킬 리셋 양피지를 사용. 기여도 60만에 도달합니다!!"

계속해서 보고하는 이민화 사원의 말.

특별 유저 관리팀 내부에는 사장 강태훈뿐만이 아니라, 제작팀과 이벤트 기획팀 등 다양한 팀장급들이 와 있었다.

그들은 말문을 잃었다.

곧 사장 강태훈이 입을 열었다.

"미쳤군, 강해도 너무 강해. 정말 자기 혼자 다 해먹고 있군."

더 우스운 것은.

"이걸 버그라고 할 수도 없고. 끄응……."

강태훈은 이마에 손을 짚었다.

민혁이 사신과 철혈 중대의 인원들을 데려가지 않았다면 애초부터 이런 일은 생기지 않았을 것이다.

100명의 병력을 추가로 들였고 그를 통해서 어마어마한 양의 기여도를 습득했다. 심지어 그 기여도로 A등급 상점을 열람했고, 말도 안 되는 것들로 무장한 상태다.

게다가 벌써 다시 기여도가 60만을 달성했다.

"이런…… 로열 상점은 오픈하라고 만든 건 아닌데……."

강태훈의 입에서 한숨이 새어 나왔다.

그리고 박 팀장이 말했다.

"사령관 발란이 결계를 쳤군요."

"그래, 그 결계를 치면 일단 150명의 병력은 못 들어가지."

사령관 발란이 베로스의 힘을 빌어 결계를 쳤다. 이는 하나의 또 다른 미션과 같았다.

그리고 스크린에 떠올랐다.

[민혁 유저에 마지막 미션이 발발합니다.]

[미션! 혼자서 결계 안으로 들어가 아르곤 왕자 구출해 오기가 발발합니다.]

애초에 이런 어마어마한 힘을 보이지 않았다면 마지막 미션은 발발조차 하지 않고 전 병력이 들어갈 수 있었을 거다.

발란에게도 결계를 치는 것은 '무리'를 하는 것이었기 때문이다.

십자가에 못 박힌 아르곤.

'그때 방심하지만 않았어도…….'

아르곤은 엘프왕의 유일한 자식답게 어마어마한 실력자였다. 실제로 아버지인 엘프왕도 아르곤만큼의 힘을 발하진 못했다.

그 때문에 마족들은 처음 엘프의 숲을 침공했을 때, 곧바로 다른 어떤 일도 하지 않고 아르곤이 잠을 자고 있을 때, 그를 습격했다.

지금 자신의 몸을 휘어 감은 것들. 이것들은 마계에서 가장 뛰어난 '발라카늄'이라는 광물로 구축되어 있다.

이것은 열쇠가 아니고서는 절대 끊을 수 없다.

'아닌가? 인간들의 교황이나 성녀라는 존재만큼의 신성력을 갖춘 이라면 가능하다고 들었던 것 같기도?'

피식-

웃음이 새어 나왔다. 그들이 자신을 구출하기 위해 올 리는 만무했기 때문이었다.

그리고 발란.

"지금 바로 결계를 형성해라!!"

"결계를요? 그렇게 되면 저희 마족들의 마기가 30% 이상이 빠져나가게 됩니다."

"차라리 그게 나을 것이다. 결계가 쳐지면 30분이란 시간을 벌 수 있으니, 곧바로 사형식을 진행하고 이곳을 빠져나간다."

결계를 치면 적 중에서 들어올 수 있는 이들이 한정된다.

베로스의 뛰어난 결계! 그의 힘을 감행하면 마족들은 마기를 빼앗기지만 어쩔 수 없는 선택이었다.

바로 그때, 발란은 갑자기 쳐지는 종소리를 들었다.

대애애앵- 대애애애앵-

적이 침입했다는 알림이었다.

그가 서둘러 걸음을 옮겼다.

"적은?"

"그, 그게……."

곧이어 한 부하가 말끝을 흐렸다.

발란이 미간을 구겼다.

"웬 돼지 한 마리입니다."

"……응? 돼지?"

발란이 그게 무슨 소리냐는 듯한 표정을 지었다.

그리고 걸음을 옮긴 발란은 볼 수 있었다. 100이 넘는 숫자의 마족들 앞으로 한 마리의 아기 돼지가 서 있었다.

아기 돼지 콩이는 민혁으로부터 중대한 임무를 받았으며 임무를 해낼 시 맛있는 '초코바'를 받기로 했다. 그 때문에 최선을 다해야 했다.

그가 맡은 임무는 적들을 도발하는 거다. 어떻게 도발해야 할까?

아……!!

콩이는 좋은 생각이 났다.

"저 돼지는 뭐냐?"

"아기 돼지이군요."

"아기 돼지인데…… 생긴 게 건방집니다."

"……저딴 하찮은 것에 적이 침투했다는 종을 울린 거냐?"

그 순간. 거만하게 그들을 둘러보던 콩이가 한 행동.

콩이는 몸을 돌리더니 둥글게 말아 올린 꼬리가 달린 엉덩이를 마족들을 향해 들이밀었다.

그러더니 이내-

뿌오오오오옹-

방귀를 뀌었다.

이어서.

푸드드드드득!

엄청나게 큰 방귀 소리가 터져 나왔다.

"꿀!!"

그러고는 엉덩이를 씰룩씰룩 흔들더니 몸을 돌려서 손부채질로 마족들을 향해 휘휘거렸다.

마족들의 이마에 혈관 마크가 튀어 올랐다. 콩이의 도발 엑티브 스킬이자 어그로용 만렙 스킬. '그레이트 방귀'가 발현된 순간이었다.

푸드으으으윽-

그리고 괄약근에 힘을 잘못 준 콩이에게서 또다시 방귀가 흘러나왔다.

"나, 나온다!!"

"잡아!!"

콩이가 도망치기 시작했다.

지니는 날카로운 눈으로 눈앞에 있는 아주 작은 마을을 보았다. 엘븐하임에서 엘프의 숲으로 넘어가는 인근에서 가까운 마을 중 하나. 이 앞으로는 얼마 전 아이리스 길드에서 쟁탈한 대도시 알렌티안이 있었다.

하지만 핵심은 바로 이곳이었다.

'이곳에 마족 간부가 있을 줄이야……!'

마족들도 계급을 가지고 있었는데, 보통 상급 마족들부터였다. 그리고 이 마을 안에 숨어 있는 상급 마족은 이번 침략에 온 작위를 가진 다섯의 마족 중 하나였다.

이번 마계 침략의 총사령관은 루펠이라는 자였으며 최상위 마족으로서 백작의 작위를 가지고 있다. 그 밑의 부사령관들은 자작의 작위를 가졌으며 곳곳에서 활약을 펼치고 있었다.

일반 상급 마족들이라고 할지라도 작위를 가지지 않은 놈들이 허다했는데, 작위를 가진 마족들은 매우 강력한 무력을 가졌다. 때문에 알렌티안이라는, 최전방에 속하긴 하지만 대도시와 조금 동떨어진 이 마을에 부사령관이 숨어 있다는 것은 매우 놀라웠고 특별한 일이었다.

'분명히 이 마을은 일반 마을과 다를 거야.'

분명히 특별한 보상이 있을 것이었다.

현재 가장 후발 주자에 밀려 있는 레전드 길드였다. 단숨에 올라갈 수 있는 발판일지도 몰랐다. 그리고 레전드 길드는 이러한 소규모 전투전에서 빛을 발하는 편이었다.

"작전 개시."

지니가 말하는 순간, 레전드 길드원들이 빠르게 움직이기 시작했다.

푹!

암살자 클래스인 아벨이 빠르게 움직여 곳곳에서 정찰하는 마족들을 압살하기 시작했다. 그와 함께 전장의 신 아스갈도 정찰병들을 사냥하는 데, 주력했다.

하지만 얼마 안 가 결국 발각되었다.

"습격이다!!"

"적들이 들어왔다! 부사령관님을 지켜라!!"

그 외침에 따라 지니를 비롯한 레전드 길드원들은 곳곳에서 나타나는 마족들을 볼 수 있었다.

그리고 부사령관 마족. 자작의 작위를 가진 레겔이 검은 보석이 박힌 스태프를 들어 올렸다.

[마왕의 눈]
[적들을 찾아내는 눈동자.]

곧이어 그 작은 마을의 위로 거대한 하나의 눈동자가 떠올랐다. 그 눈동자는 소름 끼치게도 지니를 향해 돌아갔다.

이어서 레겔이 광소를 터뜨렸다.

"걸려들었구나. 크하하하하!"

그와 함께 레전드 길드원들에게 알림이 울렸다.

[마왕의 영역에 들어왔습니다.]
[물리 공격력, 마법 공격력이 30% 감소합니다.]
[민첩이 20% 감소합니다.]

곧이어 사방팔방에 숨어 있던 마족들이 모습을 드러내기 시작했다.

'설마?'

지니는 알 수 있었다.

소수의 직위가 높은 마족들을 사냥하기 위해 인간 측 진영에서 소수 정예의 인원들을 추려 기습을 가할 확률이 높다. 그래야 소리 없이 많은 숫자를 잡아내고 수월하게 쟁취할 수 있으니까.

반대로 말하자면, 마족들은 영리하게 생각한 것이다. 소수 정예가 올 것이니, 그들을 함정으로 빠트려 몰아붙이자고.

곧이어 마왕의 눈에서 뿜어진 검은 마기가 레전드 길드원들의 몸을 꿰뚫기 시작했다.

그 순간, 모든 마족에게 그들의 위치가 보이기 시작했다.

"저기다!!"

"이런 빌어먹을!!"

레겔이라는 부사령관 마족은 상당히 뛰어난 흑마법을 부리는 마족으로 추정되었다.

"죽음의 댄싱!!"

아스갈이 몰려오는 여러 마리의 마족들을 향해 검무를 쳤다.

"크하하하하! 잔재주가 넘치는 계집이군!"

"크윽! 생각보다 강한데?"

"과연 인간 정예들이라는 건가?"

사방팔방에서 마족들이 몰려온다. 그 숫자만 자그마치 70을 넘어 보였다.

심지어 현재 이 엘븐하임에 있는 마족 중 가장 강력한 마족이 이 자리에 있지 않은가?

[불의 채찍]
[불로 이루어진 채찍이 적들을 소멸시킵니다.]

지니의 채찍에 화염이 돋아나며 몰려오는 마족들을 쳐냈다.

촤악! 화르르르륵!

"크읍!"

마족들은 몸에 불이 붙자 서둘러 걷어냈다. 대미지가 30% 감소한 만큼 큰 피해를 입지 않은 듯한 모습이었다.

퍼직!

"꺅!"

마족의 병장기에 팔이 베인 아스갈이 뒤로 주춤주춤 밀려났다.

[거인의 난타]

칸이 주먹을 휘두르자 그 주먹이 트럭만큼 거대해지며 마족들을 타격했다.

"크크큭, 솜 망치 주먹이군!!"

대미지 30%가 감소되었다는 건, 평소보다 2/3의 힘밖에 발현하지 못한다는 것과 비슷했다. 마족들은 그 주먹이 가소롭게 느껴졌다.

"이런 염병할!"

"······마왕의 영역에만 안 걸렸어도."

보통 이런 류의 함정의 경우 그 힘이 강력하다. 실제로 이런 광역 디버프는 찾아보기 힘든 능력이었다.

연이어서 레겔을 제외한 또 다른 강력한 코나라는 마족이 등장했다. 코나는 부사령관은 아니었지만, 마족 공격대장 중 하나였다.

여인형 마족인 코나는 강력한 철퇴를 휘둘렀다.

콰아아아아앙-

그 철퇴에 직격당한 로크가 뒤로 나뒹굴었다.

"쿨럭!"

바닥에 쓰러진 그가 비틀거렸다.

[충격의 철퇴에 당했습니다.]

[일시적 스턴 상태에 빠집니다.]

그가 머리를 흔들며 몸을 일으키려 했지만 잘되지 않았다.

'빌어먹을 30%만 아니었어도.'

즉 그들은 지금 끽해야 레벨 320 정도의 힘을 발한다는 것일 거다.

'우리 카이스트라만 있었어도 이런 광역 어그로쯤 무시해 버리는 건데······.'

카이스트라는 현재 마을에 있어 전쟁에 참여하지 못하게

되었다.

그러던 때였다.

[길드 채팅 에이스: 우리 대장님 등장이시다!!]

키에에에에에에!

소름 끼치는 용의 울음소리가 들려왔다. 그리고 지니는 자신의 앞에서 바람에 흩날리는 검은 기류가 나타난 걸 볼 수 있었다.

그 검은 기류는 곧이어 하나의 형상을 만들어냈다.

검은 갑옷과, 검은 검을 착용한 사내. 그 사내의 팔에서 비집고 튀어나온 빙룡 한 마리.

쩌드드드드드득!

빙룡이 거대한 얼음 브레스를 흩뿌리기 시작했다.

"끄, 끄아아아악!"

"으아아아아아악!"

레전드 길드는 깜짝 놀랐다.

'뭐야? 엄청 강하잖아?'

그 순간, 사내가 하늘을 올려다봤다.

"브레트니."

키에에에에에에에!

그와 함께 브레트니가 포효를 터뜨렸다.

[브레트니의 포효]
[모든 상태 이상을 해제시킵니다.]

레전드 길드원들은 경악했다. 그리고 허공에 있는 거대한 검은 용의 위에서 마법이 난사되기 시작했다.

콰콰콰콰콰콰콰쾅!

그와 함께 몇몇 유저들이 뛰어내렸고 그중엔 에이스가 함께였다.

"오늘 밤 주인공은 나야 나!!"

"저 미친 꼬맹이 쉐키……."

크로우가 뱉은 중얼거림이었다.

그리고 모든 것이 검은 사내가 매서운 속도로 검을 휘둘렀다.

채채채채채채채챙-

그러자 마족들이 피를 분수처럼 흩뿌렸다.

'가, 강하다……'

'우와…… 미칠 듯이 강한데?'

레전드 길드원들과 동급, 혹은 그 이상일 정도였다. 심지어 조금 전에 검은 용 위에서 뛰어내린 정체 모를 가면을 쓴 사내들도 마찬가지였다.

에이스가 말했다.

"우리의 팀 구호를 외쳐보죠!!"

"우리는!!"

"하나다!!"

"빼앗긴 엘프들을 위하여!!"

"심장을 바쳐라!!"

그중엔 얼굴을 붉히는 사내 한 명이 있었으니 바로 제네럴이었다.

'흑…… 내가 왜 여기서 이러고 있지?'

어쩌다 회장님께 아테네를 한다는 사실이 귀에 들어갔고 그에 의해 동행하게 된 제네럴이었다.

아무튼, 그들의 난입으로 인해, 마족들을 정리할 수 있었다.

지니는 '부사령관의 토템'이라는 것과 함께 이런 알림을 들었다.

[필립 마을을 탈환하는 데 성공하셨습니다.]

[필립 마을은 특별한 힘이 깃든 곳입니다.]

[필립 마을의 방어 시간이 대폭 감소합니다.]

[36시간만 방어해도 필립 마을을 탈환 가능해집니다.]

[필립 마을에 기여도 250,000을 투자할 경우 벙커 형식의 마을로 변형됩니다.]

[기여도 200,000을 획득합니다.]

이어서 모든 것이 검은 사내가 다가왔다.

"잘 지냈나? 지혜 양. 아, 지수 군과 석태 군도 있군."

"아, 아버님?"

이제야 익숙한 목소리에 그 주인공이 누구인지 알아챈 지니가 깜짝 놀랐다.

'도대체 이 부자는 정체가 뭐야?'

그 둘은 이야기를 나누다가 동맹을 체결하기로 결정했다.

그리고 이어서 들린 알림.

[흑염룡과 아이들 길드가 레전드 길드와 동맹을 맺었습니다.]

"……아, 아버님."

"왜 그러나?"

"아, 아니에요……."

그리고 모든 레전드 길드원들은 경악했다.

'흐, 흑염룡과 아이들이라니…….'

'너태지와 아이들 패러디……?'

'길드명 이상해…….'

이어서 가면을 쓴 유저들이 하나하나 가면을 벗기 시작했다.

"노뚜기 사장님……?"

"헉…… 일화건설 사장님이다……."

"컥!! 일화유통 사장님도 계셔……!"

마지막으로 흑염룡이 가면을 벗었다.

아이들이 아닌, 아재들이었던 것이다!

6장
영지 방어전(1)

아르곤은 소란스러운 소리를 들었다.

"잡아!!"

"저 돼지 잡아라!!"

"어, 어어어어? 쟤 지금 저 자세 뭐야?"

"똥 싸려나 본데?"

"나나나, 나온다!!"

"잡으아아아아!"

바깥이 소란스럽다. 그러던 때였다.

"안녕하셔요?"

허공에서 들려오는 목소리에 아르곤은 깜짝 놀랐다. 그리고 이어서 안대가 벗겨졌다.

오랜만에 세상을 보는 아르곤은 눈부심에 얼굴을 찌푸렸다.

그런데, 주변에 아무것도 보이지 않았다.

곧이어 한 인간 사내의 얼굴이 허공에서 뿅! 하고 나타났다.

"……!"

"쉿! 구하기 위해 왔습니다."

사내가 주변을 둘러보더니 서둘러 양손을 꿰뚫은 못에 손을 뻗었다.

"못 빼네…… 어마어마한 힘을 가진 광물이야, 절대 빼지 못해. 발란이 가진 열쇠를 가져와야만 뺄 수 있을 거네."

그리고 때마침. 최악의 악수가 등장했다.

"역시 침투했군."

그때 망토를 착용한 사내가 망토를 벗었다.

아르곤이 말했다.

"발란은 중급 마족이지만 실제로는 상급의 마족일세. 과거 벌인 잘못에 의해 '자작'의 작위를 박탈당했지만, 그 실력을 인정받았지, 무척 강한 인물일세."

"……그런가요?"

그에 발란이 입꼬리를 올려 웃었다.

"그래, 네깟 인간은 단 한 손만으로 찢어 죽일 수 있지."

"호오."

사내. 민혁이 흥미롭다는 표정이었다.

이어서 발란의 몸에서 짙은 마기가 뿜어져 나왔다.

"마족의 무서움에 대해 가르쳐 주마. 너희 나약한 인간들 따위와는 비교도 되지 않지."

발란은 참으로 말이 많은 자였으며 자신을 믿는 자였다. 그럴 것이 한때 자작 작위에 있었던 그이며 수많은 마족은 그를 '투기장의 신'이라고도 부를 정도로 1:1 싸움을 잘했다.

그것이 바로 ㈜즐거움이 노린 한 수였다. 이곳에 혼자서만 들어온 지휘관은 투기장의 신인 마족을 상대해야 하니까.

오만한 그가 말하기를.

"먼저 선공할 기회를 주마, 나약한 인간아."

그에 민혁이 고개를 끄덕였다.

"그렇다면 땡큐!!"

아르곤은 눈을 크게 떴다.

먼저 선공해선 안 된다. 놈의 갑옷은 특별했다. 검을 집어넣는 순간, 마기가 검을 잡아채 버린다.

"아, 안……!"

하지만 아르곤이 말하기도 전에 민혁은 이미 그의 앞에 근접해 있었다.

발란의 입가가 비틀어졌다.

'일단은 발록의 갑옷으로 방어를 하고…….'

발록의 갑옷은 공격 시에 어지간한 공격을 무시해 버린다. 심지어 검이 박히는 순간, 갑옷이 인식해 검을 끌어 잡아 버린다. 즉, 그가 무기를 사용할 수 없게 한다는 것.

그 순간.

푸욱!

발란의 예상처럼 민혁의 검이 그의 복부에 박혔다.

그리고 이어서 민혁에게 알림이 울렸다.

[무형검]
[방어력을 무시하는 검.]
[낙뢰(落雷)]
[3연타.]

쾅쾅쾅!!
"크하아아아아악!"
갑자기 들어온 거대한 대미지에 발란은 깜짝 놀랐다.

[낙뢰(落雷)]
[무형검]

쾅쾅쾅!
또 한 번 정확히 세 번, 발란의 몸에 낙뢰가 떨어졌다.
확률 발동에 의한 낙뢰 스킬이 연속 두 번, 총합 여섯 번이 발동되고 무형검 두 번이 발동된 것이다.
그리고 발란이 쓰러졌다.
"엄청 약한데요?"
민혁은 말과는 다르자 고개를 갸웃했다.
"와, 진짜 약하다. 어떻게 한 번에 죽지? 아마도 애 중급 마족으로 하락하면서 능력치도 다 빼앗겼나 봐요."

아르곤은 붕어처럼 입만 뻥긋거렸다.

민혁이 다가갔다.

"아니, 열쇠로 해야 한다니깐……요?"

저절로 자신도 모르게 하대에서 존대가 나오게 된 아르곤이었다.

"아, 맞다 열쇠로 열어야 한다고 했죠?"

못을 잡았다가 뽑으려다가 말았던 민혁이 다시 발란에게 다가가려던 중. 갑자기 퉁! 하는 소리가 났다.

"얼레? 못 뽑혔는데요?"

"……어?"

민혁이 혹시나 하는 마음에 다른 못에 손을 가져다 대자 마치 밥 사이에 꽂힌 젓가락처럼 쑥하고 빠져나왔다.

"얼레? 얘도 뽑혔네? 에이 참. 이렇게 느슨하게 박아놨어? 마족들은 허술한가 보네. 쯧!"

다시 입을 벙긋거리는 아르곤!

곧 민혁에게 알림이 울리기 시작했다.

[아르곤 왕자를 구출하셨습니다.]

[마계 입장권을 획득합니다.]

[기여도 400,000을 획득합니다.]

[로열 상점으로 승급할 수 있게 됩니다.]

[경험치 3,000,000을 획득합니다.]

[레벨업 하셨습니다.]

[레벨업 하셨습니다.]

[레벨업 하셨습니다.]

이어서 발소리가 들려오기 시작했다.

"잡아!!"

"잡아라!!"

"아르곤 왕자가 도망친다!!"

그리고 아르곤 왕자가 말했다.

"혹시 활 같은 거 있습니까?"

"네."

"저 좀 빌려주시죠."

민혁은 심연의 활을 건넸다.

활시위를 당긴 아르곤은 곧이어 벽에다가 활시위를 당겼다.

그 순간.

퓨퓨퓨퓨퓨퓨퓨퓨퓨퓨퓩-

보이지 않는 수백 발의 화살들이 벽 너머의 마족들을 꿰뚫었다. 그것은 마치 기관총 같았다.

이어서 몇몇 마족이 문을 열고 들어왔다.

퓨퓨퓨퓨퓻!

아르곤은 엄청난 연사로 단숨에 그들의 이마를 꿰뚫었다.

"……와."

아르곤은 생각보다 어마어마한 힘을 발휘하는 듯 보였다.

이윽고 아르곤이 미간을 구겼다.

"크흑, 오랜 시간 속박되어 있었더니."

그는 자신의 손바닥을 내려다봤다. 꿰뚫린 손바닥으로 활을 쏜 것이 용할 정도였다.

"이걸 마셔요."

민혁이 건넨 것은 '엘프의 HP, MP 완전 회복 물약'이었다. 그 포션을 본 아르곤은 눈을 크게 떴다.

"이 포션은…… A등급 상점을 열람한 겁니까?"

"네."

"……대, 대단하군요."

A등급 상점을 열람하는 일이 얼마나 어려운 일인지 아르곤은 그 누구보다 잘 알고 있었다.

포션을 꿀꺽꿀꺽 들이킨 아르곤은 온몸의 상처가 회복되는 걸 느꼈다.

"이제 로열 상점으로 승급시켜 주세요."

"……예?"

아르곤은 고개를 갸웃했다. A등급 상점으로의 승급도 놀라운 일이었다. 그런데 로열 상점이라? 로열 상점으로 승급하기 위해서는 추가로 100만의 기여도가 필요했다.

이어 아르곤은 알림을 들었다.

[100만 포인트를 소진하여 로열 상점 열람을 요청합니다.]

눈을 휘둥그레 뜬 아르곤은 매우 놀란 눈으로 민혁을 보았다.

로열 상점은 3대 엘프 수장들이 힘을 모아 만들어낸 엘프들이 만들어낸 가장 뛰어난 것들이 들어 있는 상점이었다. 아르곤조차도 모르는 것투성이일 정도의 곳이었다.

하지만 아르곤은 흔쾌히 수긍했다. 애초에 로열 상점 오픈 자체가 아르곤 왕자 구출에 대한 보상 중 하나였기 때문이었다.

그 순간 민혁에게 알림이 들려왔다.

[엘프 상점 등급 상승을 구매하셨습니다.]

[1,000,000포인트를 사용합니다.]

[엘프 상점 등급 상승에 따라 로열 등급으로 올라섭니다. 본인이 속한 '레전드' 길드의 일원이거나 혹은 동맹 길드의 일원들이 아르곤 왕자의 로열 상점을 이용할 수 있습니다.]

[총 70% 할인된 가격으로 엘프 상점의 모든 것을 이용할 수 있게 됩니다.]

이어서 아르곤이 민혁에게 보물 상자를 건넸다.

[로열 등급 상점을 최초 열람한 보상으로 아르곤 왕자의 보물 상자(SSS)를 획득합니다.]

민혁은 단숨에 열람했다.

그 순간 알림이 울리기 시작했다.

[식신 상점이 오픈됩니다.]
[기여도 1,000,000을 재획득합니다.]
[SSS등급 한정 수량 품목을 획득합니다.]
[엘프의 캐릭터 HP, MP, 스킬 쿨타임 리셋 양피지 (2/2)]
[스킬 시전 시간 60% 단축 양피지 (5/5)]
[하이엘프 최정예 부대 소환 양피지 (1/1)]
[매스 텔레포트 양피지 (2/2)]

민혁은 울리는 알림마다 놀라움을 느꼈다.

시전 시간을 60%로 단축한다? 캐릭터의 스킬 쿨타임을 리셋시키고 HP와 MP를 모두 회복시킨다? 물론 모두 전쟁 때에만 사용이 가능한 품목들이었다.

하지만 이것들만 보아도 엘븐하임으로 간다면 어마어마한 효과를 창출할 수 있을 것이다.

그리고 민혁의 가장 큰 관심사는 한 가지였다.

'식신 상점?'

민혁은 상세 설명을 열람했다.

[식신 상점. 로열 상점을 오픈한 유저에게 주어지는 혜택으로써 3대 엘프 수장 중 하나이자 대마도사 아필드에 필적한다고 불리는 고대의 엘프 마법사 발렌시아가 만들어냈으며 로열 상점 열람자에 직업군에 맞게 물품이 나열된다.]

자신의 직업군에 맞는 상점을 열람할 수 있다? 그 말에 민혁은 빠르게 확인해 봤다.

[식신 상점]
1번부터 3번까지는 순차적으로 열람 가능.
1. 환상적인 중국요리 세트. 400,000포인트. 먹을 시 본인 직업의 숨겨지거나 아직 획득 못 한 스킬이 있을 시 획득 가능. (단, 없을 시 획득 불가)
2. 환상적인 보쌈&쟁반 국수 세트. 400,000포인트. 먹을 시 본인의 착용 아티팩트 중 하나가 랜덤으로 등급 상승.
3. 치킨&피자 세트. 400,000포인트. 먹을 시 본인의 착용 아티팩트 중 랜덤으로 하나의 특수 능력의 강화.
4. 엘프의 최상급 돼지고기 안심. 50,000포인트.
5. 엘프의 최상급 소고기 안심. 60,000포인트.
…….

민혁은 고개를 갸웃했다가 곧 알 수 있었다.
애초에 이 식신 상점은 직업군에 걸맞게 그때그때 시스템이 측정한다. 식신에 걸맞은 것은 당연하게도 '음식'일 수밖에 없다. 그리고 그 음식 안에 뛰어난 보상을 숨겨놓은 것이다.
3번을 지나 4번, 5번, 6번 등등 모두 요리 재료들이었는데, 확인해 보니 하나같이 SS등급 재료들이다.
민혁은 흡족한 표정을 지었다. 그리고 아르곤과 함께 병력과 합류하기 위해 걸음을 옮겼다.

아르곤의 말에 따르면 그는 일단 민혁과 계속 함께한다고 했다.

이는 당연한 순리였다. 로열 상점은 아르곤으로만 이용할 수 있었으니 말이다.

그리고 병력을 만난 민혁은 또 다른 놀라운 알림을 들었다.

[퀘스트 '아르곤 왕자 구출하기'를 완료했습니다.]

[철혈 중대, 사신 중대, 밥이 보약 중대에서 각 한 명씩을 선출하여 바할라 영토에서 부릴 수 있게 됩니다.]

그들은 가신과는 조금 다른 개념이었다. 말 그대로 민혁 휘하의 NPC가 되는 게 아니라, 영지의 병력이 되는 것이었기 때문이다.

민혁은 한 명씩을 선출하였다.

물론 그 한 명씩은 이들을 이끌던 단장들이었다.

확인해 보자 레벨이 하나같이 440~470 사이를 웃돌았다.

흐뭇한 미소를 지은 민혁. 그는 첫 번째 요리인 '환상적인 중국요리 세트'를 구매했다.

[기여도 400,000을 소진하여 환상적인 중국요리 세트를 구매합니다.]

바할라 영토.

농사꾼 바르단은 평소처럼 곡괭이를 쥐고 밭으로 향하고 있었다. 그는 고작 30대 중반이라는 나이였지만 유전으로 내려온 대머리의 저주로 인하여 머리카락이 대부분 빠져 노안 소리를 듣고 있었다.

오늘도 농사하러 가며 어떻게 하면 머리가 자라날까? 하는 고민을 하던 바르단은 밭으로 가던 중 소문으로 들었던 새로운 가신인 코루가 리코더를 삐리리 불어대며 외치는 소리를 들었다.

"자라나라, 씨앗! 씨앗!"

"쯧쯧!"

바르단은 혀를 찼다. 왕년엔(?) 꽤 잘나갔던 성기사라고 들었건만 몇 날 며칠째 저러고 있었다.

저런다고 씨앗이 더 빠르게 자라난다는 게 말이 되는가? 프로 농사꾼인 바르단은 이해할 수가 없었다.

그러던 그때였다.

"응?"

그는 자신의 민머리 부분에 따스함이 스쳤다가 사라지는 걸 느꼈다.

"오늘은 날이 쨍쨍해서 그런가?"

하늘을 바라보며 맥없는 생각을 한 그는 밭을 다 갈고 집으로 돌아왔다.

그리고 다음 날 아침.

그는 거울을 보고 경악하고야 말았다.

"······??"

사막에 풀 한 포기 자라지 않은 것처럼 머리카락 한 올 없어 한없이 번들거리기만 하는 자신의 머리! 그 머리에 머리카락 몇 가닥이 솟아나기 시작했다.

턱수염처럼 꺼끌꺼끌한 머리카락!

어제 느꼈던 따뜻함을 떠올린 바르단.

'서, 설마?'

그는 오늘도 성기사 코루가 있는 곳으로 갔다.

"자라나라, 씨앗! 씨앗!!"

그리고 역시 머리가 따뜻해지는 걸 느꼈다.

또 다음 날, 아침.

"······헉!"

바르단은 경악할 수밖에 없었다. 머리카락이 더 많이 자라나 있었기 때문이다!!

바할라 영토의 부영주 밴은 레전드 길드가 엘븐하임으로 떠났을 때, 영토의 재정을 늘릴 방법을 골똘히 생각하며 시간을 보내고 있었다.

그러던 중, 마을에 이상한 노래를 부르고 다니는 이들에 관한 이야기를 들었다.

그들은 이런 노래를 불렀다.

"탈모르 파튀~ 띠띠띠띠띠~"

"자라나라 머리머리! 자라나라 머리머리!"

"탈모르 파튀!! 뛰뛰뛰뛰!"

부영주 밴은 병력을 시켜 조사하기에 이르렀다.

이어서 이 노래를 부르는 이들이 대부분 40~50대 남성들로 주축을 이룬다는 사실을 알아낼 수 있었다.

"탈모르 파튀가 도대체 뭐지?"

영주 밴은 의아해졌다.

그리고 또 다른 보고.

"노래를 부르는 자들은 매일 같이 성기사 코루가 있는 밭에 간다고 합니다."

"그래? 한번 가보지."

노인 밴은 빠르게 걸음을 옮겼다. 그리고 밭에 도착했을 때, 노인 밴은 경악할 수밖에 없었다.

"탈모르시여!!"

"탈모르시여!!"

수백 명으로 인산인해를 이루고 있는 밭!

그 중심에 선 한 남자. 그 남자가 진중한 표정으로 그들을 둘러봤다.

"믿습니까?"

"믿습니다!!"

"원합니까?"

"원합니다!!"

"검은 털을 원합니까!!"

"원합니다!!"

"그렇다면 내가 내려주겠습니다!!"

그에 성기사 코루가 자신의 애장품인 전율의 악기를 꺼냈다. 그리고 리코더로 변형시켜 불기 시작했다.

그 리듬과 박자는 사내들이 부르던 탈모르 파티의 음정이었다.

뛰뛰뛰 뛰뛰뛰~

"탈모르 파튀!"

"탈모르 파튀!!"

"아아아아아아아! 머리가 뜨거워진다!"

"아아아아아!"

"자란다! 자라나고 있어, 으어어어!"

양손을 꼭 모으고 기도를 올리고 있는 그들! 그들이 뜨거운 눈물을 펑펑 쏟기 시작했다.

곧이어 그들이 양팔을 하늘 높이 들어 올리고 외치기를.

"자라나라! 머리머리!!"

"자라나라! 머리머리!!"

"자라나라! 머리머리!!"

그 순간, 놀라운 일이 벌어졌다. 밴의 눈에도 똑똑히 보였다. 정말 소수의 몇몇 이들의 머리카락이 눈에 보일 만큼 자라나기 시작한 것이다!

밴도 요즘 나이가 들어 탈모가 오고 있었다.

그는 머리가 뜨거워지는 걸 느꼈다. 또한, 바할라 영토의 재정을 풍족하게 만들 수 있는 방법이 생각났다.

그것은 바로.

"탈모르 파티!!"

저 성기사 코루가 바할라 영토를 부자로 만들어줄 것이다!! 이것이 바로 민혁교를 이은 또 다른 신흥교. 탈모르교의 탄생 비화였다.

성기사 코루는 의미심장한 웃음을 지었다.

바르단이라는 농부가 갑자기 머리카락이 자라났다며 자신을 찾아왔다. 그리고 이를 본 바할라 영토에 방문한 이방인들이 말하기를.

"어? 탈모르 파티다!!"

"뛰뛰뛰~뛰뛰뛰~ 탈모르 파튀!"

그에 성기사 코루는 좋은 생각이 났다. 자신을 '탈모르'라 칭하게 하는 것이다. 그리고 그들로부터 매월 녹봉을 받아 민혁 영주님께 바치는 거다.

이 모든 효과는 전율의 악기와 그가 가진 아테네의 기도 스킬 덕분이었음을 그는 알고 있었다.

"큼큼."

그때 부영주인 노인 밴이 다가왔다.

"오, 부영주님도 함께하시겠습니까?"

"그러지, 뭐라고 외치면 되나?"

"탈모르 파튀!!"

"그렇군, 탈모르 파튀! 뛰뛰띠띠띠띠!"

"하하하하하하!"

성기사 코루는 쾌활하게 웃었다.

그러던 때였다. 코루는 영지민들을 뒤로 하고 씨앗을 심었던 땅 부분이 갑자기 진동하는 것을 보았다.

그리고 그곳에서 무언가 자라나기 시작했다.

그것을 본 코루. 그는 경악했다.

'뭐야? 병장기?'

분명히 땅을 비집고 자라난 것. 그것은 창극이나 혹은 검 끝, 방패의 윗부분, 또는 투구 등이었다.

그러던 중, 코루는 더 경악했다.

유독 빠르게 자라난 하나의 씨앗. 그 씨앗에서 나온 존재는 더 높게 땅 위로 올라와 있었는데, 눈과 코, 입이 보였다.

즉, 얼굴이었다.

"어, 얼굴?"

그것은 분명히 돌로 이루어진 얼굴이었다. 아직 눈을 감고 있었지만, 분명히 사람의 머리였다.

코루도 머리가 나쁜 것은 아니었기에 알 수 있었다. 엘븐하임, 그리고 마계 침략, 그리고 이 씨앗에 대해 들었을 때, 베로스에 의해 저주를 받은 고대의 군주가 드랍한 것이라고 했다.

이 씨앗이 가진 힘.

'구, 군대가 분명하다……!'

코루의 눈이 경악으로 물들었다.

레프. 그는 아이리스 길드의 공격대장 중 한 명으로서 전사로는 국내에 세 손가락에 꼽히는 인재 중의 인재였다.

그러한 레프는 현재 아레스 길드의 1공격대와 아이리스 길드의 1공격대로 구축된 최정예를 이끌고 움직이고 있었다.

[길드 채팅 로디: 2공격대장 로디입니다. 아직 엘프의 숲으로 넘어가는 입구는 발견하지 못했습니다.]

레프는 고개를 주억였다.

현재 알렌티안이라는 엘프의 도시 중 가장 큰 도시를 섭렵한 아이리스 길드와 아레스 길드는 동맹 관계를 유지한 채로 명실공히 침략전의 1위로 올라선 상태였다.

또한 은연중에 경쟁 중이었다. 누가 먼저 엘프의 숲으로 넘어가는 영광을 획득하느냐로.

현재 엘프의 왕 고른은 총사령관으로서 어제 엘븐하임에 도달했다. 그는 매우 피폐한 몰골로 도착했고 엘프의 숲으로 가는 길목 곳곳이 막혔다고 했다.

일단은 엘프의 숲으로 먼저 들어가야 한다. 그리고 그 틈으로 아이리스 길드가 비집고 들어가 이번 이벤트의 핵심이라 할 수 있는 엘프의 숲 탈환을 해낼 것이다.

그렇게 걷던 중, 작은 동굴로 병력들이 일제히 진입했다.

"모두 경계를 늦추지 마라."

"예!"

엘프의 숲은 엘븐하임보다 강력한 마족들이 포진해 있을 것으로 예상되는 곳이다.

안쪽으로 들어가던 레프의 얼굴에 희열의 미소가 자리매김했다.

'드, 드디어……!'

끝에 보이는 미약한 빛. 저 빛에 도달한다면 엘프의 숲에 도달할 수 있을 것이었다.

정예로 구축된 서른 명의 이들이 레프를 선두로 움직였다.

그리고 이어서 레프는 그 동굴을 넘어섰다.

그 순간, 알림이 울렸다.

[엘프의 숲에 최초로 발을 들이셨습니다.]
[엘프의 숲에 가장 먼저 도달함에 따라 기여도 300,000을 획득합니다.]

[소속된 길드인 아이리스 길드의 마스터 칼리안이 기여도 100,000을 획득합니다.]

[아이리스 길드의 길드원들이 기여도 30,000을 획득합니다.]

[엘프의 숲에 가장 먼저 발을 들인 유저인 레프에게 엘프의 아티팩트 보물 상자(S)가 지급됩니다.]

레프는 망설이지 않고 곧바로 엘프의 아티팩트 보물 상자를 열람했다.

[고대 엘프의 빛바랜 검을 획득합니다.]

레프는 곧바로 정보를 열람해서 확인해 봤다. 자그마치 전설 아티팩트였다.

그는 희열했다. 칼리안이나 혹은 아이리스 길드의 마스터 아레스는 유저들이 직접적으로 얻은 보상은 관여하지 않기로 했다. 때문에 이 엘프의 검은 말 그대로 레프의 것이 된 셈!

바로 그때였다.

"이곳까지 밀고 들어왔군."

낮게 깔린 음성이 들려왔다. 그 음성의 끝에는 뿔이 이제까지 보았던 그 어떤 마족보다 높게 솟은 존재가 있었다.

그 순간 알림이 울려 퍼졌다.

[총사령관 연금술사 루펠 백작의 등장!]

[짙은 마기가 숨통을 조여옵니다.]
[상태 이상. 호흡 곤란에 걸립니다.]
[호흡이 불안정해집니다.]

"커헉!!"
"크하악!"
그 순간 유저들은 턱 끝까지 숨이 차오르는 것을 느낄 수 있었다.
총사령관 루펠!! 이제까지 한 번도 모습을 드러내지 않았던 그는 이 엘븐하임에서 가장 높은 귀족 계급을 가진 인물이기도 했다.
그러한 루펠은 당연하게도 지상에 강림한 마족 중 가장 강력한 자가 분명하였다.
"대열을 갖춰라!"
레프가 서둘러 명령했다. 그는 새로이 얻은 고대 엘프의 빛바랜 검을 들어 올렸다.
2m 장신의 커다란 루펠이 걸음을 옮기며 말했다.
"실험해 보면 되겠군."
"키햐아아아악!"
"키에에에에엑!"
그 순간, 루펠의 등 뒤쪽의 어둠에서 정체 모를 괴이한 울음소리가 나기 시작했다.
곧이어 모습을 드러낸 존재들. 그 존재들은 한 마디로 거대한 개의 형상을 갖추고 있었다. 개의 형상을 갖춘 그 존재들은 끔찍하게도 피부가 녹아 흘러내린 듯한 모습이었다.

"헬하운드……?"

지옥의 마물 중 하나라고 불리는 헬하운드는 A급 지역에서 간혹 찾아볼 수 있는 녀석들이었다. 한데, 자신들이 아는 그 헬하운드들과 느낌이 조금 달랐다.

그 순간.

탓-

헬하운드들이 달려오기 시작했다.

"크와와와왈!"

"크르으으으으!"

매섭게 돌진하는 헬하운드들은 기존의 놈들보다 속도가 더 빨랐다. 레프가 검을 들어 올렸다.

[필살검]
[급소를 찌르는 다섯 개의 검 끝.]

그의 검이 현란하게 잔상을 만들며 움직였다. 그리고 자신을 위에서 아래로 덮치려는 헬하운드의 몸통 곳곳에 총알이 박힌 것처럼 구멍이 뚫렸다.

콰아아아아앙!

터져 나간 헬하운드.

"별거 아니잖아?"

"뭐야, 아무것도 아니네."

"괜히 쫄았잖아!!"

총사령관 루펠에 의해 모두가 긴장했었다.

그런데 곧 이변이 일어났다.

파아아아앗-

터져 나간 헬하운드의 몸에서 흩어져 나온 초록 가스가 주변으로 빠르게 퍼져 나갔다. 그것은 마치 폭탄이 터진 것 같았기에 피할 겨를이 없었다.

[상태 이상. 마물의 가스를 흡입하셨습니다.]

[모든 능력치가 15% 하락합니다.]

[공격 실패 확률이 30% 상승합니다.]

"……헉?"

"뭐, 뭐야!"

레프뿐만이 아니었다. 한 번의 디버프가 일곱 명 이상의 공격대를 휘어 감았다.

심지어 디버프가 너무도 강력했다. 모든 능력치가 15% 하락한 상태에서 공격 실패 확률이 30%가 상승한다.

그때 또 다른 놈이 달려들었다.

루펠은 그 뒤에서 뒷짐을 진 채 흥미롭다는 듯 바라보고 있었다.

"파이어 애로우! 파이어 애로우! 파이어 애로우!"

마법사인 바탈린이 서둘러 저장시켜 놓았던 파이어 애로우를 연속적으로 발산했다.

쾅!

첫 번째 마법 공격이 무용지물이 되어 튕겨 나갔다.

연이어 두 번째와 세 번째도 터져 나갔고, 역시나 가스가 분출되었다.

푸지이이이이익!

"끄아아아악!"

"으, 으아아아아악!"

유저들이 비명을 질렀다.

[상태 이상. 마물의 가스를 흡입하셨습니다.]

[HP가 초당 1%씩 빠른 속도로 하락합니다.]

[끔찍한 독이 피부를 녹입니다.]

그제야 레프는 깨달았다.

'이, 이건……'

자살 특공대였다.

앞으로 벌어질 일이 레프는 예상되었다. 현재 A 지역에서 유저들은 마을을 90% 탈환한 상태였다. 이 상태에서 통로만 열린다면 유저들은 이제 그 통로를 통해서 진입할 터였다.

하지만 그런 그들을 쓸어버릴 수 있는 묘책을 루펠은 가지고 있던 거다. 바로 이와 같은 '자살 특공대'.

"크르르르르르."

"크라아아아아."

그리고 루펠의 등 뒤에서 모습을 드러낸 거대한 헬하운드 수백 마리. 아니, 어쩌면 더 있을지도 모르는 노릇이었다.

곧이어 헬하운드 수십 마리가 덮치고 들어왔다.

[상태 이상. 마물의 가스를 흡입하셨습니다.]

[일시적으로 시야가 뿌옇게 보입니다.]

[마물의 폭발]

[강력한 폭발이 주변을 집어삼킵니다.]

콰콰콰콰콰콰콰쾅!

쉴 새 없이 터지는 가스. 그중에선 실제로 폭발을 일으키는 놈들도 많았기에 순식간에 서른이 넘는 병력이 전멸했다.

그와 함께 루펠이 검을 움직였다.

스걱- 툭.

마지막 남은 레프의 목이 베어졌다.

그리고 루펠이 걸음을 옮겼다.

동굴 밖으로 빠져나온 그의 눈에 보인 것. 바로 알렌티안이었다.

"정비 후, 곧바로 저곳부터 쓸어야겠군."

엘븐하임 A급 지역의 모든 유저들에게 알림이 울렸다.

[총사령관 루펠이 공격을 준비합니다.]
[엘븐하임의 A급 지역에 총공습이 곧 있으면 펼쳐집니다.]
[공격 기간 동안 기여도를 1.5배 더 획득할 수 있습니다.]

그와 함께 정체 모를 영상 하나가 유저들의 눈앞에 떠올랐다. 바로 알렌티안을 바라보며 중얼거리는 총사령관 루펠의 모습이었다.

그리고 루펠에 대한 정보가 떠올랐다.

[루펠. 연금술사이자 총사령관.]
[루펠을 사냥한 자에게는 어마어마한 기여도와 막대한 보상이 주어지게 됩니다.]

그와 함께 유저들은 알 수 있었다.

루펠의 첫 번째 타격지는 바로 '알렌티안'이었다. 현재 유저들이 탈환한 도시 중 가장 큰 대도시이자 아레스와 아이리스라는 국내 4대 길드 두 개가 동맹을 일구어 만들어낸 최강의 방어진이라고 할 수 있었다.

칼리안과 아레스는 희열했다. 자그마치 총사령관이었다. 심지어 사냥 시에 막대한 기여도와 보상이 주어진다.

두 사람이 한 행동은 간단했다.

현재 그들이 얻은 도시는 총 네 개였다. 그 네 개의 도시에서 20%의 병력만을 남기고 모두 알렌티안으로 집중시켰다.

그들의 생각은 간단했다.

"우리가 여기에서 총공격을 막아낸다면 모든 기여도와 보상을 독식하는 겁니다."

"후후후후, 좋군요."

현재 엘븐하임에는 소규모, 중규모, 대규모 등의 길드를 합치면 총 300개가 넘는 길드가 와 있었다. 이러한 길드 중에서 아이리스와 아레스 길드, 그리고 추가적인 동맹 길드들의 지원을 받아 모든 컨텐츠를 '독점'하는 것이다.

그를 위해서 모인 총 숫자만 자그마치 약 800여 명이 넘었다. 심지어 엘프의 숲에 처음 도달한 보상으로 아이리스 길드 각 개인의 유저들은 3만의 기여도를 획득했다.

또한, 아이리스 길드 측에선 얼마 전 엘프 상점에서 특별한 것 하나를 추가로 구매했다. 바로 '피로 이어진 끈끈한 동맹'이라는 거였다.

이 동맹을 통해서 다른 길드의 엘프 상점에서도 물품 구매가 가능해졌고 그것들로 중무장한 상태였다.

그들은 말 그대로 자신만만했다.

"움직임이 심상치 않네요. 이제 곧 침략이 시작될 것 같군요."

"듣기론 루펠이 부리는 놈들은 자살함으로써 디버프와 폭발 등을 일으킨답니다."

"간단한 방법이 있군요. 생각보다 약한 공격력에도 놈들은 폭발하는 것 같습니다. 원거리 공격이 가능한 자들을 앞으로 내세우고 마법사들은 광역 마법을 준비, 먼저 몰려오는 자살 특공대부터 잡는 겁니다."

그들은 작전을 짰다.

자살 특공대? 가까이 오지 못하게 하면 그만이다.

도적과 암살자, 그리고 '함정의 대가'라는 히든 클래스 로베이가 도시 주변으로 무수히 많은 함정을 설치해 놨다.

함정이란 일단 그 범위에 들어와야 한다. 때문에 함정 자체는 걸리는 순간, 그 어떠한 공격보다 크나큰 힘을 발한다는 거였다.

그리고 황혼의 요리사 블랙은 이날, 최고의 정예군들에게 자신이 아껴둔 버프 요리를 분배하기 시작했다. 어마어마한 전투 준비였다.

그와 함께 방송사에서 방송을 시작했다.

[엘븐하임 A 지역의 길드 연합 '칼리안'이 만반의 준비를 갖췄네요.]

[현재 알렌티안에 밀집된 병력이 어마어마합니다. 우리나라에서 내로라하는 랭커들이 서른 명 이상 보이는 것 같군요.]

[모든 유저들이 기대를 품고 지켜보고 있습니다. 그 가운데, 루펠 쪽 진영이 움직이기 시작하는 것 같습니다. 과연 칼리안 연합은 방어에 성공할 수 있을까요?]

둥-둥-둥-

장대한 북소리가 울려 퍼지기 시작했다.

그리고 이어서 허공에서 나타난 하늘을 뒤덮을 정도의 방대한 검은색 기류가 땅에 흩어졌다.

흩어진 검은 기류가 수백의 형상을 구축했다. 바로 헬하운드들이었다.

"캬하아아아아아아악!"

"크라아아아아아아악!"

수백 마리가 넘는 헬하운드의 등장!

그와 함께 그의 앞에선 셋의 존재들!

[부사령관들은 엘프의 숲에 있는 것 같군요. 지금 모습을 드러낸 존재들은 루펠 총사령관의 충직한 부하들입니다.]

[루펠 사령관의 살육자들입니다. 번뇌의 살육자 케니, 죽음의 살육자 론드, 좌절의 살육자 코니르. 밝혀진 정보에 따르면 살육자들의 레벨은 500~550 사이를 웃돌거나 더 높다고 하죠. 마계조차도 주름잡는 강력한 존재들이라고 합니다!]

바로 그 순간.

두우우우우우-

뿔 나팔 소리와 함께 헬하운드들이 달리기 시작했다.

그 앞에 선 칼리안과 아레스. 그들이 매서운 눈빛으로 몰려오는 수백 마리의 마물 떼를 보았다.

한편, 레전드 길드원들도 모두 자신들이 이번에 얻은 마을인 필립에서 가장 높은 곳에 올라가 지켜보고 있었다.

곧이어 아스갈이 중얼거렸다.

"만약 알렌티안이 뚫린다면……."

그녀가 고개를 돌려 지니를 보았다. 딱딱하게 굳은 표정의 지니가 고개를 주억였다.

"우리 레전드 길드를 치겠지……."

마계 총사령관 루펠의 침략이 시작되기 전. 아르곤 왕자를 구출해 낸 민혁은 '식신 상점'을 통해서 환상적인 '중국요리 세트'를 기여도 40만을 투자해 구매했다.

아르곤 왕자는 채식주의자였기에 배고픔에 허겁지겁 민혁이 준 샐러드를 먹어치우고 있었다.

참 다행인 일이었다.

'흐흐, 아르곤 왕자님이 육식을 하셨으면 큰일 날 뻔했어!'

그와 함께, 민혁은 자신의 앞에 나타난 환상적인 중국요리 세트를 보았다.

'세상에……!'

간짜장, 짬뽕, 거기에 탕수육에 이어 꽃빵과 고추잡채까지. 절로 미소가 감돌았다.

민혁은 먼저 세트를 구매함과 동시에 함께 딸려 온 나무젓가락을 뜯었다. 그리고 밥그릇에 담겨 있는 간짜장 소스를 면에 부었다.

"히야……."

밥그릇을 한 바퀴 돌려주며 부은 민혁은 그 검은빛에 절로 군침이 돌았다. 가득 보이는 아삭아삭한 식감의 양파와 육즙 넘쳐 보이는 고기, 또한, 간짜장은 일반 짜장면보다 더 짙은 색을 띠지 않던가?

쓱싹쓱싹 비비는데, 함께 얹어진 계란프라이도 젓가락으로 꾹꾹 갈라 비벼준다.

'그러고 보면 개발팀들도 참 먹을 줄 안단 말이지.'

간혹 간짜장에 메추리 알 한 알만 쏙 오는 날에는 그렇게 서운한 날이 없다. 그런데, 자그마치 식신 상점을 통해 구매한 중국요리 세트의 간짜장은 계란프라이가 두 장이다.

그렇게 잘 비벼준 후에, 이번엔 탕수육의 반절에는 소스를 붓고, 반절은 놔뒀다. 반절은 바삭바삭하게 즐기기 위함이고, 반절은 소스를 가득 머금은 튀김옷과 부드러운 식감을 느끼기 위함이다.

자, 준비는 끝났다.

먼저 간짜장을 집어 들었다. 그 면에는 계란프라이도 딸려왔다. 그리고 한 번에 입안 가득 후루루루룹 넣었다.

아삭아삭-

입안으로 함께 들어온 양파가 기분 좋게 씹히는 소리가 난다. 또한, 이 식신 상점의 간짜장은 정말 진한 맛을 냈다.

"와, 맛있어."

기쁨에 겨워 어깨춤을 썰룩인다.

그렇게 간짜장을 몇 번 후루룹 먹어주다가 소스를 붓지 않은 탕수육을 젓가락으로 집는다.

그 상태에서 소스에 푹 담갔다가 꺼내 입에 넣었다.

바삭바삭-

바삭한 식감의 '찍먹'의 탕수육은 언제나 즐거운 소리와 식감을 준다.

그러다가 이번엔 소스에 절인 탕수육을 집었다.

'아, 진짜 예술이야!'

뜨끈뜨끈한 소스가 부어져 있던 '부먹' 탕수육의 튀김옷은 그 소스를 가득 베어 물었는데, 먹을 때마다 소스가 입안 가득 퍼지며 부드러운 씹는 맛을 주었다.

그렇게 먹어주다가 이번엔 짬뽕으로 손을 뻗는다.

원래 짬뽕을 먹을 땐, 짜장면이 먹고 싶은 법이고 짜장면을 먹을 땐, 짬뽕이 먹고 싶은 법이다.

짬뽕을 젓가락으로 휘휘 저으려는데, 한가득 올라간 홍합과 손가락 두 개보다 작은 쭈꾸미, 그리고 오징어와 양파가 보인다.

휘휘 저어준 후, 면을 들지 않고 그릇 통째로 들어 올린다. 그리고 입가로 그릇을 대고 '후- 후-' 불어준 후에 그 국물을 단숨에 들이켠다.

"시원하다."

매운 국물을 마시고 시원하다는 어른들의 말이 어렸을 땐 공감되지 않았는데 이젠 자신도 모르게 절로 흘러나온다.

그제야 젓가락을 짬뽕에 넣고 후루루루룹 면을 들이켠다. 그리고 생양파를 춘장에 듬뿍 찍어 입으로 가져갔다.

아삭아삭-

그렇게 짬뽕을 먹어주다 이번엔 꽃빵을 집어 든다.

꽃빵은 방금 한 것처럼 뜨끈뜨끈했다.

그리고 고추잡채에 젓가락을 뻗는다. 고추잡채는 고추기름으로 볶아내 훨씬 더 매콤하고 진한 맛이 있는 녀석이다. 홍피망과 청피망, 양파, 항정살 등의 갖은 재료가 함께 볶아져 여러 색을 낸다.

그러한 고추잡채를 꽃빵 위에 가득 얹는다. 그리고 입에 단숨에 가져간다.

매콤한 고추잡채가 입안에서 먼저 씹히며 훅하고 들어오는 부드럽고 따뜻한 꽃빵의 맛. 그 맛에 절로 미소가 감돌아 눈을 감고 음미해 본다.

웃음이 자신도 모르게 절로 새어 나온다.

'와, 식신 상점 음식은 진짜 신의 요리와 비견될 정도로 맛있어…….'

확 하고 혀가 느끼는 바가 달랐다. 어떻게 같은 음식이어도 이렇게 맛의 차이가 나는지 모를 지경이었다.

그렇게 다 먹어준 후에 민혁은 알림을 들을 수 있었다.

[환상적인 중국요리 세트를 드셨습니다.]
[특수한 힘이 당신이 가진 직업에서 아직 얻지 못한 스킬을 탐색합니다.]
[탐색률 1%, 21%, 34%, 47%…… 88%, 100%]
[탐색에 성공합니다.]
[엑티브 스킬 밥 먹고 합시다를 획득합니다.]

'웅?'

민혁은 이제까지 아테네 게임을 하면서 얻었던 스킬명 중에서 가장 마음에 드는 스킬명이었다.

그가 '밥 먹고 합시다'라는 스킬을 확인해 봤다.

(밥 먹고 합시다)

엑티브 스킬

레벨: 1

소요 마력: 500 / 쿨타임: 160시간

효과:

• '밥 먹고 합시다'라고 외치는 순간, 반경 5m 내로 30분 동안 배리어가 생성된다. 생성된 배리어 안에서 길드원 혹은 파티원,

동맹 길드, 가신 중 두 명을 선출하여 버프 요리를 먹일 수 있다.

•배리어 안에서는 적을 공격하는 행동이 불가능하며 요리 버프의 더 높은 등급이 나올 확률이 상승한다. 또한, 배리어 안의 시간은 실제로 바깥보다 6배 빠르게 흐른다. 하지만 그 안의 이들은 체감하지 못하며, 바깥의 이들에겐 6배 빨리 감기처럼 보이지만 실제로 바깥에선 고작 5분이 지났을 뿐이다.

•요리를 만들어준 본인은 그들에게 만들어준 요리와 똑같은 음식이 앞으로 생겨난다. 또한, 만들 시 5대 스텟 버프를 일시적으로 받게 되며 가장 높은 등급의 요리 버프만이 적용된다.

•노멀 등급 요리 시 1% 버프

•레어 등급 요리 시 3% 버프

•유니크 등급 요리 시 5% 버프

•에픽 등급 요리 시 8% 버프

•전설 등급 요리 시 12% 버프

•요리 버프는 24시간 동안 적용된다.

'와…….'

이거 완전 민혁의 취향 저격 스킬이었다.

전투 도중 밥을 먹을 수 있는 스킬. 심지어 검은 마법사 알리가 사용했었던 배리어가 쳐진다. 절대적으로 무엇이든 막아내는 배리어. 또한, 위급 상황 시 이 안에서 작전을 짜거나 할 수도 있어 보인다.

민혁은 아직 기여도가 조금 남은 게 있었기에 치킨&피자 세트도 연달아 구매해 먹으려 했다.

바로 그때였다.

[흑염룡과 아이들 길드가 레전드 길드와 동맹을 맺었습니다.]

민혁은 놀랐다. 흑염룡이라면 바로 자신의 아버지였기 때문이었다.

민혁은 곧바로 아버지에게 귓속말을 보냈다.

[민혁: 아버지, 지니랑 같이 계세요?]
[흑염룡: 그렇단다. 우리 아들은 언제 오니?]

대화를 나누던 민혁은 곰곰이 생각해 봤다.

지금 현재 이곳에서의 일은 모두 정리되었다. 또한, 구출한 아르곤 왕자는 엘프의 왕 고른에게 데려다주는 게 더 나을 것이었다.

그의 결정은 빨랐다.

'아버지부터 챙겨야겠어…….'

먹을 것도 중요하긴 하다. 하지만 어차피 민혁은 엘븐하임에 갈 생각이었다.

그 이유는 간단하다. 추가적인 기여도를 획득해야지만 나머지 식신 상점의 요리 구매가 가능하다.

그리고 출발하기 전, 민혁은 꾀를 내었다.

"크흐흐흐흑, 저희 아버지가 아주 위급한 상황에 빠졌다고 합니다. 그런데 그곳은 아주 많은 마계의 존재들이 있다고 합니다. 여러분이 도와주실 순 없습니까?"

그들 중 기사단장급들은 민혁 영지의 일원이 되었다. 반대로 다른 이들은 제국 소속이었다. 그 때문에 그들의 자의가 필요했다.

그리고 다행스럽게도.

"이런!! 우리 대장님의 아버지께서 위급하시다니!!"

"당장 출발하죠!!"

"우리 모두 폐하께는 구출 작전이 더 걸렸다고 하면 되겠죠."

그들은 입을 모았다. 현재 레전드 길드는 매우 위급한 상황이라고 알고 있다. 지금 매우 강력해진 이들이 큰 전력이 되어 줄 터였다.

하지만 한 가지 난관에 봉착했다.

"엘븐하임까지 어떻게 가지……?"

이 많은 병력을 이끌고 어떻게 엘븐하임 A 구역까지 가는가였다.

매스 텔레포트 귀환서가 있긴 했지만 매스 텔레포트 귀환서는 본인이 가본 곳에서만 적용된다. 또한, 애초에 A 지역의 경우 로스골 마을까지 워프한 후에, 직접 가야 했다.

그때, 아르곤이 이채를 띠었다.

"엘븐하임 A 지역으로 가는가?"

"예."

"내가 빠른 지름길을 알고 있네. D 지역에서 곧바로 A 지역으로 바로 넘어가는."

D 지역의 경우 언제든 빠르게 갈 수 있는 곳이었다. 또한, 이 병력도 마찬가지였다.

그리고 아르곤이 말했다.

"이들이 탈 말이 필요하겠군."

그가 손가락을 퉁겼다. 그러자 아공간이 열리며 그 안에서 150마리의 흑마와 두 마리의 백마가 나타났다.

"명마 아르달과 페르수일세. 어서 가지."

당장 아르곤도 아버지 고른이 그곳에 있는 걸 알았기에 다급했다.

그에 민혁은 고개를 끄덕였다. 그리고 말 위에 올라 달리기 시작했다.

달리던 도중에 민혁은 자신이 믿을 만한 사람에게 귓속말을 보냈다. 귓속말을 받은 그는 흔쾌히 자신의 부탁을 수락했다.

루완. 그는 픽- 하고 웃음이 새어 나왔다.

'전멸이다.'

그는 과거 식신 민혁과 함께 초콜릿 나무가 있는 광산에서 광물을 캔 적이 있는 사내였다.

결국, 끝끝내 전사 클래스에서 강철의 대장장이로 전직을 성공한 그.

강철의 대장장이는 놀라운 직업이었다. 전사로서의 파워와 스킬도 갖췄으며 대장장이로서의 뛰어난 능력도 갖춘 전설 클래스! 헤파스의 후예처럼 어마어마한 아티팩트는 제작 불가였지만 대장장이로서도 전사로서도 뛰어난 힘을 발휘했다.

그에 빠르게 성장한 그는 지금 엘븐하임 A 지역의 최후방에서 아주 작은 마을을 점령하고 있었다.

그는 이제 중소 길드인 '활화산'의 마스터가 되어 있었다. 요즘 꽤 빠른 상승률을 보이는 길드였다.

그런데, 최전방에 밀집되어 있던 줄 알았던 병력이 후방에서 흘러나오기 시작했다. 그리고 자신은 지금 헬하운드에게 당해 HP가 빠른 속도로 하락하고 있었다.

[상태 이상. 마물의 가스를 흡입하셨습니다.]
[HP가 빠른 속도로 하락합니다.]

가져왔던 회복 물약도 바닥이 난 마당이었다.
심지어 더 최악의 상황이 있었다.

[길드 채팅: 놈들이 결국 지하실을 찾아냈습니다.]
[길드 채팅: 길마님, 저희 전멸할 것 같습니다……]

루완은 실소를 머금었다.

마물들과 마족들이 쳐들어온 후에, 그는 정예들을 이끌고 '어그로'를 감행했다. 이 후방에 위치한 마을이 가진 특수 능력은 바로 땅 밑에 숨은 '지하실'이었다. 그 지하실에 길드원들을 숨기고 자신과 정예들이 희생하는 걸 택한 것이다.

최악의 상황에 도래하자 문득 그 날의 기억이 떠올랐다.

'민혁 님은 잘 계시나?'

광부들과 자신들이 전멸할 거라고 생각했을 때, 그는 요리사면서 귀신같은 몸놀림으로 적들을 잡았다. 그리고 예의도 발랐고 멋진 사람이었다.

그와 헤어지기 전 루완이 물었다.

'어떻게 하면 당신처럼 강해질 수 있나요?'

'밥 잘 먹고 열심히 운동하고 잘 자면 됩니다!'

그렇게 황당한 말을 한 후, 그는 돌아섰다.

그러다 문득, 걸음을 멈추고 돌아봐 이를 드러내 웃었다.

'루완 님, 정상에서 봐요.'

그때의 기억에 피식 웃음이 났다.

'동경이라……'

그래, 동경이었다. 세상의 강자들은 진짜 힘을 드러내지 않는다는 것.

그리고 민혁의 많은 부분에 영향을 받아 그는 훌륭한 길드 마스터로 거듭나 있던 거였다.

'오랜만에 보고 싶네. 나중에 귓속말이나 해봐야지.'

바로 그때였다. 자신이 힘겹게 잡아낸 마족들을 제하고 또 다른 마족들이 나타났다.

"이놈이 우두머리인가 보군."

"크큭, 더 고통스럽게 죽이고 싶어."

'건들지 마. 가만히 둬도 죽어.'

놈들이 다가왔다. 프람베르그라는 무기를 들고.

프람베르그는 살결을 찢어내는 잔혹한 무기이다. 실제 고통이 느껴지지 않지만, 저것에 목이 베이는 느낌은 서늘했다.

바로 그때였다.

퓨푯!

눈을 감고 허탈한 표정을 짓던 루완은 들려오는 소리를 들었다.

'뭐지?'

그들이 풀썩풀썩 쓰러졌다. 그리고 한 사내가 말했다.

"루완 님, 안녕하세요! 진짜 멋진 길드의 길드 마스터가 되셨네요? 우와!"

"……미, 민혁 님?"

엘븐하임 A 지역 후방. 그곳에 민혁이 있었다. 그는 예전처럼 예의 발랐고 쾌활했으며, 잘생긴 사내였다.

"미, 민……."

그 말을 채 끝내기 전.

[일시적 기절 상태에 빠집니다.]
[HP가 5% 미만으로 하락합니다.]
[치료하지 않을 시 사망합니다.]

그는 정신을 잃었다.

그리고 다시 눈을 떴을 때.
자신을 둘러싼 길드원들이 보였다.
"길마님, 괜찮아요?"
"미, 민혁 님!"
벌떡 일어선 그는 주변을 살폈다. 하지만 아무도 없었다. 그리고 곧 눈을 휘둥그레 떴다.
"뭐, 뭐죠? 어떻게 살아 계신 거죠?"
습격한 마족들과 마물들은 약 80마리. 자신의 길드원들이 감당할 수 없는 수준이었다.
"갑자기 나타난 한 남자가 루완 님과 친하다면서 싹 쓸었어요. 자신의 병력과 함께. 길마님, 그런 분도 알고 계셨어요?"
"한 3분 걸렸지?"
"진짜 강하던데요?"
그리고 루완은 자신의 팔에 감싸진 붕대를 보았다. 그는 예전에도 붕대감기를 하곤 했다.

그는 그 붕대를 어루만지며 피식 웃었다.

"내가 이래서 당신을 동경합니다."

프라이팬 살인마. 그는 여전히 예의가 발랐으며 쾌활했고 멋졌다.

'1차 연합군이 무너졌어……'

1차 연합군의 칼리안과 아레스는 결국 마물과 마족들을 막아내지 못했다.

그리고 지니. 즉, 임지혜는 그때의 동영상을 다시 한번 보기 시작했다.

전장에는 싸늘한 냉기만이 감도는 듯했다.

수백 마리의 몰려오는 헬하운드들을 보면서 하늘 높이 검을 치켜든 칼리안이 외쳤다.

"모두 일발 장전!!"

가장 선두에선 마법사 부대와 궁수 부대가 공격을 준비했다.

[아, 국내 마법사 랭킹 3위의 팔라르입니다!! 불의 마법이 특기인 마법사죠!]

[궁수 랭킹 5위의 레골르도 보입니다!]

팔라르가 허공에 두둥실 떠올랐다.

[플라이입니다!!]
[하늘을 나는 마법!!]

그와 함께, 그의 지팡이가 빛을 발했다.
"파이어 스톰! 파이어 윌!"
거대한 화염 토네이도와 거대한 불의 장벽이 헬하운드들을 막아서기 시작했다.
그리고 곳곳에서 마법들이 난무하며 쏟아졌다. 그와 함께, 궁수들의 화살이 공기를 찢고 날아가 헬하운드들을 공격했다.
콰콰콰콰콰콰콰콰쾅!
"키헤에에엑!"
푸화아악!
"캬하아아아아악!"
사방팔방에 내리꽂히는 광역 마법과 화살 비들.
그러던 때였다.
아레스가 무언가 이상함을 느꼈다.
"……칼리안 님."
"예?"
"어째서 저놈들이 폭발하지 않는 거죠?"
분명히 로그아웃 당한 레프와 길드원들은 연금술사 루펠에 의해 상태 이상과 폭발을 일으키는 헬하운드에게 당했다고 했다.

"이해할 수가 없군요. 설마 저희 길드원들을 사냥했던 건 눈속임뿐이었을까요?"

정작 내뱉은 칼리안은 고개를 갸웃했다.

'굳이 번거롭게 어째서?'

그러던 때였다.

"키에에에에에에엑!"

칼리안과 아레스의 얼굴이 와락 일그러졌다.

'설마?'

그리고 그들의 시선이 위로 올라갔다. 그 위에 본 와이번 수백 마리가 비행하고 있었다. 마치 철새 떼처럼 새까맣다.

그러한 본 와이번들이 빠르게 하강을 시작했다.

"키햐아아아아악!"

그 위에는 헬하운드들이 타고 있었다.

[하, 하강합니다!!]
[헬하운드들이 도시를 향해 떨어져 내립니다!]
[수백 마리의 헬하운드들이 허공에서 아래로 추락합니다!!]

그에 다급하게 칼리안이 명령을 내렸다.

"마법사들, 궁수들!!"

그를 따라 마법사와 궁수들이 빠르게 움직였다. 궁수가 쏜 화살 한 발이 정확히 한 마리의 헬하운드를 꿰뚫었다.

그 순간.

푸화아아아아악!

초록색 기류가 흩어지면서 밑으로 떨어져 내렸다.

그리고 그를 시작으로.

풋풋풋풋풋풋풋풋!

수십 발의 화살과 마법이 허공에서 떨어져 내리는 헬하운드들을 직격했다.

순간의 실수였다. 칼리안은 마법사들과 궁수들에게 명령을 내려선 안 되었다.

콰콰콰콰콰콰콰콰콰쾅!

땅에 떨어진 헬하운드들이 폭발하고.

푸쉬이이이익! 푸쉬이이이익!

놈들의 몸에서 뿜어지는 가스들이 도시 전체를 휘어 감기 시작했다.

"비, 빌어먹을!!"

"이런 미친!!"

마족들은 전투를 좋아한다. 그 때문에 실제 게임에서도 무자비한 살육전만 펼칠 줄 알았다.

해설자들이 외쳤다.

[길드 연합이 혼란에 빠집니다!!]

[도시가 한순간에 쑥대밭이 됩니다!!]

[믿을 수 없는 광경입니다!! 연합군이 디버프에 빠져 갈피를 잡지 못합니다!!]

그 순간. 루펠의 입가가 쭉 찢어졌다.

그가 손을 들어 올렸다. 그리고 검지를 앞으로 까딱거리며 진짜 출격을 시작했다.

그와 함께 세 살육자가 움직였다.

번뇌의 살육자. 그녀가 손가락을 퉁기는 순간 헬하운드들의 몸에 박혀 있던 화살이 저절로 뽑혀서 형체도 없이 스르르 사라졌다. 그와 함께 미친 듯이 쏟아지는 마법들을 향해 손을 휘저었다.

파아아아앗-

검은빛과 함께 마법들이 소용돌이치며 소멸되어 사라졌다.

대규모 디스펠! 그녀가 고위급 마법사라는 사실을 보여준다.

그와 함께, 죽음의 살육자가 움직였다. 누더기 같은 로브를 두른 그가 스태프를 휘두르는 순간이었다.

치이이이이익-

헬하운드들의 몸을 감싸고 있던 피부가 모두 녹아내렸으며 장기와 눈, 그 어떤 것도 마찬가지였다.

이어서 모습을 드러낸 것은 본 헬하운드들이었다.

"크르르르르르!"

"컹컹컹컹!"

뼈로 이루어진 헬하운드들이 다시 일어서 달려오기 시작했다.

"탱커들!! 몰려오는 놈들을 막아라!!"

엘프의 체력 비약 상승의 물약을 복용한 탱커들이 일사불

란하게 사각 방패로 방어진을 형성했다.

하지만 이미 그 위도 난장판이 되어 있었다.

콰아아아앙! 콰아아아아아아앙!

[상태 이상. 마물의 가스를 흡입하셨습니다.]

[물리 방어력 30%가 하락합니다.]

[끔찍한 독이 피부를 녹입니다.]

"흐이이이이익!"

위에서 폭발하여 곳곳에 뿌려지는 초록 독가스를 흡입한 탱커들이 정신을 못 차렸다.

퍼직! 펏펏!

"크르르르르!"

"으, 으아아아아악!"

"히이이이익, 사, 살려줘!"

가상현실게임이었지만 헬하운드나 마족, 마물들은 그 몰골이 흉측했다. 절로 온몸에 소름이 돋고 두려움이란 감정이 유저들을 잠식해 나갔다.

콰지익!

"대열 유지!!"

그때, 황금 방패라는 탱커 계열 랭킹 1위의 발다르가 자신의 커다란 황금 방패를 땅에 꽂으며 외쳤다.

그를 중심으로 유저들이 빠르게 모이며 방어진을 형성했다.

콰아아아아앙!

황금 방패로 헬하운드를 후려친 발다르가 외쳤다.

"공격!!"

방패를 이용한 현란한 방패술!! 그 사이로 뻗어지는 유저들의 창과 검들! 그와 함께 그의 방패에서 터져 나오는 황금빛!

[황금의 태양]
[강력한 황금 태양이 아군을 비춥니다.]
[반경 30m 내의 길드원들의 방어력이 30% 상승합니다.]

과연 탱커 랭킹 1위 발다르다웠다.

그 순간. 먼 곳에서 뻗어 오는 거대한 번개가 발다르의 방패와 직격했다.

콰아아아아아앙!

발다르가 뒤로 밀려나지 않게 애를 쓰며 막아섰다.

그리고 그때.

콰아아아아아앙!

"커헉!"

발다르의 뒤쪽의 헬하운드가 폭발하며 엄청난 대미지를 줬다.

발다르는 혼란에 빠졌다. 모든 것이 슬로우 모션처럼 지나갔다.

그리고 보였다. 칼리안과 아레스가 삼 인의 살육자와 맹렬한 전투를 벌이고 있었다.

하지만 너무도 막강했다. 번뇌의 살육자가 쏘아내는 번개 마법에 아레스와 칼리안은 정신을 차리지 못했다. 그와 함께, 죽음의 살육자는 죽은 자들을 일으켜 세워 다시 압박했다.

곧 발다르의 앞에 한 사내가 도래했다. 좌절의 살육자 코니르였다. 그는 희한하게도 온몸이 붕대에 칭칭 감긴 상태로 갑옷을 착용하고 있었고 한손검을 들고 있었다.

"막아!!"

"발다르 님을 지켜라!!"

유저들이 방패를 앞세우며 몰려왔다.

그 순간, 그의 검이 움직였다.

쐐에에에에에-

그저 내려쳤을 뿐이다, 그 순간 발현된 흑빛 검기 수십여 가닥이 단숨에 방패들을 꿰뚫고 유저들을 베어냈다.

"……"

그 순간, 발다르는 알았다.

'알렌티안은 끝이다……!'

서걱-

그의 목이 떨어졌다.

그리고 지나가는 코니르의 목소리가 발다르에게 들려왔다.

"배…… 고…… 헤이…… ㅈ."

그 말을 끝으로 발다르는 검은 화면을 보았다.

영상을 보고 있던 임지혜는 한숨을 쉬었다.

그 후에 아이리스 길드와 아레스 길드는 대패를 맞이했고 마물 군단은 밀고 들어올 준비를 하는 중이었다.

그녀는 한숨을 쉬며 아테네에 접속했다.

길을 걷던 사람들이 걸음을 멈추고 전광판을 바라보기 시작한다. 그 안에서 황무지가 되어버린 알렌티안이 보였다.

알렌티안 함락에 가장 큰 공로를 세운 것은 바로 끔찍한 디버프를 뿌리는 헬하운드와 살육자들이었다.

"살육자들, 너무 강하지 않아?"

"미친…… 저것들을 어떻게 잡아?"

"운영자들이 오픈한 것에 따르면 삼 인의 살육자를 사냥할 시에 어마어마한 보상을 받는다던데."

"……그런데 잡을 수 있을까? 이제 다음 차례는……."

알렌티안을 정복한 그들은 잠시 멈췄다. 그리고 그다음 차례가 기다리고 있었다.

"레전드잖아."

"레전드 길드에서 막을 수 있을까?"

"못 막아, 저걸 어떻게 막아? 숫자도 20명이 안 된다는데."

"이번에 어떤 길드하고 동맹 맺었다는데?"

"아니지, 막을 수 있어. A 지역에 위치한 길드들은 지금 엄청난 위험을 느꼈어, 그 때문에 추가적인 연합군을 꾸리겠지,

아이리스와 아레스 길드만이 있는 게 아니니까. 그들로 구축된 새로운 연합군을 형성. 그리고 레전드 길드는 소수 정예야, 그러한 소수 정예들이 살육자들을 잡아내고 다른 길드들이 헬하운드와 몰려오는 마물들을 사냥하는 거지."

하지만 곧이어 더 현명한 이가 나타났다.

"……길드들이 그렇게 레전드 길드 좋은 일을 시켜줄 거라고 생각하는 거야?"

국내에서 가장 큰 길드는 사대 길드라고 알려져 있다. 그리고 바로 그 밑으로 5~10위 안까지의 길드를 사람들은 '태양 길드'라고 부르곤 했다.

현재 길드 랭킹 5위, 7위, 8위, 9위의 네 개의 태양 길드 길드장들이 모여 있었다.

"알리샤 양께서는 안 오시겠다고 하시더군요."

"혼자 착한 척이죠."

그들이 진행한 이야기는 간단했다. 레전드 길드가 앞에서 시간을 끌 동안 자신들은 유저들을 끌어모으고 새로운 방어진을 구축하자는 것.

첫 번째 전투에서는 공중전을 예기치 못했기에 대패했을 확률이 높다. 또한, 레전드 길드가 앞에서 많은 녀석들을 도륙해줄 터였다.

"안타깝지만 레전드 길드는 이로써 밑으로 떨어지겠군요."

"……뭐, 어쩔 수 없는 일이지요."

그들은 그렇게 말하지만, 실상은 달랐다.

그들이 레전드 길드의 필립 마을로 연합군을 형성하지 않는 이유는 너무나 간단했다.

레전드 길드는 국내 최고의 랭커들이 밀집되어 있다. 그런 그들이 이번 전쟁에서 패한다면 모두 페널티를 받게 된다. 그러면 전부 한 계단씩 내려가게 된다. 그렇게 되면 자연스레 길드 랭킹도 하락한다.

어째서 그들은 바라느냐? 간단했다. 사람이란 무릇 그렇다. 자신들의 위에 누군가 있으면 밟고 올라가고 싶고 시기, 질투한다.

그러던 중, 한 사내가 말했다.

"카이스트라나, 민혁 유저는 현재 레전드 길드에 없는 것 같은데, 얼마나 버텨줄지는 모르겠군요."

한 길드 마스터가 말했다.

그 말처럼이었다. 가장 강력한 힘을 발하는 카이스트라와 민혁이 현재로서 없었다.

물론 레전드 길드 자체는 우리나라 최고의 랭커들로만 구축되어 있다. 하지만 그것만으로 버티기에는 승산이 없었다.

접속한 지니는 한숨을 푹 쉬었다. 예상처럼 태양 길드는 자신들을 도와줄 생각 자체가 없었다.

그리고 아르테온에서 연락이 왔다. 돕고 싶지만 자신들 쪽도 현재 방어진을 구축하느라 큰 힘을 들이느라 미안하다는 연락이었다.

바로 그때 상기된 표정으로 아스갈이 다가왔다.

"지, 지니……!"

"응?"

평소 아스갈은 침착한 표정을 유지하는 편이었다. 그런 그녀가 놀란 표정을 감추지 못하고 있었다.

"우, 우릴 돕겠다는 사람이 찾아왔어."

"어떤 사람들인데?"

그녀가 고개를 갸웃했다. 곧 아스갈이 말했다.

"사람들 말고, 한 분……."

"응?"

한 분? 한 사람 때문에 아스갈이 이토록 놀란 표정을 짓나?

직접 확인해 보라는 듯 아스갈이 그녀를 이끌었다.

그리고 모여 있는 레전드 길드원들과 흑염룡과 아이들의 길드원들이 보였다.

"지금 그려 드리는 게 바로 우리의 증표입니다."

"오, 멋진 증표군!"

"이 증표는 어떠한 뜻을 품고 있는 겐가?"

그에 그 중심에 있는 사내. 그가 말했다.

"동료라는 뜻입니다."

국내, 아니, 아테네 최고의 마법사인 검은 마법사 알리의 등장이었다.

검은 마법사 알리. 그는 민혁처럼 왕의 전당에 오른 유저가 자신이라는 사실을 숨기려 하지 않았다. 그는 누구보다 떳떳했으며 자랑스러웠다. 또한, 그처럼 국민 또한 그를 자랑스러워했다.

통합 마법사 랭킹 1위의 알렉스. 하지만 더 나아가 그보다 더 높은 클래스의 마법을 구사하는 인물. 사람들은 검은 마법사라고 부르지만 어떠한 이들은 대현자 알리라고도 부르고 있었다.

그런 검은 마법사 알리가 왕의 전당에 오를 수 있었던 것이 민혁 덕분이라는 사실을 아는 사람은 그밖에 없었다.

그는 일전에 민혁과 약속한 게 있었다. 도움을 요청한다면 어떤 것이든 제치고 그를 도와주겠다고. 그리고 민혁으로부터 레전드 길드를 도와달라는 귓속말이 왔다.

그 의미는 간단했다. 그는 도착하는 데 시간이 상당히 걸릴 거라는 거다.

'제가 지키겠습니다. 민혁 님, 걱정 마십시오.'

알리는 사람들의 손목에 'X'표를 그려 주었다. 특히나 흑염룡과 아이들의 길드원들이 참으로 좋아했다.

"정말 간드러지는 증표군."

"동료라, 정말 멋진 말일세. 자네, 흑염룡과 아이들에 들어올 생각 없는가?"

"호오? 흑염룡과 아이들이요? 마치 흰수염과 에이스만큼이나 멋진 이름이군요."

바로 그때였다.

"흰수염과 에이스⋯⋯? 당신 설마⋯⋯."

에이스가 몸을 격하게 떨고 있었다. 심지어 숨소리마저 거칠어지고 눈시울 또한 붉어졌다.

"정상 대전을 본 겁니까?"

그에 알리가 비장하게 말했다.

"당연하지요. 세상에, 그 장면을 보지 않은 사람도 있단 말입니까? 전 에이스의 가슴이 뚫렸을 때 정말 오열하고 말았답니다. 오, 그러고 보니 그쪽은⋯⋯."

알리의 말에 에이스는 절로 자신도 모르게 기대했다.

"에이스를 닮았군요."

에이스의 입가가 기쁨에 겨워 씰룩였다.

"제 닉네임도 에이스입니다, 저를 알아봐 주시는 분은 알리 님밖에 없네요. 혹시 가장 좋아하는 캐릭터가?"

"조로입니다."

"크!! 뭘 좀 아시는군요."

"역시 만화는 원디스가 최고죠."

허공에서 두 사람의 눈이 마주쳤다. 듣지 않아도, 말하지 않아도 알 수 있었다. 두 사람은 같은 만화를 좋아한다는 것에 크나큰 공감대를 느끼고 있었다.

그리고 그 모습을 보는 흑염룡. 그는 여느 때처럼 양 팔짱을 끼고 한없이 진지한 표정으로 중얼거렸다.

"조루……? 아직 젊은 나이에 조루라니…… 검은 조루사 알리……? 아, 아니지…… 검은 마법사, 자네……."

눈시울이 시큰거리는 흑염룡이었다.

지니는 반가운 지원군을 보면서 활기를 띠었다.

검은 마법사 알리! 세계 최고의 마법사가 지원을 올 줄은 몰랐다.

바로 그때였다.

[2차 공격이 시작됩니다.]

[엘븐하임의 모든 유저에게 전쟁 퀘스트 '진격하는 군단'이 생성됩니다.]

[전쟁 퀘스트: 진격하는 군단]

등급: SS

제한: 엘븐하임의 모든 유저

보상:

1. 일반 마물 혹은 마족 사냥 시 기여도 500. (적들의 숫자 3,351/3,351)

2. 실버 울프 사냥 시 기여도 10,000. (적들의 숫자 213/213)

3. 삼 인의 살육자 중 한 명 사냥 시 기여도 300,000. 살육자의 보상. (적들의 숫자 3/3)

4. 총사령관 루펠 사냥 시 기여도 500,000. 성장의 돌. (적의 숫자 1/1)

실패 시 페널티: 엘븐하임 입장 불가

설명: 진격을 시작한 마계 군단. 그들을 막아내고 엘프의 숲으로 진입하라!!

알림은 거기서 그치지 않았다.

[길드 순위권 보상에 대해 오픈됩니다.]

[길드 총합 기여도 1위를 달성할 시 길드원 전원에게 1달 동안 경험치 20% 추가 효과 및 고든의 보물 상자(A~SS)를 지급하며 2~20위까지는 공식 홈페이지를 확인해 주세요.]

[개인 순위권 보상에 대해 오픈됩니다.]

[개인 총합 기여도 1위를 달성할 시 개인에게 1달 동안 경험치 15% 추가 효과 및 고든의 '심연의 눈'을 획득하며, 2~20위까지는 공식 홈페이지를 확인해 주세요.]

정말이지 어마어마한 보상이었다.

경험치 20%가 상승한다면 레전드 길드나, 혹은 대형 길드는 이제까지 올라서지 못했던 문턱을 넘을 수 있다.

이는 대형 길드들이 더 큰 효과를 볼 수 있었다. 수백 명의 그들이 전부 경험치 20% 효과를 한 달 동안 보는 것이니까.

그리고 지니는 개인 기여도를 보며 생각했다.

'개인 기여도 1위는 누구이려나⋯⋯.'

개인 기여도의 경우 지니가 알기로 이제까지 얻었던 기여도를 전쟁 포인트로 전환 및 사용하였어도 표기가 된다. 즉, 사용한 모든 기여도를 합쳐서 1위를 결정짓는다고 할 수 있었다.

바로 그때.

뿌우우우우우우우우-

쿵! 쿵! 쿵! 쿵!

나팔 소리와 북소리가 세상을 흔들기 시작했다.

그와 함께 방송사에서 귓속말이 왔다.

[ATV 김PD: 지니 님, 예정했던 대로 생방송 시작하겠습니다.]

애초에 레전드 길드도 다른 길드들처럼 방송사와 협약을 맺고 있었다.

[지니: 네, 알겠습니다.]

길드에서의 방송의 주목적은 간단하다. 길드 홍보 효과, 길드의 무력 인증 등이다. 그를 통해서 무수히 많은 사람을 영입할 수 있고 영향력을 알릴 수 있다.

하지만 지니는 예상했다.

'지금쯤, 아마……'

시청률을 어떻게 뽑아야 할지 방송국에서 이야기하고 있을 것이다.

그리고 이런 식으로 시나리오가 뽑힐 거다.

'쓰러지지 않으려는 레전드.'

누구든, 어디든 모두가 같은 생각을 하고 있을 거다. 레전드는 오늘 무너진다.

하지만 곧 지니의 입가에 묘한 웃음이 감돌았다.

'그렇게 쉽게 쓰러질 것 같아?'

필립 마을은 얻었을 때, 25만 기여도를 사용할 시 벙커 형태로 변화한다고 하지 않았는가? 이미 그 정보를 확인한 지니였다.

'우리는 생각처럼 쉽게 무너지지 않을 거야.'

그와 함께 멀리서 날아오르기 시작하는 본 와이번들이 보이기 시작했다.

ATV의 김대국 PD는 심각한 표정으로 양손을 깍지 낀 채 모니터에서 비치기 시작한 마족 군단들을 보았다.

"그나마 칼리안 연합군이 약 1/3 정도를 사냥해서 다행이긴 한데…… 저 정도 소수 정예로 저들을 막아낸다라…… 무모해……"

김대국 PD는 냉정하게 말해 높은 시청률, 큰 한 방 등이 좋았다. 레전드 길드는 그러한 수를 가지고 있을지도 모르는 길드였다.

물론, 그들이 그런 수를 보이지 않는다고 할지라도 시청률은 괜찮게 나올 거다. 최정예로 구성된 스무 명 남짓한 인원이 막아내는 마계 군단. 턱없이 많은 숫자였지만 그때 힘을 발하는 게 바로 랭커들이었다.

하지만 우려도 많았다.

'만약 10분도 버티지 못한다면……'

자체 시청률은 높을 것이다. 하지만 그 유지 자체가 안 되기 때문에 ATV 입장에서는 손해였다.

ATV 쪽에서는 방송하는 대신 레전드 길드에 막대한 길드 운영 자금을 건넨 상황이었다. 계약은 엘븐하임에 그들이 진입했을 때, 했기 때문에 이런 상황이 발발할 줄은 꿈에도 몰랐다. 심지어 독점 방송이기까지 했다.

그리고 이어 관계자의 목소리가 들렸다.

"현재 시청률 4.3%입니다."

"……생각보다 저조한데?"

"지금 반응이 생각보다 안 좋은 것 같습니다."

그에 김대국 PD가 서둘러 네티즌들의 반응을 확인했다.

[나의 레전드가 무너지는 거 보고 싶지 않다……]

[솔직히 레전드면 어느 정도 버티겠지. 5분? 10분? 근데 아무리 소수 정예여도 스무 명이 어떻게 저 대군을 상대함? 심지어 강하기까지 함.]

[그래도 전 생방송 사수합니다. 레전드 길드가 나락으로 빠지는 걸

볼 수 있으니까요.]

[무슨 소리들? 레전드는 갓전드임, 선전할 겁니다. 분명히.]

[지금 즐투브의 공략꾼 케인이 NTV에서 독점 생방송 하고 있대요! 던전과 직업별 공략법 알려준다네요!]

"NTV가 가장 크군."

사람들은 강자의 전투를 보고 싶어 한다. 뛰어난 피지컬, 놀라운 실력, 말도 안 되는 스킬과 스텟들까지.

하지만 그런 그들이 허무하게 무너진다면? 보는 입장들도 당연히 허무감을 느끼게 된다.

그리고 경쟁 TV사인 NTV에서는 현재 즐투브 사이트에서 가장 최고의 인기를 누비는 공략꾼 케인을 보여준단다. 듣기론 NTV에선 태양 길드 연합군을 섭외해 놨다고 들었다.

즉, 레전드가 무너지면 NTV에선 제3차 연합군의 방어전이 송출될 터. 그때 높은 시청률을 따겠지. ATV는 시청률이 기대치를 만족시킬 수 없을 만큼 나올지도 모른다.

그 순간 허공에서 수백 마리의 본 와이번 떼가 등장했다. 그리고 전방으로 천 마리는 족히 되어 보이는 헬하운드들이 나타났다. 그중에는 1톤 트럭만 한 크기의 실버 울프들도 간혹 보였다.

[컹컹컹컹!]

[크르르르르르르!]

[끼이이이이이이!]

필립 마을은 여전히 요지부동이었다. 그리고 작은 수색탑 위에 올라간 길드 마스터 지니가 보였다.

ATV 쪽에서 섭외한 MC 테이밍 마스터 쟌이 해설을 시작했다.

[천 마리는 되어 보이는 지상의 헬하운드. 그리고 허공을 배회하는 본 와이번에 실버 울프까지. 레전드 길드가 버틸 수 있을지 의문입니다. 길드 마스터 지니는 생각보다 여유로운 표정으로 전장을 살피고 있습니다. 그리고 필립 마을 안에선 레전드 길드원들이 빠르게 공중전을 준비하고 있군요!!]

[그리고 마을 앞쪽으론 근접형 길드원들이 서 있네요!!]

[그들을 지휘하는 건 칸과 로크이군요.]

[공중전을 지휘하는 건 '신궁 루트' 입니다. 전 금메달리스트인 그는 놀라운 활 솜씨를 가졌기에, '신궁'이란 이름이 아깝지 않죠.]

그리고 바로 그때, 이변이 일어났다.

꽈드드드드득! 꽈드드드드드드득!

달려오던 헬하운드들이 돌연 땅을 파고 두더지처럼 들어가기 시작했다.

[지, 지금 보셨습니까?]

[아, 공중전을 대비할 것을 예상한 총사령관 루펠의 또 다른 한 수입니다.]

[지금 보면 헬하운드들이 기존의 놈들과 앞발이 다르게 생겼습니다. 두더지처럼요.]

[심지어 그 속도도 빠릅니다. 땅속으로 접근해 필립 마을로 단숨에 들어갈 듯 보입니다!]

[레전드 길드원들이 당혹함을 감추지 못하는 것 같습니다!]

[끝입니다!! 레전드 길드도 오래 버티지 못할 것 같아요!!]

지니의 눈이 휘둥그레 떠졌다. 해설자들의 말처럼 당혹한 것처럼 보인다.

한데, 그것 때문에 당황한 게 아니다. 너무 예상이 맞아떨어져서 당황한 것이다.

곧 그녀의 입에 작은 미소가 생겨났다.

그때 해설자가 외쳤다.

[어어어? 저기 본 와이번보다 높게 서 있는 사내는 누구인가요?]

[플라이입니다!! 레전드 길드는 두각을 드러내는 마법사 유저는 없다고 알려져 있는데요?]

[정체 모를 마법사 유저가 본 와이번들보다 높은 곳에서 그들을 내려다봅니다!!]

그리고 그 순간. 그가 손을 들어 올렸다.

손가락을 퉁긴 순간이었다.

콰르르르르르르르르르-

땅이 뒤틀리기 시작했다. 이어서 뒤틀린 땅에서 솟구쳐 나온 나무줄기들은 헬하운드 수백 마리를 감싸 쥐고 있었다.

이윽고 정체 모를 마법사 사내가 손바닥을 쫙 펼쳤다.

그 손바닥을 주먹 쥐는 순간!

콰콰콰콰콰콰콰콰콰콰쾅!!

땅속으로 파고들었다가 뿌리에 잡혀 튀어나온 헬하운드 수백 마리들이 폭발했다.

푸시이이이이이익- 콰콰콰콰콰콰콰쾅!

흩뿌려지는 초록색 독가스와 폭발.

경악하던 해설자들이 웅성거리기 시작했다.

'뭐, 뭐야……?'

말문을 잃었던 MC 쟌. 그녀는 뛰어난 마법에 감탄했다.

엄청난 광역 마법. 아니, 정확히 말하자면 저 마법은 광역 마법은 아니었다.

[저, 저 마법…… 이, 인탱글입니다!! 2클래스의 마법!!]

[인탱글이 저 정도의 위력을 발휘한다고요? 심지어 수백 마리의 헬하운드들이 접근하기도 전에 폭발했습니다.]

[헬하운드들은 본체의 능력 자체는 크게 강하지 않다고 알려져 있습니다. 약한 공격에도 폭발하는데, 그 폭발이 문제이죠!!]

10

그리고 그때, 김대국 PD가 그를 알아봤다.

"검은 마법사 알리……! 어째서 그가 레전드 길드와 함께 있는 거지? 빨리 밑에 자막 띄워, MC들에게 전달해!"

곧이어 MC들이 외쳤다.

[거, 검은 로브에 검은 모자…… 서, 설마 검은 마법사 알리입니까?]

[세계 최고의 마법사 검은 마법사 알리가 레전드 길드와 함께합니다!!]

그와 함께, 알리가 여전히 허공에 넘쳐나는 본 와이번과 몰려오는 헬하운드들을 향해 마법을 시전했다.

"파이어 스톰."

쫘르르르르르르르!

거대한 네 개의 불의 토네이도가 생성되어 헬하운드들을 집어삼키기 시작했다.

[미, 믿기지 않는 장관이 눈앞에서 펼쳐지고 있습니다!!]

[과, 광역 마법 파이어 스톰을 연달아 네 개를 소환하는 게 가능한가요? 국내 마법사 랭킹 2위 판테르도 두 개를 소환하는 게 고작이라고 알고 있습니다.]

그리고 그때. 지니의 입꼬리가 말아 올라갔다.
그녀의 목소리가 전파를 탔다.

[우리 레전드야, 그렇게 쉽게 안 밀려.]

"시청률이 빠른 속도로 상승하고 있습니다!!"
"시청률 10%대 진입!!"
"검은 마법사 알리의 등장과 함께 시청률이 폭등합니다!!"
"크흐, 역시 레전드! 순순히 당할 놈들이 아니지, 그것보다
지니는 땅속으로 놈들이 투입할 것을 알고 있었던 것 같은데?"
"그러게요. 어떻게 저걸 눈치챘지?"
"역시 보는 눈이 다르다는 건가."
그들은 몰랐지만 지니는 아벨을 이용했다.
아벨이 가진 특수 능력 중 하나에는 '몬스터 분석'이라는 게
존재했다. 몬스터 분석은 간단했다. 해당 몬스터의 특성을 파
악한다.
은신 능력으로 헬하운드들을 살피던 아벨은 무언가 이상
함을 깨달았다. 연금술사 루펠이 재탄생시킨 헬하운드들은
앞발이 두더지와 같았다. 그리고 몬스터 분석을 사용하였을
때, '땅속'을 비집고 들어가려는 존재들임을 알아챈 것이다.
"이대로만 가자, 이대로⋯⋯! 조금만 더 버텨!!"
하지만 검은 마법사 알리가 등장했다고는 하나 적들의 수가
여전히 너무도 많았다.

그럼에도 꽤 높은 시청률이 나올 수 있지 않을까 김대국 PD는 기대했다.

그리고 그들은 몰랐다. 오늘 ATV 역사상 가장 큰 시청률을 기록하게 될 것이라는 사실을.

"호오?"

총사령관 루펠이 흥미롭다는 표정을 지었다.

허공에 떠오른 정체 모를 인간 마법사가 사용한 네 개의 파이어 스톰이 필립 마을을 향해 진격하던 무리를 밀어내기 시작했다.

하지만 여전히 루펠은 여유로운 미소를 머금고 있었다.

'인간 중에서 강한 자들이 즐비했군, 하지만……'

결국엔 숫자에 의해 밀려나게 될 것이다. 루펠은 크게 걱정하지 않는 모습이었다.

그와 함께, 파이어 스톰에 의해 뒤로 밀리던 마물들이 그 화염 폭풍을 비집고 앞으로 뛰어나가 전진을 시작했다.

쾅!!

파직-

검은 마법사 알리는 자신을 향해 내리치는 번개에 서둘러 위쪽으로 단단한 실드를 형성시켰다. 고레벨 마법사인 그의 실드는 일반 마법사들의 것보다 훨씬 더 강도가 뛰어났고 거대하기까지 했다.

검은 마법사 알리의 고개가 돌아갔을 때, 그곳에는 손을 휘젓는 여성이 있었다. 그와 함께 네 개의 파이어 스톰 중 두 개가 소멸되어 흩어졌다.

'디스펠……?'

검은 마법사 알리는 자신의 상대가 앞의 번뇌의 살육자 케니라는 걸 깨달았다.

살육자들, 오픈된 정보에 따르면 이들은 일종의 '키메라'였다. 오로지 죽이는 것만을 배운 '살인 병기'. 그 레벨은 아직까진 추정 불가. 확실한 건, 자신의 마법을 디스펠 시켰다는 건 엄청난 고레벨이라는 게 분명했다.

그 순간, 알리는 밑쪽에서 몹들이 다시 몰려오는 걸 보았다.

그가 저장시켜 두었던 광역 스킬을 사용하려는 순간.

쾅-

그녀의 손가락 끝에서 뻗어진 번개 줄기가 알리를 강타하려 했다.

빠르게 지팡이를 저어 실드로 무효화시킨, 알리가 고개를 까딱였다.

"해보자, 이거지?"

파파파파팟.

순간 알리의 스태프에서 총탄처럼 마법 수십여 가닥이 쏟아졌다. 대부분 1~2클래스 마법이지만 그 위력은 상상을 초월했다.

쾅 쾅쾅! 쾅!

번뇌의 살육자 역시 빠르게 검은 실드를 생성, 방어했다.

모두 방어한 후에 그녀는 비릿한 미소를 머금었다.

그에 알리가 팔짱을 끼었다.

"×신."

"……?"

그 순간.

콰아아앙!

그녀의 등 뒤에서 거대한 하얀색 구가 그녀의 뒤통수를 때렸다.

알리가 가운뎃손가락을 치켜들었다.

"슈퍼 울트라 그레이트 매직 미사일이다."

알리의 조롱에 번뇌의 살육자가 얼굴을 일그러뜨렸다.

지상에선 레전드 길드가 긴장된 숨을 내뱉으며 전투를 준비 중이었다.

"미쳤다……."

"진짜 끔찍하게 못생겼는데."

"하아, 우리 살아서 돌아갈 수 있을까?"

그들은 복잡한 표정을 짓고 있었다.

알리의 선전에도 그들에게 입힌 피해는 고작해야 1/20 정도였다. 심지어 한 번에 광역 마법을 연달아 사용한 알리의 마력은 반절 이하로 떨어졌을 터다.

"실버 울프하고 저 마족들을 조심해야 해."

이번에 투입된 마족들은 기존에 상대하던 녀석들보다 강력하다. 아벨이 몬스터 분석을 통해 확인한 결과다.

"방어력과 공격력이 기존의 놈들보다 훨씬 압도적이다."

"아, 기죽이지 마. 아벨 형~"

에이스의 말에 아벨이 쓴웃음을 지었다. 하지만 사실인 것을 어쩌랴?

그리고 어느덧 그들이 근접했을 때, 길드원들이 일제히 광역 스킬을 사용했다.

에이스의 최강의 스킬.

"홍염의 지옥 마차!!"

불에 휩싸인 네 마리의 말들이 공간을 비집고 튀어나왔다. 그 뒤로는 그들이 이끄는 5톤 트럭 크기의 불에 타오르는 거대한 마차가 딸려 있었다. 그 마차가 맹렬한 속도로 앞의 적들을 향해 접근한다.

아스갈. 그녀가 두 개의 이도류로 원을 그렸다.

"검귀의 학살."

그 순간, 원의 공간이 찢어지며 그 안에서 수백 개의 검들이 튀어나와 적들을 향해 날아갔다.

칸. 그가 팔을 뒤로 뺐다. 그 순간, 거대한 마력이 밀집되며 주변의 공기가 뜨겁게 달아올랐다.

"폭염권."

화아아아아아아아아아-

연이어서 아벨이 단검을 내던졌다.

"죽음의 살!!"

단검이 수백여 개의 잔상을 만들어내며 투척되었다.

"히히히히히히힝!"

적들을 밀고 들어간 말들. 그리고 어느덧 적진의 가운데에 들어간 지옥 마차가 반경 8m를 집어삼키며 폭발했다.

콰아아아아아아아앙!

아스갈과 아벨의 수백여 개의 검과 단검들이 몰려오던 적들을 관통하며 쓰러뜨렸다. 그리고 폭염권이 폭사되어 뻗어져 나가 가운데에 길을 뚫어놨다.

길드원들은 그치지 않고 연이어 광역 스킬을 시전, 단숨에 6백 마리가 넘는 몹들을 사냥했다.

하지만 그 와중에도 멀쩡한 놈들이 있었다. 바로 실버 울프들이었다. 생채기가 겨우 난 실버 울프들은 여전히 맹렬히 달려오고 있었다.

"광역 스킬 가능한 사람?"

"노노놉!"

"불가!!"

"그럼 남은 건?"

"육탄전뿐."

그에 로크와 칸이 고개를 주억였다.

그들이 거친 숨을 몰아쉬며 전방을 주시했다. 길드원들이 긴장 어린 기색이 역력하다.

그에 로크가 말했다.

"너희들 얼마 전에 개봉한 '니벤져스: 박 터졌어 워' 봤냐?"

"야, 당연히 봤지."

"졸잼이었다, 카노스 나쁜 놈!!"

그들이 긴장을 떨치기 위해 웃음 지었다.

그에 평소 로크처럼 이상한 짓을 하지 않는 칸도 긴장을 떨치기에 동조했다.

"그럼 우리도 하자."

"뭘?"

그에 칸이 양손을 가슴 위로 교차시켰다. 그와 함께 달리며 외쳤다.

"레전드 포에버!!"

그것은 나칸다 왕자의 명대사였다.

'쟤 왜 저래'라는 표정을 짓고 있던 레전드 길드원들. 이윽고 그들도 일제히 달리며 외쳤다.

"레전드 포에버!!"

"레전드 포에버!!"

곧 충돌을 일으켰다.

콰직! 푹!

콰아아앙!

푹푹푹푹!

"크하하하핫, 쭈그라, 쭈그!! 너 내 누군지 아니?"

"마!! 니 자신 있나!!"

콰지이이익!

마물과 마족, 헬하운드들의 끔찍한 몰골에 긴장한 길드원들은 사냥하면서도 제각기 재밌는 대사를 뱉었다. 그것은 긴장감을 떨쳐 효율을 올리기 위함이다.

"마! 내 어제 느그 총사령관하고 으? 밥도 같이 묵고! 에!! 다 했어 이쉐캬!!"

핏!

로크가 또 한 마리의 마족을 베어내며 외친 소리였다.

그리고 그때. 항상 조용한 아스갈. 은빛 머리카락을 살랑거리는 이도류를 사용하는 전장의 신과 같은 그녀가 말했다.

"도, 동작 그만……! 무기 빼기냐?"

"……."

"……."

"……후, 훌륭하구만."

길드원들의 반응에 순간 얼굴이 화끈해진 그녀가 자신의 얼굴을 감싸 쥐었다.

그리고 해설자들이 외쳤다.

[엄청납니다.]

[어떻게 저 소규모 인원으로 방어할 수가 있는 거죠?]

[레전드 길드의 기여도가 하늘 높은 줄 모르고 치솟고 있습니다!!]

[아, 안 밀립니다. 오히려 압도하며 나아갑니다!!]

['우리가 인간들 최정예다!!'를 명명백백 보여줍니다!!]

[아직 초반일 뿐입니다. 아직 체력들이 남아돌 때이죠. 스킬 쿨타임과 MP 감소, 스테미나 감소에 의해 결국 이는 10분도 채 가지 못할 것으로 예상됩니다.]

[말씀드리는 그 순간, 달려오던 한 마리의 실버 울프가 아스 갈을 덮칩니다!]

"꺅!"

아스갈의 공격에도 불구하고 작은 생채기만 입은 거대한 실 버 울프 한 마리가 그대로 뛰어올라 그녀에게 날카로운 이를 드러냈다.

"크르르르르르!"

그리고 단숨에 그녀를 집어삼키려 했다.

"흐읍!!"

칸의 주먹에 강력한 하얀빛이 맺혔다.

그 주먹을 내뻗는 순간.

쐐에에에에에-

마치 검기처럼 가느다랗고 긴 힘이 실버 울프의 뒤통수를 찢었다.

찌이이익-

피가 스멀스멀 피어올랐다.

'대체 방어력이 몇이야?'

이윽고 아벨이 외쳤다.

"실버 울프들은 분석 결과 스킬 대미지 50%를 감소시키고, 방어력 2배를 올려주는 특수한 마법이 깃들어 있습니다!! 잡기 쉬운 게 아닐 겁니다!"

"제길!"

하지만 그 틈에 아스갈은 벗어날 수 있었다.

실버 울프의 숫자만 해도 현재 보이는 숫자만 서른을 넘어섰다. 실버 울프들이 진영을 무너뜨리고 접근하기 시작한다.

칸은 주변을 냉정하게 살폈다.

레전드 길드원들의 스킬 쿨타임에 따라 평타 공격이 많아지고 있었다. 하지만 그마저도 스테미너가 부족해 점차 밀리기 시작했다.

그리고…….

뚜벅뚜벅-

온몸이 붕대로 칭칭 감긴 좌절의 살육자가 걸어오고 있었다.

기다란 검을 늘어뜨린 놈은 마치 혼이 나간 듯했는데, 무척이나 기이했다.

아벨은 빠르게 좌절의 살육자를 관찰, 정보를 확인했다.

그러고는 텁- 하고 숨이 막힐 뻔했다.

'611……?"

to be continued

막장 악역이 되다

크레도 퓨전 판타지 장편소설
WISHBOOKS FUSION FANTASY STORY

자고 일어나니 소설속, 그런데……

[이진우]

재벌 3세, 안하무인, 호색남, 이상 성욕자, 변태.
가장 찌질했던 악역, 양판소에나 등장할 법한 전형적인 악인.

"잠깐, 설마…… 아니겠지."

소설대로 가면 끔찍하게 죽는다.
주인공을 방해하면 세계는 멸망한다.

막장 악역이 되다

흙수저 이진우의 티타늄수저 악역 생활!